夜を走る

トラブル短篇集

筒井康隆

角川文庫
14391

目次

経理課長の放送

　って言ったって素人なんだから無理でね。だからせめて十二時頃まで、正午まで、それで勘弁してくださいよ。正午までならなんとかもたせますから、せめてそれぐらいで勘、え、もうマイク入ってるんですか。え。あ、あの失礼いたしました。えと、あのＩＢＣ、無限放送、あのラジオ無限です。おはようござ、あの、えと、千二百五十キロサイクルでお送りしております。ただいま時刻はえと、十二時三十、あ。あのちょっと、ちょっとすみません今何時ですか。この時計とまってるんですけど。は。六時二十、えと、ただいまの時刻は六時二十三分だそうでありま、え、え。あ、失礼いたしました。さらにその時計が二分遅れているそうであり、は、そうですか。えと、二分ほど遅れている筈だそうであります。それ、それではえと、次は、朝、朝のおはよう音楽の時間です。今朝今朝はえと、えとケッヘル作曲の五十番という曲で、バスティエンとバスティエンヌとモーツアルトというタイトルの音楽です。あの、まだですか。えと、ちょっとお待ちください。今レコードをさがしているそうです。もう少少お待ちくださ、あ、あったそうです。

失礼しました。違うレコードがかかってしまいました。只今のレコードはその、なんといいますかつまり、汽車が衝突する効果音のレコードでした。朝のおはよう音楽を終ります。お騒がせしました。馴《な》れないものでどうもあの、申しわけありません。わたくしそのアナウンサーをやるのは初めてでして、それからあの、レコード係の人も今日初めて。あの、あの、朝のニュースです。あ、これあの七時のニュースです。まだ七時になっておりませんが、ほかに原稿がないので。あ、その前にこのテープをちょっと、聞いてください。

失礼いたしました。同じCMを十六回もやってしまいましたが、テープがあのエンドレスだったもので、停《と》めかたがあの、テープの係の人が馴れないものでその。お待たせしました。朝のニュースです。まず国内関係のニュースから。政府は十日、秋に開かれる国連総会にそなえ、関係各国との経済状態の再調整に取り組むことを決定しました。このためまず首相が、内縁関係の妻愛子さん三十二歳、長男正秋くん十一歳、長女の喜久江ちゃん六歳を撲殺し、自らも首を吊《つ》ったものと見られていますが、この日はちょうど第六回横断歩道愛好者協会の総会が開催。失礼いたしました。原稿がばらばらで、あの馴れないもので。えと、ニュースを終ります。担当は馬津《うまづ》でした。ばさ。ばさ。ばさ。しばらくお待ちください。えと、株式市況ですが、あの原稿がどこへいったか。ばさ。ばさばさ。ちょっとねえ、あなたもさがしてくださいよほんとに。ばさ。ばさばさばさばさ。お待たせしております。えと、あの、不手際であの、申しわけありません。実はあの、事情を申しあげますと、えとですね、無限放送の職員の、あのストライキで、あの全員休んでおりまして、アナウンサーも誰もいませんので、あの、わたしがアナウンサーをやっております。それであのスイッチの方も、あのレコード係もみんな、あの組合員でない、えと部課長や重役があの、やってまして。あった。ありましたか原稿。お待たせしました。株式市況です。特定銘柄から。えと全然石油一円百三十八円高、えと舵《かじ》の素《もと》四円三百二十九円安、えと、えと便通変らず二百六十三円高。え。え。あ、失礼しました。逆だったそうです。あの終値とあの比較と逆でした。続けます。丸越三百六十五円二円高。えと、あの松沢薬品出来ず、であります。次の原稿。早く。早く次の。ない。ないんですか。今そこにあったでしょ。ありませんか。失礼いたしました。株式市況を終ります。担当は馬津でした。続いて、次は、なんですか。ああ。続いて時報です。

えと、ただいまの時報は、正確に七時十二分四十五秒きっかりであります。えと、あの次はあの、天気概況の時間ですが、その前にCMをどうぞ。あの。どう説明したらいいんですか。困るじゃないですか本当にもう。どういったら。え。マイク入ってるの、えとあの、非常におわかりになりにくかったと思いますが、只今のCMは追楽航空のコマーシャル・ソングでした。テープが逆回転を、その。テープの担当があの、実は人事課長で、あの機械にあの、不馴れで、さっきから失礼ばかりしております。それであの、仁徳製菓のお送りする天気概況で、えと今日はだいたい晴です。えと、あの少くともあの、わたしが家を出る時は晴れておりましたが、その。えと天気が、あの崩れましたらその時はまたあの、ただちにお伝えを。それであの、天気概況を終ります。次はまたCMでして。

えと。あのまた逆回転でしたが、今のは昇天製薬のCMソングでした。おわかりにならなかったことと思います。それであの、あの今度は原稿のあの、原稿のある海外ニュースの時間ですが。えと中央アフリカの大統領トビンシャ氏は今訪日中で。

ってね、だってそうでしょ。そんなひど。

ってないですよ。だいたい、ひとに一時間以上も喋《しゃべ》らせておいて、なぜお詫《わ》びをわたしがしなきゃならな。え。え。もうなおったんですか。え。マイク入ってるの。あ。

えと失礼いたしました。あの一時間以上も放送が中断いたしましたが。これは営業課長いえ、あのスイッチ係のミスで、間違えてスイッチを切ったまま気がつかなかったという。お詫び申しあげますが、これはあのわたしも被害者で、わたくしは放送されているものと思ってですね、一時間以上喋り続けていたので、あのわたくしのミスではないのです。ひどい話でして、あのお詫びはしますが、なぜ営業課長いえ、あのスイッチ係のミスをですね、わたしがお詫びしなければならないか。だいたいですね、その、はい。はい。はいはい。わかりました。もうやめます。もう言いません。はい。あの、個人的感情に走りましたことをお詫びいたします。あのお聞き苦しかったことと。あの今専務からたしなめられて、あの反省を。えと、お許しください。次は、音楽鑑賞の時間のテーマ・ソングを放送する時間であります。

まだ見つかりませんか。早くかけてください。えと、あのレコードを捜しておりますので、もう少少お待ちくだ。あ、あったそうであります。

ゃないですか。どうするんですかいったい落語なんかかけて。あ失礼。えとあの、少し違いましたが、レコードが見つからなかったので別のレコードをかけたそうであります。音楽鑑賞の時間のテーマ・ソングの時間を終りまして、次は音楽鑑賞の時間であります。展福海運がお送りする音楽鑑賞の時間、えとあの今朝は、朝刊のラジオ欄によりますと、メンデルスゾーンのヴァイオリン協奏曲ホ短調ということになっておりますが、このレコードがどうせまたないかもしれませんので、その時はまたあの別の曲が、どうせあの、かかると思いますので前もっておことわり、え、え。あった。この曲があったんですか。あっ、あのあったそうであります。はは。メンデルスゾーンのこの、ヴァイオリン協奏曲のですね、ホ短調があったそうです。は、ははは。ありました。あったんですよ。は、はははは。では、お願いしましょう。

はい。かけてください。

まだかかりませんか。え。

かけるのに時間がかかっております。もう少少お待ち。あ。はい。できませんよ、そんな。原稿なしでやれったって、無理。

　ったらいいじゃないですか。え。時間がかか。

失礼いたしました。レコードをかけるのに時間がかかるそうで、その間、三分ほど解説をやれというカードを見せておりますが。はい。はい。えと解説をあの、やりますが、わたくしこの曲のことはよく知りませんので。クラシックはですね、あの二、三曲ぐらいしか。あの中学生時代に、音楽の好きな友人がいまして、その影響でまあ少し好きになったことがある程度で、最近ではもう、どちらかといえば都都逸《どどいつ》を。えと。えとあのこれはそのメンデルスゾーンのヴァイオリン協奏曲ですね。ホ短調ですね。ホ調の短い曲ですね。えと。それでこのメンデルスゾーンというこの、ヴァイオリンを弾いている人のことですが、メンデルスゾーンが生まれたのは、これはもう、ずっと前で、いつごろかというと、つまり、だいぶ昔ですね。で、生まれたところは、もちろんあの、あのヨーロッパ、そうです、もちろんヨーロッパですね。ヨーロッパのその、どの辺かといいますとあの、あのヨーロッパのあの、あのあの、あのメンデルス地帯の、あの父の家でして、なぜ父の家で生まれたかというとあの、あのお母さんがいなかったからではないかという、これはあの臆測《おくそく》、臆測でして。それであのメンデルスゾーンは生まれてすぐにあの、あの大きくなって、天才になりました。音楽の天才で、これはもう実際に、誰がなんといおうと天才で、絶対にそうであったわけでして。え。は。ああ、レコードがかかるそうです。もうすぐかかります。今、かかりますので。はい。はいっ。かかりました。これがメンデルスゾーンのヴァイオリン協奏曲ホ短。あっ。この曲なら知ってる知っています。ほらっ。チラーラ、チラーラ。ラチラリラー。このメロディがつまり、テーマなんです。そうです。思い出しました。さっきですね、あの、中学生時代に二、三曲好きになったといいましたけど、そのひとつがこの曲だったんですよほら、またきました。チラーラ、チラーララチラリララー。今度は合奏ですね。さっきのはヴァイオリンの独奏でしたけどね。そう。思い出しましたよ。さっき、音楽の好きな友人がいたってことお話ししましたけど、そいつとふたりでよくこれを歌ったもんです。いや、思い出してきました。あの頃はねえ、この曲全部、口で歌えたんですよ。レコードがすり切れるくらい何度もかけましてね。全曲憶《おぼ》えたんですよ。はは。ははは。は。そしてあの、近所にいた女学校のあの、女生徒を、ふたりとも好きでしてね。その子の話ばかりふたりで。あ、ここのところ、ここがいいんですこれはですね、クラリネットなんですよ。これはその、第二のテーマでね、ピアニシモでね。そう。ピアニシモ。ピアニシモです。はは、はははははは、わははは。ほらっ今度はヴァイオリンが真似して今と同じことをやります。やり出しました。独奏ですね。やっぱりピアニシモですね。これが終ると次にまた第一のテーマになります。そう。なるんですよ。そらきたっ。チラーラ、ラチラリラー。ここは展開部ですね。そ、そうっ。展開部。思い出しましたここは展開部ってやつなんですよははは。はは。わはははははは。そしてこの第一楽章はね、なんていうか知ってますか。第一楽章はね、アレグロ・モルト・アッパッショネートっていうんですよ。わは、わは、ははははは。そしてこの展開部の次が再現部。そう再現部ですね。は。再現部にもまた、第一のテーマが出てきますよ。フルートとクラリネットがね、ピアニシモで出てくるんですよ。そらっ。チラーラ、チラーラ、ラチラリララー。ぞくぞくしますね。いい音ですね。すごいですね。はいっ。今やってるのが第二のテーマ。これをもう一度ヴァイオリン独奏でくり返しますとですね、その次が、最後のクライマックスですよ。聞いててください。ほらきたっ。チラーラ、チラーラ、ラチラリララー。すごい。すごい曲ですね。メンデルスゾーン、天才ですね。涙が、出て、き、きましたね。はは。

はい。これで第一楽章終り。次は第二楽章です。始まりました。だけどこの第二楽章には、あのチラーラ、チラーラってテーマは出てこないんですね。わたしは第一楽章しか憶えていませんし、で、ご退屈でしょうから昔の、わたしの学生時代の話、もう少しさせていただきますけど、わたしの、あの音楽好きの友人といいますのが福井といいまして、この福井君とわたしが一緒に好きになった女学生っていいますのが山本幸子、聖光威女学院に通っていた女学生で。はは。ははは。山本幸子という名前、口にしただけで胸が、ははは、ときめきますわ。はは。年甲斐《としがい》もなく。はは。で、もしかするとこの放送、その山本幸子、聞いてるかもしれません。福井君も聞いてるかもしれません。いろんな人が聞いてるんでしょうなあ。もちろん女房も。あ。女房も聞いてるんでしたな。はは。あの、それであの、女学生を好きになったからといってもですね、別にその今の若い人みたいに、えと、そのあの、フ、フリーセックスですか、とんでもない。そんなこと、とんでもないことでした。はい、これはもう神かけてあの。だいたい手さえ握ったことも、あの口さえきかなかったんです。ただその彼女がその学校からその帰るのを待ち伏せ。あの待ち伏せといってもあの、そんな変なことをするつもりは全然その、襲うなんてそんな、とんでもない。そんなことしたら感化院。ただその、ラヴレターを渡そうと。いえあの、ラヴレターといったところでたいしたことはない。だいいちその、あの結局渡す勇気さえなくて渡さなかった、これは本当。はい本当です。信じてください。あの、それでまあ、個人的なことはやっぱり、いろいろさしさわりが。あの今やっておりますのは第二楽章で、いずれ終りますから、ご退屈でしょうがお聞きください。それからあの、その次にたしか第三楽章もあったと思いますがこれもお聞きくださいご退屈でしょうが。それであの、あ、はい、第二楽章が終りました。次は第三楽章で。えと、ああ、今レコードを裏返しておりますので今しばらくお待ちくだ。は、どうした。どうするんですよ。そんなひど。われますよ。そんな説明したら笑わ。

レコードを落して、壊したそうでありますので、えと、第三楽章を省略させていただきます。音楽鑑賞の時間を終ります。担当は馬津でした。あの、次、次はなんですか。え。誰かもう交代してくれませんか。もう疲れたんですけ。

　って昼飯もまだ食。

れじゃ約束が違。

えと、ただいまの時報は、一時、一時ごろであります。次は、原稿のある番組。えと。ばさばさ。ばさばささばさ。次はお昼の訪問。

すね。せめて昼飯を注。

い。はい。ざるそばで結。

あの、お昼の訪問でありますが、その前にCMを。これもどうせきっと逆回。ははは。ははは。また逆回転でしたが、今度は何のCMかわかりましたか。今のは待下電機のCMだったんです。きっとおわかりにならなかったでしょうね。ははは。は。えと。お昼の訪問。今日は静かな郊外にある、えと中見世地蔵堂先生、鳥の研究で有名な中見世地蔵堂先生のお宅を、わたくしが訪問するという形の台本がここに、いえあの、わたくしが訪問するわけで、訪問いたしました。今あの、郊外にある駅から郊外の道をその、先生のお宅の方へ近づいておりまして、するとだんだん木が多くなってきて、鳥が鳴いております。つまりこの辺は鳥が多いわけで。鳴いております。擬音。早く擬音。

にしてるの。早く早く擬音の鳥の。

ほらっ。鳴いておりますね。スズメ、メジロ、それからウグイスの声も聞こえます。ホトトギスの声も聞こえますね。鳥たちはみんな先生を慕ってこの辺へ集まってくるのだそうです。ほら。だんだん鳥の数がふえて、もう、鳥の声はやかましいほど。き過ぎるよ。しっ。ヴォリュームさげて。早く。だいたいこれ、小鳥屋の効果音じゃないか。早く。大き過。

ど、どんどん大きくなりますね。周囲にむらがる鳥の声は、今や耳をつんざくばかり。わ、わたしの肩や頭上には、鳥がいっぱいとまって泣き叫んでおりまして、肩にはヒバリとカケス、頭にはえと、そのハゲタカがとまっておりまして、頭上はるかには、あの、ツルと、あのサギと、あのカラスとトビが、それからあのヨタカと、それからあの、あのトキの大群が舞いくるい、あの、ちょっと。

きくなるばかりじゃないですか。小さくならないの。テープ。え。故障。そんな。

あっ今のはニワトリでありまして、わたしの手にしておりますマイクにとまって鳴いたのでありまして、もはやわたしの周囲はまっ黒になるほどの鳥の群で。ちょ、ちょっと、すみません。とめて。やめてくだ。み、耳。耳ががんがん。鼓膜が破れ。た、助け。

あの。やっととまりまして、いえあの、静かになりまして、これはつまりわたしが先生のお宅に着いたという、つまりその。来てない。どうして。まだ。困るよ。どうするんですか。え、局の前まで、玄関まできてるの。入れてくれないって、そんな。どう言ってごまかせばい。えと、あのですね、今わたくしは豪勢な広い客間に通されておりまして、先生をお待ちしておりますが、先生はまだその、寝ておられまして、まだ出てこられませんので、もうしばらく待たされることに、あの。なんとか早く、先生つれてきてくださいよ。あの、早くね。えと、あの家の人のお話では、このお部屋の前にその、あの組合員があの、あのピケを張って、ゲストを通さないそうで、おかしな話ですが。変ですね。ははは、は。どうしてでしょう。あ、この擬音、何。

ですか何ですか何ですかこの音。早くとめてくださいよ。は。テープが勝手に。とまらない。困りますよ、そんな、困りま。

えと、あの、その雨が降り出したようですね。はは。あ、雨の音がだんだん大きくなりますが、あ、これはすごいですね。集中豪雨ですね。あ、これは雨ではないですね。もうこれは滝ですね。あ、あの先生の、閑静なお庭には滝がありまして、これはその音。あ、すごいですね。巨大な滝です。あの、縁側の一メートル向こうを巨大な滝がこの、轟轟《ごうごう》と流れ落ちておりま。マ、マイクを近づけて見、こ、これは。やめ、やめてくだ、耳。つんぼになります頭が。助け、助けて。

あっ、あの、やっと静かに、おや、この音は、今度は何ですか。何でしょう。ねえ、いい加減にしてくださいよ。え。どうにも。

ないって。そんならテープの電源切っ。

マイクも一緒に切れるって。そんな。

えと、あの、聞こえてまいりましたのは、あの、あの三味線ですね。はい。芸者さんの声も聞こえておりますね。えと、あの、どうしてかよくわかりませんが、宴会がはじまったようでありまして、これはあの、中見世先生がその、わたくしを歓待してくださるためにあの、芸者をいっぱい呼んでくださっているわけでありまして。あ。男の人で、すでに酔っぱらって大声をあげている人がいますね。誰でしょう。誰だかわかりませんが。あ、芸者に何かいたずらしたようですね。芸者が悲鳴をあげておりまして。そら、だんだん座が乱れてきたようですが。あの、うわ。どんちゃん騒ぎになってしまいまして、こ、これはすごい。頭ががんがん。ひや、助け、助けてくれ。助けてくれ。もう、逃げ。

ええ、どんちゃん騒ぎばかりを、約三十分以上にもわたってお送りしましたことをお詫《わ》び申しあげます。やっと静かに。はは。お昼の訪問の時間を終ります。担当は馬津でした。ところで。

るそばまだ来ませんか。え、今、持ってきた。じゃ、こっちへください。ざるそばぐらい。ちょっと食わしてくだ。

丈夫。音を立てないように食べま。

次はあの、お昼の歌謡曲であります。えと今日は「アラビヤの唄」「君恋し」「東京行進曲」「モン巴里《パリ》」「女給の唄」「丘を越えて」以上の、ひいふうみ、六曲を、続けてお送りします。えと、あの、古い曲ばかりですが、これはあのレコード担当のあの、総務部長がお選びになったものでありますから。えと、それではまず「アラビヤの唄」から。

ずるずるずる。ずる。え、もう終ったの。ずるっ。ごほ、ごほごほ。な、なぜ。だってまだ一曲しか、ごほごほ、やってないじゃ、ごほ、は、鼻の穴に、ごほげへ、そばが、ごほげへごほ、げへっ、ごほっ、ごっほーん。ごっほーん。はっくしょん。あ
あ苦しかった。失礼。

ってまだ半分も食ってないんですよ。そばぐらい満足に食。

かりました。わかりましたよ。やりゃいいんでしょ。あ、失礼いたしました。レコ

ードが一曲しか見つからなかったため、あのお昼の歌謡曲はあの、終ります。担当は馬、え、これ何の原稿。え。はい。えと、交通情報の原稿でありまして。あ、その前にまた、例によって逆回転のコマーシャルであります。はは、ははは。

なおった。なおりました。今度は逆回転でないCMが出ました。よかったですね。本当によかった。はは、ははは、わははは。さて次に交通情報でありますが、えと、あの、このビルのありますところは菊富士町三丁目の交叉点《こうさてん》でありまして、あの、さっき常務が屋上へ出て見てきたところによりますと、菊富士三丁目交叉点は、東行きが五メートル、それから西行きが十メートル、ということは、あの文房具屋か増田屋のあたりですな、えとあの、停滞していたそうであります。交通情報を終ります。担当は馬津でした。

ただいまの時報は三時十三分前を少し過ぎたところだそうであります。次はあの、新聞のラジオ欄では、時事放談「公営ギャンブル是非」となっていますが、ゲストの先生がたがまだお見えになっておりま。え。こないって。どうするんですかそれじゃ。困るじゃないで。

えと。あの、実は組合員が局の前にピケ・ラインを張りまして、このスタジオにあの、ゲストがくるのを阻止しておりまして、ゲストの人がみな玄関で追い返されて、怒って帰ったそうでありますので、あの、時事放談はあの、中止させていただきますけど、これはみんなその、組合員が悪いわけでして、そうです。組合員が悪いのです。それであの、その次はあの、邦楽鑑賞の時間で、えと。ばさばさ、ばさばさばさ。すみません、ちょっと原稿さがしてください。あの、それからお茶もらえませんか。のどがからからで。あ、水でもいいです。ばさばさ。ありました。えと、今日は俗謡だそうでありまして、えと、「トンヤレ節」「ギッチョンチョン」「猫じゃ猫じゃ」「しょんがいな」であります。これを続けてお送りします。これはあの、専務がお選びになったものでありまして。あの、水、まだですか。あ、どうも。

ぶほっ。こ、これは酒。あ、あのすみません。このコップに酒が入ってるんですがね。どうして水。

いんです。え、断水。そんな。わたしは酒飲めな。

ードもだめ。そんな馬鹿。

あの失礼しました。えと、あの実情をですね、あの申しあげます。えとあの労組の連中が、わたしがこの放送をやっているので局内へあばれこんできてですね、レコード室を占拠したそうでありまして、ですからこのレコードをおかけすることができません。これはすべて労組の責任でして、これからあともずっとレコードを、あの、おかけることができないと、ど、どうなるんですか。レコードだめ、ゲストもこない。それじゃ、わた、わたしはどうなる。わたしひとりで何か喋《しゃべ》り続けなけりゃならな。そ、そんな無茶。まだ飯もろくに食。もう帰らせてくだ。拝んだってだめですよ。帰ります。わたしゃもう帰る。

かりました。わかりましたよ。やりゃいいんでしょう。いったい何やるんですか。レコードがないんじゃ、やりようが。

目ですよ。お前歌えったってね、わたしゃ歌なんか全然。駄目で。

んなあなた。しらふで。

りますよ。やりますよ。すぐに人を脅すようなこ。

では邦楽鑑賞でありますが、その前にまたCM。わ。今の音。な、なんですか。え。なんで。

テープ・レコーダーが爆発いたしまして、CMをお送りできなくなりました。あの、今修繕しておりますが、あれではどうも、もと通りには、まず、ならないだろうと、その。では、俗謡をその、レコードがありませんので、わたくしに歌えということでして、馬津宏一のその独唱でお送りしますが、その。ちょっと失礼して、のどをその、しめしますので。げほ。ごほげほ。あ、失礼。えと、「トンヤレ節」、これはわたし歌詞を知りませんので。「ギッチョンチョン」これも知りませんな。「猫じゃ猫じゃ」これなら少し。酔っぱらいの親父がいつもその。ではこれをあの歌いますが。ちょっと失礼、もう一度のどをその。ごく。げほっ。ごほんげほん。ごほ。えへん。失礼。では馬津宏一の歌で「猫じゃ猫じゃ」を。おほん。

猫。失礼。ちょっと声が高すぎましたようで。はは。猫じゃ。おほん、おほん。失礼。どうもいけませんな。では。猫じゃ猫じゃとおっしゃいますが、猫が、猫が下駄はいて杖《つえ》ついて絞りの浴衣《ゆかた》でくるものか。ア、オッチョコチョイのチョイチョイと。はははは。は。では二番を。えへん。蝶蝶《ちょうちょう》とんぼや、きりぎりす、山で、山でさえずるのは松虫鈴虫くつわ虫。ア、オッチョコチョイのチョイチョイと。ははは。失礼。中途で調子にのりすぎましてマイクを倒しました。えと、次は「しょんがいな」これは知りません。かわりに、それでは、都都逸をひとつ。えへん。チ、ツン、チンットン。ませた舞妓《まいこ》は木履《ぽくり》の鈴を、とってほしかろ、しのび逢《あ》い、と。ははは。失礼。では都都逸をもうひとつ。チ、ツン、チンッ。え。なんですか。え。なんだっ。

すか。わかりました。わかりましたよ。ええ、只今《ただいま》、聴取者のかたから、わたしに歌うのをやめさせろという電話が、いっぱいかかってきたそうであります。頭痛がする、飯がまずくなる等、たくさんあって、そのため局のヒューズがとんだそうで。どうも、わたしの歌がまずかったようで。申しわけありません。声が悪いですからね。すみません。歌いたくて歌ったわけじゃありませんので、お許しをその。でも、なぜ、なぜその、わたしがお詫びしなければならないのか。あの、そりゃ、わたし、自分がへたということはよく承知。それ、それを、やれやれといってやらせたのはその。わたしは何もこんなことしなくてもいいのに。その、労組のストのために。社、社長命令。わた、わたしは板挟《いたばさ》みで。もうこんなことは。おまけに聴取者から文句いわれて。何も電話までしなくったって、わたしの歌が嫌いなら、ス、スイッチ切ればいいんで。いつも、いちばん損を。わ、わたしはく、く、口惜《くや》しくてね。組合員のやつらはいいですよ。困るのはわたしで。わたしだって重役じゃない。け、経理課長というだけ。家には女房と、娘と息子がひとりずついるというのに、声がいいからとかなんとかおだてられて、その実、社長命令。なぜアナウンサーの真似なんかしなきゃいけない。性《しょう》にあわないのに。放送し続けて穴をあけるなといわれて、否応《いやおう》なしです。喋り続けなきゃならない。わたしだってストをやりたい。組合員じゃないというだけで、ちっともいいことがないじゃないか。給料だって人気のあるアナウンサーの方がずっと。く、くそ本当にもう。わた、わたしゃもう、い、い、いやだ。う。ううう。ううー。うーうーうー。皆から、うーうー。笑わ、笑われて。うーうーうー。

約三分間、放送がとぎれましたことをお詫《わ》びいたします。あの、お聞き苦しかったこと、あの、泣き上戸《じょうご》で、えへん。それであの、歌はもう絶対に歌いませんのでご安心を。もうあの、いくら頼まれたって。はい、だいたい組合員がレコード室を占拠したから悪いので。一種の暴力ですからね。だけど暴力のいちばんの被害者はわたしでして。実際腹があの、立ちます。組合員の中にはわたしの部下もいるんですから。部下がですよ、上役をこんな苦しい目にあわせるなんて、昔はこんなことはなかった。そう。こんな暴力をですね。上役に振るうなんて、わたしの若い頃、つまりそのわたしが新入社員だった頃なんかまったく、考えられもしないようなその。わたしが新入社員だった頃は上役を尊敬していて、いえそれは今だってそうですけど、そりゃまあ、蔭《かげ》で悪口をいうくらいは、これはまあ誰だってそうで、わたしだけじゃないんですが、わたしは比較的上役の悪口は言わない方で、たいてい同僚がいう悪口にあいづちを打つ程度で、だいたい上役に面と向かって悪口をいうなど、とんでもないことでしたな。叱られたりしようものなら、二、三日は飯ものどに通らず、たまに褒《ほ》められでもしようものなら、もう嬉《うれ》しくて、その晩はふとんに抱きついてくすくす笑ったりですね。それが今の若い連中ときたらどうです。入社してきて何もわからない癖に、上役を尊敬するという気持がまったくない。間違いを叱ると、なぜ早くそれを教えてくれなかった、あべこべに食ってかかる。部下のできない計算をわたしがやって見せるとですね、さあすがァ、とか何とかいって、わたしの背中をどーんと叩《たた》くんですな。こりゃあもう尊敬しとるんじゃない。馬鹿にしとるんです。軽く見とるんだ。なぜわたしが、そんな若僧に軽蔑《けいべつ》されなきゃならん。なぜもっと人を敬わんか。根性がひねくれている。たまにわたしが褒めてやると、あべこべにわたしの肩をとんとん叩いて「ま、いいからいいから、そんなに人気とりしなくても」な、なんていい草ですか。いつわたしが人気とりをしたか。人を馬鹿にするな青二才の癖に。なんだと。考課表を見せろだと。世間知らずもはなはだしい。そんなもの見せられるもんですか。考課表は神聖なもんだ。わたしが見せるのをことわると、ふくれっ面をして、どうせ悪く書いたんでしょなどと。わたしの悪口をあちこちでいいふらして。あげくの果てに労組だとか、賃金闘争とか。仕事もできん癖に。なめるな。馬、馬、馬鹿者が、あ、あ、青二才の癖。

約二分間、放送がとぎれましたことをお詫びいたします。えと感情に走りましたことをあのお詫び。あの次はあの時報で、今六時一分前ですから今度こそはきっかり六時のあの時報をあの。用意、いいですか。え。時報が故障で鳴らない。あの、鳴らないそうで、わたしがそれではあの、やります。十秒前。五秒前。ぼっ。ぼっ。ぼっ。

ちんころりん。はい正確に六時をお伝え。

か食べさせてくだ。

合員が廊下に。だって昼飯もろくに食。

死しろってんですか。え。酒を飲。

んな、酔っぱらっちゃいますよ。そん。

失礼しました。六時のニュースの時間ですが、原稿がひとつもありませんので。それでもあの。何か喋っていろという命令で、あのそれでは、あの、無限放送株式会社のストはまだ解決されておりません。現在、重役はじめ部課長級の数人がスタジオと副調整室で罐詰《かんづめ》にされていまして、経理課長の馬津がアナウンスを続けております。早い解決をその、関係者も当事者も、待ち望んでおりましてその、あの、えと、他に何かニュースないの。あの夕刊まだきませんか。夕刊読みますから。え。夕刊、どうしてないの。組合員がくれない。また組合員。あ、それ原稿ですか。あ、原稿がきました。少しですが原稿がきました。えと、あのですね。他の局のラジオの伝えるところによりますと、首相は今日の記者会見で、内閣改造問題には触れなかったそうであります。ニュースを終ります。ちょっと失礼して、またこれを。ごく。ごく。げへっ。ごほん。えと、さて次は、頓京《とんきょう》電力のお送りする「中学生の科学・やさしい電気知識」の時間ですが、これは台本がここにありますので、これを読ませていただきます。ええと。テーマ。F・I。F・O。なんのことでしょうな、これは。ええと。「今日は頓京工大の辻八郎先生に、いろいろとお訊《たず》ねします」となっていますが、教授はもちろん労組員に追い返されてスタジオへお見えになれませんので、わたしが解答の方も、その、読むことにいたします。質問。「辻先生、電気っていうのはそもそもどうして発生するのですか」先生の答え。あっ。書いてない。こ、この台本、先生の答えの部分が白紙になっていまして、書いてありません。あの、これはですねあの、辻先生が、ちゃんと答えてくださることを予想して、台本には特にその書かなかったのではないかと。しかし質問ばかり読んでも意味が。すると、わたしが代ってお答えをしなければならんのでしょうな、これは。あの、また、ちょっと失礼。ごく。ごく。げへごほげほ。ごほん。あの、まあ「中学生の科学」なんだし、お答えできると思いますけど、時には間違うかもしれませんが、その、お許しを。ええと。電気の発生。これはですな。電気はまあ、いろいろと発生しますね。まあその、たとえば雷さんとかネコの頭をこするとか、ま、そういったことでも発生しますがまあ、しかしいちばん簡単に発生するのはこのやはり、スイッチをひねることとですね。えへん、あの。ちょっと失礼。ごく。ひっく。次の質問。「直流、交流っていうのはなんですか」こ、これはですな。電気がその、流れていることですな。一本だけまっすぐに流れているのが直流ですね。直流が二本交わると交流で、だからその交流というのはつまり、ショートする時のことです。えと。質問。ひっく。「家庭電気器具の扱い方と注意についてお訊ねします」えと。あの、解答を申しますと、これはですね、電気器具の扱いかたが悪いとですね、あの家の人たちはいろいろと危険な目に会いますね。それであの中でもですね、毎年沢山の被害者を出すいちばん大きな危険はですね、えと、あの、あのあの、死ぬことです。ひっく。質問「感電した時は、どういうことに注意すればいいでしょうか」解答。そうですね。えと、まず感電した人が死んだかどうか確かめて、それからえと、スイッチを切ります。それから大事なことはあの、電話をすることです。もちろんあの医者を呼ぶためですね。ひっく。死んだ場合は坊主を呼びます。「どうもありがとうございました」ではこれで「中学生の科学・やさしい電気知識」を終ります。担当は馬津でした。あの、ちょっと失礼。ごく。ごく。ひっく。ういっ。すみませんあの。何かく、食わせてもらえませんか。は、腹がぺこぺこ。め、眼がまわって。昼飯もろくに。ひっく。うぃー。失礼しました。あの、こちらの内輪の話がいろいろ聞こえると思いますがお許し。あのご同情願いたいと。これはまったく拷問。事情はあの先程からだいたいおわかりのことと。うぃー。まったくひどい。飯が食えない。労組のストは、わたしのせいじゃない。それなのにどうしてわたしだけがこんな拷問を。ひっく。うぃー。しかもわたしは課長だからストもできない。こんな馬鹿な話が。安い給料で働かされて、いざストになったら経営者側で、いちばんつらいやなことを。不、不合理。部下のミスもひっかぶらなきゃならん。うぃー。しかも経営に関する発言権はないわけで。課長会議。はは。あんなものはね。あんなものはあなた。重役が課長を集めてがみがみ叱るだけの。ひっく。うぃー。何が重役。自、自分らが無能な癖に、おれに何もかもおっかぶせ。え。え。何。あ、そうか。はは。いや、これは失礼。すみませんでしたね。重役がこっちを睨《にら》んでます。だけどね。どうしてわたしを睨むんですか。睨むくらいなら、こっちへ出てきて自分が喋《しゃべ》ったらいいでしょ。自分が喋って失敗するのがこわいから、わたしに喋らせてるんでしょうが。わたしがいくら失敗したって、あんたたちはわたしひとりに責任おっかぶせて、くびにすりゃそれですむんだもんね。うぃー。だから誰もわたしと交代しようって言い出さない。ええい。もっと飲んでやれ。ごく。あ。もうないよ。酒のおかわりください。くれなきゃ、喋らないよ。飯が食えないんだから、せめて酒でも飲まなきゃ、からだがもたないよ。うーい。しかし何ですね。こんなつまらない放送聞いてる人って、どんな人でしょうね。これ聞いてるあなたがどんな人か、わたしは知りませんけどね。

ま、タクシーの運ちゃんとか、どうせそういう人だろうけどね。こんな時間にラジオ聞いてる人なんてものはね。ま、いいけどね。あ、もしかすると学生さんかもしれないね。最近の学生なんて、ラジオ聞きながら勉強するんだね。うちの息子もラジオ聞きながら受験勉強やってますよ。あれで勉強になってるのかね。ま、いいけどね。勝手だけどね。どうせ親のいうことなんか聞かない。わたしを馬鹿にしてるんだよ。何かいってやっても、ふんと鼻で笑ってね。遊び半分で勉強してるんだ。それじゃ出世しないね。大学出たって、タクシーの運転手にしかなれないね。うぃー。こんな時間に放送聞いてる人なんてものは、もしかすると馬鹿かもしれないね。ま、気にしなくていいけどね。酒、もうないんだよ。酒、ほしいね。腹も減ってきて、どうも弱ったねこりゃ。あのう、すみませんがね、増田屋さんの誰か、この放送聞いてないか。聞いてたらカツ丼ひとつ持ってきてくれませんか。ラジオ無限の1スタです。頼みますよ。冗談じゃない。もう九時だよ。退勤時間とっくに過ぎてるよ。この上深夜放送までやらされたら死んじゃいますよ。おい喜美代。聞いてるか。なんでもいいから弁当作って持ってこい。うーい。こりゃいかん。酔いが醒《さ》めて寒くなってきたよ。あの、天気概況ですけどね、夜分になってだいぶ冷えてきましたから、寝冷えをしないようにね。うーい。弱ったな。酔いが醒めてますます寒くなってきた。水が飲みたいんですがね。ジュースもないの。え。酒しかない。いったいその一升瓶《びん》は、誰が持ってきたんですか。え、社長の差入れ。気のきかない社長だね。いいから、それ、ください。だって、何か飲まなきゃ、ぶっ倒れますよ。いいんですか。あ。ありがとう、ありがとう。瓶ごとください。いいじゃないですか。瓶ごと置いてってくださいよ。なに、大丈夫、大丈夫。はは、ははは、は。では失礼して。ごく、ごく、ごく、ごく、ごく。ふーっ。

あ。この部屋、ぐるぐるまわりはじめましたな。はは。愉快ですな。ぐるぐるまわる放送局。ははは。さてと。何か喋り続けなきゃいかんわけれすな。ええと、全国の皆ひゃんお元気れすか。わたひはラジオ無限の馬津ちう者れすが、今放送しとりまひゅ。何放送しとるかちうと、これがニュースを放送しとるんで。はは。うーい。チ、ツン、チンツトンとくらあ。ニュース聞く馬鹿、聞かぬ馬鹿、そのまたニュースを喋る馬鹿とくらあ。ははは。歌っちゃいけないんでひゅね。ふん。ふざけるな。歌を聞きたくないんなら、よその放送聞きやがれ。ははは。重役が赤くなったり青くなったりひて、こっち見とるよ。わたひゃね、自分らけクビになるのはいやらからね。あんたらも道連れにひてやるからね。わたひゃ、へとりらけクビにはならんよ。うーい。ごく。ごく。さあーてと。あいかわらず聞いとるかね。全国の馬鹿。わたひゃね、わたひゃ酔ってなんかいませんよ。わたひゃとにかく、喋れと命令されたから喋っとるんらもんね。どんどん、何れも喋っちまう。馬鹿の重役ろもが、いくらガラスの向こうからわたひを睨もうが、そんなもんはね、そんなもんは平気れね。あれ。どうひたのかね。連中、副調整室れ大騒ぎひとるよ。おい。どうひた。どうひた。ははは。こりゃ愉快。労組の連中がドアを押しあけようとひとるらしいれす。重役連がドアを押えとります。おもひろくなってきまひた。専務が何かわめいとります。うーい。ドアが開きはじめまひた。労組頑張れ。重役頑張れ。ろっちも頑張れ。わっひょい。わっひょい。はははは。聞け万国のろうろう者とくらあ、とろろきわたるメーレーのとくらあ。うーい。あっ。ドアが開きまひた。労組委員長を先頭に、赤鉢巻ひめた大勢の組合員がなられこんれきまひた。今や上を下への大騒ぎれありまひゅ。あっ。常務がスイッチ盤の上へ押し倒されまひた。総務部長がパイプの椅子《いす》をふりあげて、あばれておりまひゅ。あっ。スイッチ盤が爆発をはじめまひた。ぽん、ぽん、ぽんといって、小さな爆発が副調整室のあちこちで起りまひて、白い煙が立っておりまひゅ。たらいま実況中継をお送りしておりまひゅ。無限放送労働争議の模様を、現場から実況中継れお送りひておりまひゅ。営業部長はテープで首を絞められておりまひゅ。あっ。立ちあがりまひた。立ちあがりまひた。あ、組合員たちがガラス越ひにわたひの方を指さひて、何かわめいておりまひゅ。これはいけまひぇん。このスタジオへ入ってこようとひておるようでありまひて、ろうやらこのわたひの放送をやめさへようとひておるようれありまひゅ。ろうやらこのわたくひの放送も終りに近づいたようれありまひて。えと。たらいまの時刻は、らいたい午後十一時れありまひゅ。ほれれは全国の皆ひゃん、おやすみなひゃい。あ。労組員がスタジオになられこんれきまひた。お別れれありまひゅ。さようなら。担当は馬津。経理課長の馬津れありまひた。最後にひとこと。皆ひゃん。あ。く、苦ひい。そこはなへ、そこはなへ。ひとつ言い残ひたことがある。ひとつ言い残ひたことが。

〔禁・無断放送〕

悪魔の契約

いっそのこと、悪魔とでも取り引きしたい。

最近、利七は本気でそう願っていた。

利七は自分の実力をよく知っていた。もちろん彼としては、せいいっぱいの努力をしたつもりだった。だがいかんせんIQ90の知能では、二流の公立大学の文科を中ぐらいの成績で出られただけでも、さいわいだったといわなければなるまい。

それは利七にも、よくわかっていた。

しかし利七の野心は、その幸運にただ甘んじているには、あまりにも大きすぎた。彼には、この矛盾を解決するには悪魔の力を借りるより他ないだろうと思えた。

卒業式が迫っているというのに、就職先はまだきまらなかった。ひどい就職難だった。現在二、三の二流会社へ願書を送ってある。返事はまだ来ない。もし書類選考で落とされてしまったら……。

もしそうなれば、郷里へ帰って百姓をやるよりほかない。しかし郷里へは帰れない。帰れるものか。たとえ送金が切れたって……。おれは百姓だけは、絶対にやらないぞ。

音を立てて崩れていく自分の野心を感じながら、利七は三畳の下宿部屋の薄暗がりの隅で、じっと火鉢のなかを見つめていた。ときどき、やけくそになって、バサバサの頭を乱暴にバリバリ掻《か》きむしり、色あせた詰襟の肩へ白いフケをまき散らした。ほんとは、立ちあがって地だんだを踏みたい気持だった。

利七の野心は、利七自身が逆に圧倒され、それにふりまわされそうになるほど大きなものだった。しかし、日日甘い成功の白昼夢に酔って、真剣に見つめようとはしなかった現実が、今こそその野心を粉砕しようとして、荒れ狂う怒濤《どとう》となり、彼の上に襲いかかってきているのだ。

「おお。悪魔よ出てこい。お前におれの魂を売ってやるぞ。おれは現実の悲惨さよりは、地獄での苦しみを買うんだ」

ファウストさながら、利七は絶望的にそう叫んだ。

とつぜん、火鉢の横にキナ臭い煙が立って、利七は咳《せ》きこんだ。あわてて窓をあけると、斜めに畳の上に落ちた西日のなかに悪魔がいた。

「呼んだろ」と、悪魔がたずねた。

「ああ、呼んだ」と、利七は答えた。

「契約か」

「そうだ」

悪魔は書類を出した。「サインしろ。この世はお前の思うままになる」

大実力者として政界、財界、文学界、芸能界に君臨した利七は、美しい妻とおおぜいの側近に見守られながら、今しも息を引きとろうとしていた。だが彼は、死後の世界の恐怖におののいていた。さあ、地獄の責め苦がまっ黒な口をあけて、おれを待っているんだ。利七は顔をひき吊《つ》らせた。

「た、助けてくれ」

その絶叫と同時に、彼の枕もとに例の悪魔があらわれてたずねた。

「どうした、どうした。何をこわがっているんだね」

「わ、わたしはどんな目に会うんだ。針の山か、血の池か。それとも煮え湯を飲まされるのかね」

悪魔はあきれたような顔をした。「頭が古いな。あんたはそんな目に会うような悪いことなど、ひとつもしていないじゃないか。だいたい、なぜ地獄へなんて落ちると思うんだね。契約書を読まなかったのかい。われわれ現代の悪魔は、魂なんて無形のものが欲しいんじゃない。人間の欲望から生まれるエネルギーが欲しいんだ。お前さんの思い通りになるということはわれわれがお前さんの好きな世界を演出してやるということだったんだ。だいたいお前さんみたいな能なしが実社会でこんな実力者になれると思うかね。あんたが充足感に浸っている間、その余剰エネルギーはわれわれが預っていた。その利息が利息を生んで、今じゃ清算は終っているんだぜ」

そういって悪魔は周囲の人間たちに向かって大声で叫んだ。

「ようし。本番終り。大道具さあん。ラスト・シーン病院の場。シーンNO・七八七九三〇〇二、撤去。演技者の皆さんはお疲れさまでした」

「お疲れさま」「お疲れさま」

利七はおどろいて、あたりを見まわした。家族や側近たちはすべて、悪魔の姿にもどり、ぞろぞろと引きあげかけていた。

「あっ。なんだこれは。テレビではないか」

今までのことはすべて、悪魔たちの作った虚構だったのだ。利七はわめきちらした。

「け、契約違反だ」

「まあ、そういうなよ」

いちばん最後まで残っていた、彼の妻の役をした悪魔は、ニヤニヤしながらいった。

「四十年もあんたの相手をするのは、たいへんな苦労だったぜ」

そういって彼は、ウィンクした。

夜を走る

ながいこと禁欲しとったとこへさして、河内町のテレビ局の前で乗せた女の客や。どっかで顔見たことあるさかいきっとタレントやろけど、えげつないグラマーやさかい、わいのきんたま、もう爆発寸前やがな。バックミラーへどんぴしゃ太腿《ふともも》映りよって、ミニ・スカートはいとるし、おまけに見せつけるみたいにシートへ浅《あそ》う腰かけて、膝《ひざ》はねあげやがって、ほんまにもうほんまにもう。

「新大阪駅」

乗った時低い声でそないいいよったけど、わい、例によって黙って車出したけど、ええ声やった。あの時わいが「はい」とか「へえ」とか返事しとったら、この女かて気い許して、そのあと何《なん》やかやと話しかけてきよったかもわからへん。わいが黙っとったもんやさかい、気むずかしい運転手や思いよったんやろか、暴力運ちゃ《ちゃ》ん違うか思いよったんやろか、全然話しかけてきよらへんねん。

そらま、たしかにわいは、タクシーの運転手としては気むずかしい方やし、時たま乗車拒否かてせんことないさかいに、暴力運転手いわれたかて仕様《しや》ないけど、それも客によるがな。こんなグラマーの姐《ねえ》ちゃんたったひとりで乗ってきよったんや。別に寝まひょかちうことにならいでもかめへんねん。話しとるだけでおもろいし、第一ええがな。あの声ずっと聞いてられるねんもん。はじめに返事せなんだん失敗や。えらいことしてしもうた。今ごろから声かけられへんで。あかんあかん今ごろ声かけたら、よけい警戒しはりまんがな。こないだホステス強姦《ごうかん》しよった奴出たばっかりやもん。しやけど、ええ姐ちゃんやなあ。色白いし、鼻丸いさかい親しみがあるし、ころころよう肥えてはりまんなあ。どやあのお乳。

あ、しもた。何もぞもぞしとんねやろと思たら、ライター探しとったんや。阿呆《あほ》。すかたん。早《はよ》うライターの火つけてさし出したらんかいな。何しとんねん。ぼけ。もうつけてまいよったがな。せっかく信号待ちで手え空いとったちうのに。

いつも不愛想にしとるもんやさかい、こんな時にかてその癖出てしもて、チャンス逃がしてしまうんやがな。惜しいことした。火い貸したってたら、話するきっかけでけたかもわかれへんのに。

「あら、ありがとう。大阪の運転手さんって親切なのね」

「そら、あんたみたいに綺麗《きれい》な女《ひと》が乗りはってんさかい、どんな運転手でも親切になりまっせ」

「そんなことないわよ。東京のタクシーなんて、ほんとに厭《いや》よ。お世辞ひとつ使うわけじゃなし、不愛想で」

「そらま、その気持わかりまんなあ。あんたみたいな別嬪《べっぴん》さん、どうせ高嶺《たかね》の花や思うもんやさかい、かえって声かけにくいのん違《ちゃ》いまっか」

「あら。わたしあんた気に入ったわ。たいていの男は他の男の人の悪口いうもんだけど、あんたはかばうのね。えらいわ」

「あまり褒《ほ》めたらあきまへん。わい嬉《うれ》しうて、もう、運転間違いまんがな」

「あら純情。男らしい。素敵」

てなことに、ならへんやろか。

話《はなし》しとるうちに、だんだん意気投合してきて、女かてこのまま東京へ戻るのん惜しいなりよるねん。旅の恥はかき捨ていう気になりよるねん。

「惜しいわね。このままバイバイするの」

そない言いよるねん。

「そうでんな。ほなら、東京へ戻りはる前に一回どっかで、わいとあんたはん、結ばれまひょか」

わいがそう言うたったら、この女、喜んでシートでとびよるねん。

「わあっ。スマートねえ、その口説《くど》きかた。そんな風に口説かれると、ちっとも厭らしい感じ、しないわ。あなたの人柄かしら。それともわたしがあなたを、好きになっちゃってるからかしら。どちらかしら」

「ほなら、ホテルへでもつけまひょか」

さらっとした感じで、わい、そない言うたるねん。ほな、女かて、内心どきんどきんしとる癖に、わざと平気な顔で、さらっと言いよるねん。

「ええ。いいわよ」

わあ嬉し。わあ嬉し。そないなったらどないしょ、わい。あ、いかん。にやにや笑うたらあかんがな。バックミラーで見られてしもた。女、けったいな顔してこっち見とるわ。阿呆《あほ》。笑《わろ》てまうやつあるかい。

そやなあ。ホテルつけるいうたかて、この道やったらどこら辺にホテルあるやろ。ああそや。そこ左折して堂山町入ったら連れこみ何軒でもあるわ。そや。あそこ行こ。二年ちょっと前やったかいな、OS裏のトリス・バーの女の子連れて入ったホテルやったら表に駐車場もあるし、何ちう名前やったかいな、あの女の子。この女とえらい違いやなあ。

「あらっ。どこへ行くのよ。そんなとこ左折しちゃ駄目でしょ。まっすぐでしょ」

しもた。ほんまに左折してしもた。想像がつい本気になってしもた。阿呆やなあ。

「あ、そや。すんまへん。新大阪駅やがな。大阪駅と間違うた。えらいすんまへん」

こら。ぺこぺこすな。そないしつこうあやまったら、よけいおかし思われるがな。ええと。どないしよかいな。曲ってしもたから仕様《しや》ない。太融寺《たいゆうじ》で右い折れて中崎町から天六抜けたれ。長柄橋《ながらばし》通らな行かれへん。

「早くしてよ。遅れちゃうじゃないの。二〇時のに乗るんだから」

ぽんぽんさらす女子《おなご》やなあ。何偉そうに吐《ぬ》かしやがるねん。さっき、あないにあやまらなんだらよかった。なんじゃい、あの怒った顔は。眼えぐりぐりさしてこっち睨《にら》みやがって。ひと運転手や思て偉そうにさらしたら、いてまうぞ。ほんまにもう。白豚みたいな足しやがって。あ、顔しかめやがった。腹立つ餓鬼やなあ。屠殺《とさつ》してまうぞ。なんじゃこの淫水女郎《いんすいじよろう》が。おめこひん剝《む》いてからだ全体裏返しにして、通天閣《つうてんかく》の天辺《てっぺん》ちょからぶら下げたろか。

あ、腕時計見よった。

「間に合うかしらん」

まだ吐《ぬ》かしてけつかる。阿呆。デブ。団子鼻。なんか言うたろ。

「ま、そないやあやあ言いなはんな。落ちついときなはれ」

わ。すごい眼えして睨みよったで。よし。にやー笑《わろ》たろ。わいの笑《わろ》た顔、ちょっと凄いさかいな。

ははは。びっくらこきよった。顫《ふる》えあがっとるがな。おもろ。ざま見さらせ。

長柄橋混んどるなあ。なんでこない混んどんねん。バイパスでけたかて同じこっちゃないか。これやったら。やっぱり深夜ならなメーター上がりよらんわ。今時分はまだあかんな。だいたい大阪とか東京とか、タクシー商売昼間するとこやないな。ノルマの半分もいきよらへん。ノルマノルマ。営業所長の口癖や。一回自分《おのれ》で走ってみさらせ。何じゃあのどてクラゲ。番犬。下まわり。鼻糞《はなくそ》。

しやけど深夜走るようになってから、全然飲まんようになってしもた。ま、わいのからだにはその方がよかったわけや。昼間走っとったら、どないしても夜飲んでしまうさかいなあ。酒飲まへんようになってから、もう一年半か。もうあの断酒の時の苦しみやら、病院でアルコールの切れた時の苦しみやら、二度と味わいとうないなあ。飲んでる時かて、あんまり美味《うま》い思わなんだ。小さい人間やとか虫やとか、いろんなまぼろしが見えてきよって、ほんまに恐《こわ》かった。しまいには大名行列が畳の上ちょこちょこ来よるのん見えたりして、あら怖《こわ》かったなあ。医者は震顫譫妄症《しんせんせんもうしょう》やとかいいよったけど、あそこまで行ったらもう、急性の精神病やそうな。わい、ほんまに危なかった。完全な気ちがいになるとこやったんや。アル中の前歴あるもんやさかい、営業所長しょっちゅうわいに眼えつけやがって、見張っとるねん。酒飲めへんか、酒飲めへんか思うて見張っとんねんやろなあ。あないけったいな眼で見られてたら、反対に飲みとうなってまうがな。そこへさしてノルマノルマいわれて、ほんまにもう頭来るわ。誰かて酒でも飲みとうなるわ。わい、よう辛抱しとるで。そこへさしてこのけったいな女やろ。交通渋滞やろ。気い狂えへんのおかしいぐらいやがな。酒飲んだら、かえって気い紛《まぎ》れんのと違《ちゃ》うか。

あかんあかん。医者言うとったやんけ。一回飲んだら最後や。全部もとの木阿弥《もくあみ》。もとへ戻ってしもてまたアル中やてな。今度入院させられたら会社クビや。今でもアル中の前歴あるねんさかい、ほんまいうたら運転さしてもらえんかて仕様《しゃ》なかったとこやねんもんな。人手不足やいうんでようよう雇《やと》てもろたんやが。今度アル中になったらわいの人生もう終りや。わやや。わやくちゃや。

そない言うけんどなあ。たまには飲んで気い紛らしとうなる時かてあるで。ほんま。

くそおもろもない。人生の楽しみいうたらやっぱり酒やもんなあ。そらま、おめこかてあるけど、あんなもん気い紛れへんもんなあ。あんなもん禁欲しよ思たらなんぼでも禁欲できるもん。想像したり、せんずりかいとった方がずっとええもんなあ。

酒飲んでる時分かてそやったな。欲望はあるねんさかい、あのOS裏のトリス・バーのフジ子と、そや、フジ子や、あの女の子の名前フジ子や、あのフジ子誘《さそ》てホテル入ったけど、エロの気ある癖にポテンツいっこうにあがらへんがな。あの時往生した。あのフジ子、今頃どないしとるやろな。名前同じでも山本富士子とえらい違いや。相手山本富士子やったら、立ったやろけどな。この女《おんな》でも立つわ。そや。今やったら立つわ。

あいかわらず怖《こわ》い顔しとるなあ。この女。こんな恐ろしい顔されたらあかんわ。立てへんわ。

いや、立つわ。強姦《ごうかん》やったら立つわ。

強姦ちうもん、一回してみたろか。おもろいやろな。アル中になるよりましや。気い紛らす為やったら、ほんまにもう、何でもやったるど。糞。なんじゃこの車は。横から出てきやがって。マイ・カー族やな。ぶち当てたろか。

どや。びっくりしよった。眼え丸うしとるがな。おもろ。阿呆《あほ》め。嬶《かかあ》つれて餓鬼つれてスバルなんかに乗りさらして、こんなところちょろしとるさかいにそんな目に遭わんならんのじゃ。早よ帰《い》にさらせ。家畜。たね馬。しょんべん。

ようよう着いたがな。えらい時間かかってしもたなあ。あ。二〇時ちょっと前や、この女、列車間に合いよったがな。運のええやっちゃ。

「お釣り頂戴《ちょうだい》」

ああびっくりした。ああびっくりした。何ちゅきいきい声出しよるねんこの女《あま》は。遠まわりしてメーターあがったくらい何《なん》やちうねん。儲《もう》けとる癖に。時間、間に合わしたってんぞ、有難う思わんかい。ははあ。時間ぎりぎりやさかい気い急《せ》いとるな。ふん。わざとゆっくり出したろ。

「早くしてよ」

そない急《せ》いとるんやったら、釣り銭要らんいうて走ったらええんやないか。なんじゃい六十円ぐらい。あ、釣り銭ひったくりやがった。腹立つ餓鬼やなあ。ようし。うしろからなんか言うたろ。

「おおきに。おばはん」

はははは。ふり返って睨みよった。怒っとる怒っとる。若い女におばはん言うたったら怒りよるなあ。おもろ。また今度いつかやったろ。なんじゃいあの走りかたは。

ふん。足太い癖して高いハイヒールはきやがって。阿呆。鵞鳥《がちょう》。腐れおめこのうすらパン助。どてかぼちゃ。

ひゃあ。車仰山《ぎょうさん》やなあ。客少いのに。タクシー乗場ちうのん、どうも苦手やなあ。かなんなあ。乗車拒否でけへんしなあ、ここ。まあ、しやけど、ここやったら遠方行く客乗ってくれよるやろ。並ばな仕様《しゃ》ない。

けったいなおっさん乗ってきよったで。

「新大阪ホテル」

ちえ。肥後橋《ひご》か。しょうむない。新淀川大橋、またつかえとるで、あれ。

「ほう。この辺も変ったねえ。だんだん道がよくなるねえ」

ほらきた。この手のおっさんは話が好きやさかいかなわんわ。ま、返事せんわけにもいかんやろし。

「お客さんは、よう大阪へ来はりまんのでっか」

「うん。ぼくはねえ。経済評論家でねえ。よくこっちの新聞社やライオンズ・クラブで講演を依頼されるんでねえ。そうねえ。年に一度は来るかねえ」

「ああ、そうでっか」

なんじゃ。ブルジョア文化人か。こういうのも好かんなあ。たいてい自分がどんだけ有名かちうこと、自慢しよるねん。

「ここはどこなの、南方《みなみがた》なの。ああそう。ああそう。綺麗《きれい》になったねえ。以前はごみごみして、汚い所だったけどねえ。うん、やっぱり日本という国はあれだねえ。万国博とかなんとか、大きな行事がなきゃあ綺麗にならない国なんだねえ。うん」

なに知ったかぶりしやがるねん。

「そんなことおまへんで。時間経つにつれてどこかて綺麗になりまんがな」

「いやあ。そんなことないねえ。万国博のためだよ。うん」

疳《かん》の立つ餓鬼やなあ。

「万国博ちうたら千里山だっしゃろ。あれ、大阪府だっしゃろ。大阪市内は関係おまへんで、あんまり」

「いやあ。そんなことないねえ。うん。万国博関連事業費の割りあいはだねえ、大阪府は八百億円だけど、大阪市は二千億円なんだよね。ま、君にこんなことといっても、わからないだろうけどね」

何吐《ぬ》かしやがるねん、ひと馬鹿にしくさったら承知せんぞ。マスコミ芸人の癖しやがって。

「そうでんな。ま、そんなこと、わいには関係おまへんな。万国博なんちうもん、わいらには関係おまへんわ」

「いやいや。そんなことないんだってば。あるんだねえ、それが。うん。最初はだねえ、中馬《ちゅうま》君もだねえ、市内で万国博をやりたくてねえ。南港埋め立て地を候補にして推しとったんだよ。うん。そりゃ、やっぱり市内で開催されるとなりゃ、君、収入が違ってくる思いよったんだよ。うん、うん。だけどねえ、結局はねえ、周辺都市も、大阪市内も同じという考えを持つようになりよったんだ。ぼくがいってやったんだよ。うん。中馬君にね。うん。中馬君はねえ、ぼくの影響で広域行政論になりおったんだよ。うん」

「その、中馬て人、どこの人だんねん」

「君、知らんのかねえ。おどろいたね。知ってなきゃだめだよ。大阪市長の中馬君だよ」

でかいこと吐《ぬ》かすな。ほら吹き成金。腐れ文化人。チンドン屋。いぼ蛙。

「まあ、君にいってもしかたないけど、結局はその方が、今の大阪市にとってはよかったんだねえ。ぼくにはだいたい、先のことが読めとったんだよ。うん。うん。ただねえ、ちょっと心配なのは例の経済企画庁の東西二核論だがねえ。その情報センターの設置計画をだね、市と府で取りあっとるんだよ。うん。こうなってくると、万国博の跡地を持っとる府の方が有利になるんでねえ。中馬君、また心配しとるだろからねえ。またぼくが知恵貸してやらにゃいかんだろねえ。ま、君にこんなことといっても、わからないだろうけれどもねえ」

いやらしい奴やなあ。むかつく餓鬼や。えらそうに偉そうにふんぞり返りやがって。何様や思てけつかるねん。いてこましたろか。

「あっ。き、君い、ちょ、ちょっと乱暴な運転だねえ。危なかったねえ今の」

ふん。ちょっと荒っぽカーブ切ったらシートへひっくり返りよった。おもろ。

「まあ、そない、びくびくしなはんな。こっちは商売やさかい馴《な》れてまんが。まかしときなはれ」

「それほど急ぐことないんだからね。うん。急いじゃいけないよ君」

ふん。ひとに命令さらす気か。

「こっちは急ぎまんがな」

「大阪も時間距離併用料金になったんだろ。急がなくたってメーターはあがるんだろ」

「ふん。素人《しろと》はんはそない思わはりまっしゃろ。そうはいきまへんねん。あんなもん知れてま。やっぱりとばした方がよろし。実際あんた、乗車拒否いっこも減ってまへんがな。そうでっしゃろ」

「あれは君、いけないよ。乗車拒否は。だって、すでに料金も値上げになったし、給料もアップになっとるんだろ。それでまだ乗車拒否するってのは、乗車拒否する方がよくないよ。あれはしちゃいけないよ」

阿呆《あほ》の癖に、ひとに説教する気か。どたまへ半革打ってこましたろか。このミズブタ。尿毒ゴリラ。

「ああ、乗車拒否でっか。あれする奴の気ぃは、わいにかて、ようわかりますわ。わいかて、ちょいちょいやりまっせ。ひひひ」

考えこんでしまいよった。びっくりしとるねん。おもろ。

「そういう人は、相手にできないねえ」

何吐《ぬ》かしやがる。

「そんなら相手にせなんだらよろし。こっちかて勝手に乗車拒否やるだけですわ」

ようし。ぶっとばしたろ。見とれ。

ひょひょひょ。からだ固うしてきょろきょろしとる。怖がっとるねん。もじもじしとるな。なんぞ言うて、わいの気ぃ静めよ思とるねん。そやけど最前偉そうなこと言うた手前ぺこぺこでけへんさかい困っとるねん。わかっとんねんぞ。こっちはそん位。

「ま、あんた達の気持もわかるがねえ」

わかってたまるかい阿呆。アル中になったことないやろ。酒飲みたい気持わからへんやろ。ざま見さらせ。

「ま、君。チップはずむから、ゆっくりやってよ。ね、君。落ちついて行こうや。なあ、君」

ふん。君、君て馴れなれしい呼びやがって何じゃ。ま、チップ出すいうんやったら、堪忍したろか。

経済評論家か。最近評論家ちうのん流行《はや》っとるんやな。なんとか評論家。なんとか評論家。評論家ぐらい誰にかてなれるわい。わいかて、タクシー評論家ぐらいやったらなれるぞ。講演ぐらい、でけるわい。おお、でけるでける。でけいでか。一時間でも二時間でも喋《しゃべ》ってこましたるで。

「ええ。それでは只今《ただいま》より、評論家福田為吉先生の講演を行ないます」

司会者はそない言うて、わいを紹介しよるねん。

「福田先生は国立松沢大学の震顫譫妄《しんせんせんもう》科をご卒業ののち、ながが年わが国タクシー業界の進歩と調和のため尽されました偉い人です。したがいまして先生のご専門は乗車拒否における東西二核論でありました。本日はまた、そのテーマにおきましてご講演をお願いし、わざわざ来ていただきました次第であるのであります。では評論家福田為吉先生を、盛大な拍手でもってお迎え下さい。有名な人なのです」

盛大な拍手や。そいで、わいが壇の上に立って喋るねん。

「只今ご紹介いただきました、評論家の福田為吉であります。ええ、わが国タクシー業界につきましては、例の経済企画庁の発表にもありました通り、第一の問題となりますのは言うまでもなく乗車拒否における東西二核論でありまして、この解決に、わたくしはながい間努力してまいりました。この原因となっておりますのは、いうまでもなく交通渋滞でありまして、関連事業費における料金の値上げや給料のアップは、関係ないのでありまして、たとえば大阪市は二千億円、大阪府は八百億円なのであります。なぜこのような結果にならなければならないのか。この割合と申しますのは、例えて申しますなら、東京及び大阪における、かの時間距離併用料金にほかならないのでありまーす」

どや。すごい拍手や。うまいもんやろ。

「したがいまして、わたくしの考えまするところでは、駐車場の広域行政論以外に解決はないのでありまして、たとえばOS裏のトリス・バー、ここにはフジ子という女が、今はどうしているかわかりませんが、また同じく南港の埋め立て地、このあたりを候補にして推したいと中馬君も申しておりまして、これは実はわたくしの影響なのであります。ここで開催されるとなりますと収入が違《ちご》うてくる思いよったんでありますす。実際その通りでありまして、チップも違うてきよるんでありまーす」

また、えらい拍手や。もっとびっくりさしたるぞ。

「ところがここにひとつ、問題があるのであります。メーターのあがりかたや乗車拒否の情報を知らせる情報センター、この情報センターの設置計画がありまして、これができますと、まことに便利であります。ホステスの強姦《ごうかん》とか、バックミラーに太腿《ふともも》が映るかどうか、また通天閣の天辺《てっぺん》ちょから裏返しのおめこがぶら下がっているかどうか、すべて即時に判明するのでありますが、この計画を、府と市でとりあっているのであります。こうなってきますと、万国博の跡地を持っている府の方が有利でありまして、市の方は堂山町のホテルのある場所、つまり、太融寺から中崎町へ抜けるあたりに作りたいと思っていますが、うまくいきませんので、またわたくしが知恵を貸さねばならぬ筈《はず》であります。もっとも、こんなことをライオンズ・クラブのあんたたちにいっても、わからないだろうけれどもねえ。どうせあなたがたは高嶺《たかね》の花よでありますす。しかしわたくしが今回参りましたのは年に一度の旅行でありますから、旅の恥はかき捨てであります。たとえばわたくしは新大阪ホテルに泊っておりますが、日本というところは汚いところでありまして、大きな行事でもなければ、なかなか綺麗《きれい》になりませんので困る。これは営業所長も申しますように人手不足と、バイパスができても同じあの長柄橋の混雑が原因でありましてえ、周辺都市におきましても、市内におきましても、同じでありましてえ、しかるにい、あのどてクラゲの営業所長におきましてはあ、ノルマに関してえ、まことにい、熱心なのでえ、ありまーす。たいていの男はあ、他の男の人の悪口をいうもんだけどお、わたしはかばうのでありまーす。たとえ、大名行列があ、見えてこようともお……」

「君。君。君。大丈夫か。大丈夫か。しっかりしてくれ」

あ、しもた。ほんまに演説やっとる気になって、わめいてしもうたがな。

「すんまへん。わい、ちょいちょい、ひとりごという癖おまんねん」

「ああびっくりした。ぶつぶつ呟《つぶ》やいてたかと思ったら、だしぬけに大声で怒鳴《どな》り出すもんだから、気が違ったかと思って、肝《きも》を冷やしたじゃないか」

汗拭《ふ》いとる。よっぽどびっくりしよったんやな。

「君、た、頼むからね、落ちついてやってくれ。落ちついて」

ひと気ちがい扱いしやがる。

「わい、気ちがい違《ちゃ》いまっせ」

「いや。わかってる。わかってる。ま、気を静めて。チップ五百円出すからね。いや、千円、千円出すよ。千円」

はははあ。気ちがいの真似するのも、なかなかええ手やな。また、やったろ。

「ま、わめくぐらい、たいしたことおまへんがな。運転にさしつかえるようなこと、おまへんさかいな」

「と、いうと何かね。運転にさしつかえるようなこともやるのかね、君は」

「そうでんなあ。一回客と喧嘩《けんか》して、そんなら勝手にさらせ言うて、走ってる車へ客残したまま、この横のドア開けてとびおりたことおます。そん時は車、電柱へぶつかりましたけどな。深夜やったさかい誰も見とれしまへんでした。ちょうど故障もなかったさかい。またそれに乗って走って帰りました」

「客はどうした」

「さあ。客の方はどないなったんや知りめんねん。そん時はちょっとふらふらしとるだけでしたさかい、今でもどこぞで細ぼそとながら生きとるのん違《ちゃ》いまっか」

「そういう衝動は、よく起きるのかね」

「なんです」

「いや、客を乗せたままの車からとびおりたくなる事はよくあるのかね」

「まあ、一日に二、三回程度だすなあ。今日はまだ起ってえしまへんさかい、そろそろ起きる頃だす」

「あ、君。君ね。もういいよ。ここで」

「ははははあ。今のん冗談でんがな。そないびっくりせんかてよろしま」

「いやいや。そりゃあ冗談だろうとも。そりゃわかってるんだ。そうじゃなくてね。ここは渡辺橋だろう。もう。じゃ、ここから歩くよ。うんうん。歩きます。すぐだからね。なに、ちょっと散歩をね。その新地のクラブへ一軒ちょっとね。ふふふ。寄ってね。ひひ。じゃ、これね。チップ。千円ね。はい。それからタクシー代ね。じゃ。そこで、そこで停めてよ」

ははは。ぶったまげて降りて行きよった。気いスッとしたなあ。そやけどなんや、わい雲助になったみたいな気いもするなあ。たしかに、雲助タクシーには違いないやろけど、けったいな気分や。ま、おかげで気い紛れて酒のことちょっと忘れたがな。しかし、千円とはまた、はずみよったなあ、あのぼけ。また、あんなぼけ乗りよらへんやろか。

「あの。もし。すんまへん。お願いします」

ああびっくりした。けったいな声出すおばはんやなあ。か細い声出しやがって。顔まで幽霊みたいに蒼《あお》じろいがな。

「あの、すんまへん。霞町《かすみちょう》まで行ってくれはれしまへんやろか」

なんや。なんやちうねん。なんでそない恨めしそうな顔して、泣きそうな声出さんならんねん。

「あのう、行ってくれはりますやろか」

阿呆《あほ》。ドアあけたったやないか。ドアあけたちうことは乗れちうことやないか、なんでそんな悲しそうな声で、念押さんならんね。仕様《しゃ》ない。うなずいたろ。

「ああ。そうでっか。行ってくれはります。おおきに」

霞町やったら、高速一号通って行ったら早いな。

「高速通りまひょか」

「はあはあ」

「高速一号、通りまっせ。だいぶ早うまっさかい」

「はあはあ」

くそ、ほんまにはっきりせんおばはんやなあ。どっちにすんねん。はっきりさらせ。

「高速は、料金要りまんねんで」

「はあはあ」

くそ。疳《かん》の立つおばはんやなあ。でかい声で聞かな、よう返事せんのか。

「どないしまんねんや」

でかい声出したら、とびあがりよった。

「あの、あの、どうぞもう、運転手さんの好きはるように行っとくれやす。ほんまにかめしまへんさかいに。お金、あの、なんぼでも出しまっさかい」

これやろ。もう。ほんまにかなんわ。なんでそんな、半泣きにならなあかんねん。最近の客て、なんでこないにおどおどおどしとんねん。金なんか、どないでもええがな。もっと、はっきりさらせ。

「はあはあ。これ、高速でっか。綺麗でんなあ。ほんまに便利になりましたなあ」

なんでや。なんでそない、運転手のご機嫌《きげん》とらんならんねん。おのれが客やないか。客がなんで運転手に、そないぺこぺこせなあかんねん。おのれが金出しとんねやろ。おのれが客やろ。客は威張るもんや。なんでもっと客らしう、威張らへんねん。阿呆。低能。貧民。うすのろ。ぼけ。死神。疫病神《やくびょうがみ》。どん百姓。そない運転手が怖いか。そない運転手が怖かったら、なんでタクシーに乗るんじゃ。骸骨《がいこつ》。出っ歯。イタチ。屁《へ》みたいなおばはんやな。だいたい運転手をなんや思うてけつかんねん。虎かライオンや思うてんのか。殴られる思うてんのか。わいを狼や思うんか。なんでそない、びくびくせんならんねん。出目金。めだか。うじ虫。ウンコ。

「今日は一日、ええお天気で、ほんまによろしうおましたなあ。運転手さんも、今日はよう儲《もう》けはったんと違いまっか」

おべんちゃら吐《ぬ》かすな、ぼけ。

「いや。わいは夕方から仕事しとるさかいなあ。いつも夜走っとるねん。そやさかい、仕事これからや」

「はあはあ。そうですかいな。そらどうもすんまへん」

あーあ。なんでやねん。なんであやまらないかんねん。ほんまにもう。ほんまにもう。自分がみじめにならへんのか。わいまでみじめーな、みじめーな気いになってきよるやないか。なさけないなあ。それでも、人間かいな。男やったら、きんたまあるんかちうて訊《き》きたいとこやけど、女やさかいなあ。やめてくれ。ほんまにもう。はずかしいていかんがな。

「今日は道かて、よう空《す》いとってよろしますなあ。混んどったらかないまへんけど」

ああうるさ。ちょっと黙っといてくれへんかいな。

「あのなあ、おばはん。高速道路走っとるんやさかいな、事故起したらえらいこっちゃねん。気い散って運転でけへんさかい、ちょっと黙っといてくれへんか」

「あれま。ほんとや。そうでした。そうでしたなあ。すんまへん。わて、うっかりしてましてん。堪忍しとくなはれや。すんまへん。気いつかんこって」

ちぇ。泣いてけつかる。ぼけなす。なめくじら。うんこ垂《た》れ。しょんべん垂れ。うじうじさらしやがって。

あーあ。えらいおばはん乗せてもた。こんなん、いちばんかなんねん。ああ。そやねんそやねん。運転手が悪いねん。わいらが悪いねん。わいらが悪いさかい、客がこないなってまいよるねん。そやさかいちうて、どないしたらええねん。わいら、運転中は酒飲まれへんねんぞ。どないせえちうねん。わいなんか、仕事終ったかて酒飲まれへんねんぞ。どないしてくれんねん。これやったらまだ、アル中になった方がましやがな。くさくさするわ。たまらんわ。やりきれんわ。辛抱たまらんわ。一杯飲みたいなあ。さっきのチップの千円あるさかい、どこぞで一杯飲んでこましたろか。あの医者、一杯飲んだだけでもあかん、もとへ戻ってまたアル中やぞ吐《ぬ》かしよったけど、ビールぐらいやったらどうちうことないやろ。ビールなんか、あんなもん、水みたいなもんやさかいなあ。あんなもん飲んだぐらいで、小っちゃい虫やら小っちゃい大名行列見えてくるなんちうこと、まあないやろからな。そや、飲んだろ。ははあ。えらいもんやな。飲んだろと思ただけで気い浮きうきしてきよったがな。

「おばはん、霞町どっちや言うてくれな、わからへんがな」

「あ、すんまへん。ぼんやりしとりまして、えらいすんまへん。南霞町ですねん。南海の阪堺《はんかい》線の通り出てもらいましてなあ、そいでから、えらいすんまへんけど、環状線のひとつ手前の道、右へ入って貰《もら》えまっか。すんまへんなあ、えらい」

「そない哀れっぽい声で、すんまへん、すんまへん言わいでええねんで、おばはん。言われた通りの道通って、あんたの行きたいとこつれて行くのんがわいらの商売やねんさかいな」

「へえへえ。そうだすなあ。えらいすんまへん」

あ、まだ言うとる。このうすら馬鹿が。

ははあ。ここに酒屋あるな。帰《い》にしなにここで買《こ》うたろ。そやけどなあ、ビールなんか水みたいなもんやしなあ。あんなまずいもんが、酒よりも高価《たか》いねんさかいなあ。しょうむない。ええいもう、こんだけ厭《いや》な目に会うたんや。酒飲もうやないか。そや、もちっとの辛抱やでえ。酒、飲ましたるでえ。もちっとの辛抱やでえ。

「あ、すんまへん。ここ、ここですねん。ここ左ですねん」

「早う言わな、わからへんやないか」

「すんません。すんません。あの、ほたら、ここで結構です。へえ。おおきに」

なんで客が、おおきに言わんならんねん。阿呆、そら、こっちのせりふやがな、ああ、そうやそうや。わいらがそない言えへんさかい、客が言いよるねん。わいらが威張るさかい、客がぺこぺこしよるねん。悪いのは運転手や。悪いのはわいや。それでええがな。どやちうねん。それでええやないか。どうせもうすぐ酒飲めるんや。そや。こんだけ厭な目えして儲《もう》けた金で、わいが酒買《こ》うてわいが飲むねん。飲むねんぞ。飲んだるねんぞ。飲まいでか。車、ここへ停めといたれ。

そやけど、コップ一杯だけにしとこ。ぐっと飲んで、すぐ出よ。飲み出したらきりないし、酒がまずうなってきても、やめられへんようになるさかいな。

「へ、兄ちゃん。何しまひょ。酒でっか」

「うん。二級でええわ」

ふう、うまい、一年半ぶりや。うまいなあほんまに、涙出てきよった。

あかん。ここにおったらあかん。帰《い》の。

「ここに置いとくで金」

「へ、おおきに」

さあ。また仕事か。厭やなあ。けったいな客に乗ってこられたらかなんで。堺筋《さかいすじ》へ出たろ。やっぱり混んどるなあ。何時になったら空《す》くねん。バーの閉まる時間までには南へ行っとかな、ええ客つけへんぞ。あ、あの二人手えあげよった。停まったるけど、けったいなとこ行くんやったら乗したれへんぞ。なんや。学生やな。

「どこだんねん」

「千日前行ってくれるか」

ああ。ちょうどええわ。乗したろ。

あ。いかん。あんなちょぼっと飲むぐらいやったら、飲まなんだらよかった。なんや知らん、かえって頭冴《さ》えてきよったがな。からだ中の血いがうずいとるわ。気持悪うなってきた。血管の中、みみずが這《ほ》うとるで。うじうじしてきた。ああ気持悪。ああ気持悪。頭がんがんする思うたら、うしろの学生二人、なんでこんなでかい声で話《はなし》せなあかんねん。議論すんねんやったら、タクシー降りてからしたらええのに。やかましい奴らやな。何話しとんねん。

「あいつらはやな、そういう問題を考えようへんねん。あいつらの考えとることというたらやな、教師としての体面だけやねん。いちばんいかん奴らはやな、造反の連中や。わしら結局、あいつらにだまされたんやで。授業再開のきっかけいうたら、今考えてみたらあいつらが作りよったんや。わしらのこと考えてくれとるふりだけしとったんや。考えてみたら、あたり前や。あいつらかて女房子供おるんやもんな。大学潰《つぶ》れたら、あいつらかてそれでしまいやがな」

あいつら、あいつらて、教師のこというとるんやな、こいつら。こいつら自分の先生のこと、なんちう言いかたしよるねん。大学で勉強してやがって、なんちうぜいたく吐《ぬ》かしやがるねん。

「わしらのつきあげで、あいつら反省するみたいなこといいよった。そやけど、全然反省しとらへんねん。あいつらマイホーム主義やで。仕事より家の方が大事やねん。あいつら教師やないか。教師がやな、わしら学生のこと考えんと、今まで何しとったんや。学生のこと考えへんような教師、教師違うわい。そんなやつに、自分の家のこと大事にする資格あるか。自分の家庭のことは、教師としての仕事満足に果たしてからのことやないか。それの出来《でけ》へん教師の家庭なんか、潰してしもたったらええねん」

あ、何ちうことさらすねん。このちりめんじゃこめらが。文句言うたらあかん。

「あんたら、ちょっと甘えとるん違うか」

ふん、黙ってまいよった。

「あんたら、自分の先生のことそんな言いかたしてもええのんか。ようまあ平気で、先生のこと、そんなぼろくそにいえるもんやな。そんなぼろくそにいうとる癖して、やっぱり先生に、自分らのこと構《かま》うてほしいちうのんは、ちょっと虫がよすぎるのん違《ちゃ》うか。そんないわれかたしたら、先生かて、あんたらにいや気さして、構《かま》いとうなくなるがな。そらあたり前や。わい、そない思うわ」

「あんたには、わかれへんこっちゃ」

「なに。なんでや。なんでやねん。運転手風情《ふぜい》には、わかれへんちうのか。そんなむずかしいことは、わいら教育のないもんには、わからへんちうのんか。ふん。そら、あんたらはええわ。親の金で大学行けてなあ。わいら中学しか出とらへん。金がなかったからや。そやさかい、今、こないに苦労してタクシーの運ちゃんやっとるねん」

「わいらは、自分らのためにだけ戦うとるのんと違うで、おっさん。わしらは、あんたら労働者のためにも戦うとるんや」

「あほ言いなはんな。そこがあんたら、苦労の足らんとこや。人生ちうもんはもともと戦争やねんで。人間は自分のために戦うたらよろし。仰山《ぎょうさん》の人間で組んで、うまいことしよう思うたかて絶対にあかんねん。その仰山の人間の中から、またひとりだけうまいことするやつが出てくるやろ。そんなら他のもんがまた組みよる。とことんまで行ったら結局、ひとりひとりになってまうねん。それ知らんうちは、あんたらまだ子供や。苦労が足らんねん。そやろ。あんたら、学生運動やってんと餓《う》え死にするんか。そんなことないやろ。大学潰れたとしても親の金で食うていけるんやろが。タクシーの運転手せいでもすむんやろが。その上まだ何が不足やねん。誰があんたらを苛《いじ》めよるねん。誰もあんたら苛めるやつおらへんが。機動隊はやな、あんたらが暴れるさかい取り締っとるんやで。機動隊に苛められるのが苦労やいうんやったら、勝手にもっともっと苦労したらよろし。それかて、わいらが終戦直後にした苦労にくらべたら、どうちうことあれへんねん。わいらは、食うもんがなかったんや。砂糖の配給がたまにあるやろ。晩飯は砂糖やねん。砂糖だけやねん。家族がな、茶の間でな、膳《ぜん》の上の小皿に盛った砂糖をな、ぺろぺろ舐《な》めるねん。それが晩飯やねん。それでしまいやねん」

「すぐ昔のことというさかい厭になるわ。今と時代が違うやないか、おっさん」

「おお。時代が違うわい。時代によって苦労もしかたが違ういいたいねんやろ。そんならこの時代の苦労、もっともっとしたらええねん。ふん。何が苦労じゃ。何も苦労なんかしとらへんやないか。ぜいたく過ぎるで。ちょっと機動隊に怪我《けが》させられても、家へ泣いて帰ったら、お母ちゃんがおって、お父ちゃんがおって、傷の手当をしてもらえる。逮捕されたかて、すぐお母ちゃんがとんできて保釈金つんで帰《い》なしてくれる。それが苦労か。阿呆《あほ》め。お前らタクシーに乗ってけつかるやないか。わいらなあ、お前ぐらいの歳にタクシー乗るなんちうこと夢みたいな話やったんやぞ。甘えるなちうねん。お前らそれ以上、どないしてほしいいうねん。もっと機動隊に苛めてほしいちうんか。ああ、そんならもっと苛められたらええねん。もっと痛い目にあえ。もっともっと怪我して苦労せえ。そんならちっとは世の中のことわかるようになるやろ。なんぼ怪我したかて、まあ、死ぬことないねんよってに、気楽なもんやさかいな」

「機動隊にやられて死んだやつかておるんやで」

「ほう。そうかいな。何万人死によってん。何千人死によってん。何百人死によってん。戦争で何万人死んだ思うてるねん。栄養失調で何万人死んだ思うてるねん」

「また昔の話する」

「なんや。なんやねん。自分らの仲間二、三人死んだらえらいことで、昔の人が何万人死んでても知ったこっちゃないいうのんか」

「話、でけへんな」

「ああ、どうせそうやろ。わいら教育のないもんとは、話でけへんやろ。お前ら大学でむずかしいこと習うてきてるから、どうせわいらタクシーの運転手とは、話、合うわけないわなあ。そうや。どうせわいら、教育ないさかいむずかしいことわかれへんわい。勝手に威張っとれ。勝手に偉そうにしとれ。ふん。なにが労働者のためにじゃ。

いちびるな。お前らみたいなヒヨコになあ、指導してもらわんならんほど、わいら落ちぶれとらへんわい。なんやこのちりめんじゃこめが。雑魚《ざこ》どもが。めだかの群れの癖しやがって。虫けらが。だにめらが。尻《けつ》青い癖に。小便たれ。小便小便。寝小便。小便小僧。ぼんぼん。餓鬼。餓鬼。ナンセンスや言うのか。何がナンセンスや。お前らこそマンガや。餓鬼。低能。くちばし黄色い癖しやがって」

「また、えらいようけ言いよったなあ」

「なんや。なんやちうねん。何がおもろいねん。何笑うとるねん。そないわいがおもろいか。わいのいうことが滅《め》茶《ちゃく》苦茶《ちゃ》か。おう。滅茶苦茶や思うんやったらそれでもええで。お前らのしとることやら言うとることの方が滅茶苦茶やないか。この赤ん坊が。若造。なまけもん。悪童」

「おっさん。あの、まあ、どうでもええけどなあ。わしらおっさんに、何も言うとらへんやんけ。おっさんが勝手に興奮してしもてやなあ。勝手にわめいとるんやんけ」

「おう。興奮しとるわい。興奮しとるのが悪いか。わいかて人間やさかいな、興奮したい時はするし、わめきたい時にはわめいたるわい。それが悪いか。どこが悪いねん。言うて見さらせ。言われへんやろ。どや。ざま見さらせ」

「そんなこと言うてへんがな。ほんまに。阿呆やなあ」

「おうそうじゃ。どうせわいは阿呆じゃ。阿呆の車になんか、乗りとうないやろ。降《お》れ。降れ。降りてまえ。降りさらせこの餓鬼。早う降りんか」

「まあ落ちつけや、おっさん。あのな、あんじょう聞いてや。わめいとる分には何ぼわめいてもかまへんけどな、わしらかてこれ客やねんで。客、勝手に降ろしたらあかんやないか。そやろ」

「なに。客、客て偉そうにいうな。銭《ぜに》一銭もよう儲《もう》けへん癖して客面《づら》さらすな。わいはな、どんな客でも、気に食わん客やったら降ろしてまうんじゃ。さあ降りい。早よ降りさらせこの」

「痛いいたい。おっさん痛いがな。何するねんほんまに。無茶苦茶や。そんなんしたら、乗車拒否やがな」

「なまいきさらすなこの餓鬼は。何が乗車拒否やねん。乗せたったやないか。乗せたって金いらんから降りいうとるんやないか。さあ、降れ。降りてまえ」

「ここ、もう日本橋《にっぽんばし》一丁目やがな。もうちょっとやないか」

「もうちょっとやったら、そんなもん歩け。お前ら若いんやろ。歩きさらせ」

「そんなら、ここまでの金、払うわ」

「いらんわい、そんなもん。お前らに金もらうほど落ちぶれてへんわい」

降ろしてもたった。ほんまに疳《かん》の立つ餓鬼やで。あ、まだこっち見て笑うとる。何がおもろいねん。ちんぴら。愚連隊。むかつく餓鬼やなあ。

ちぇ。料金損してしもた。すぐかっかするのん、わいの悪い癖や。やっぱり、酒ちょっとだけ入って気分悪いさかい頭へ来てまいよるんやなあ。ああ気色悪《きしよくわる》。どないしよ、これ。このままやったら、また喧嘩《けんか》してまうで。あかん。こら飲まなあかん。うん。飲まなあかんで。飲も。あと一杯だけ飲も。ちいとましになるやろ。ええと、この辺やったら酒屋どこにあるかいな。あ、そや。賑橋《にぎわいばし》の裏んとこにあったわ。あそこで飲んだろ。

車置いとくとこ、どこぞにないかいな。ええわ。すぐ戻ってくるんやし、ここ駐《と》めといたろ。

「ひゃー。えらい勢いで入ってきたなあ、この兄ちゃん。どないしはりましてん」

「どうでもええがな。酒くれ。二級くれ。早《は》よくれ」

「まあ待ちなはれ。今注《つ》ぎまんがな。そないあんた、猫みたいに爪立ててカウンターがりがり掻《か》く人おますかいな。いそがしい人やなあほんまに」

「もう一杯くれ」

「え。もう飲みはりましたん。そんな、あんた、そない急に飲んだらからだに悪いがな。急性アル中になりまっせ。あ、もし兄ちゃん待ちなはれ。どないしはったん。釣りだっせ釣り」

「釣りなんかいるかい。くそ。アル中や吐《ぬ》かしやがったな。二杯や三杯でアル中になってたまるか。ど阿呆」

あ。なんや。わいの車のぐるりへたかっとるがな。なんやちうねん。なんか、あったんやろか。

違うわ。酔っぱらいや。酔っぱらいがわいの車、いじりまわしとるがな。三人とも酔っぱろとるな。

「何すんねん。わいの車、そないいじくりまわしたらあかんがな」

「あ。戻ってきよった」

「運ちゃん。戻ってきよった」

「おう。運ちゃん。う、う、梅田までやってくれ」

あかん。こんな酔っぱらい乗したらあかんで。ゲロ吐かれて、またシート汚されてしまうがな。この前かて、うしろから背中へゲロゲロ吐かれて往生したがな。どない言うてことわったろかいな。

「あきまへんねん。わい、これから営業所戻らんなりまへんねん」

「おう。乗車拒否すんのか」

「じょ、じょ、乗車拒否さらすねんなっ。こら。わいら乗せへんうちは、お前も乗るな。おいみんな、こ、こ、こいつ乗せるな」

「何さらすねん。何が乗車拒否や」

「乗車拒否やないか。乗車拒否やないか」

「乗るのんことわったんやさかい、乗車拒否やないか」

ああ、うるさ。

「どけ。乗られへんやないか」

「乗せたれへんぞ」

「逃げやがってみい。警察へ言うたら」

「そや。ナンバー控えとけ」

「どけ。わいの車や。どけいうたら、どけ」

「おっ。押しのけやがったな。こ、こ、これ暴力タクシーやぞ」

「こら。何すんねん。お前、暴力運ちゃんやな」

「こらっ、なんぼ客やから言うて、運転手どつかんかてええやないか」

「おっ。どつき返しやがったな。こ、こら待て」

「離せ。その窓枠離せ。車出すぞ」

「逃《に》がさへんぞ。逃がさへんぞ」

「こら。離さんかい。車出すぞ」

「うわ、わ。車出しやがった。こら、停《と》めい停めい。車停めんかい。わいを、ど、ど、どこまで引きずって行くつもりやねん」

「阿呆。そこ早《はよ》う離せ。早う離せ」

えらいこっちゃ。こいつ、酔うとるさかい窓枠にしがみついたまま手を離しようらへんがな。あ、あとの二人、追いかけてきよった。ええい。スピードあげたれ。振り落してしもたれ。裏通りやさかい誰も見とらへんやろ。

「わ。わ。スピード、出、出すな。出すな。停めてくれーっ。ひとごろしーっ」

落ちよった。ぶっ倒れとるな。ああ、ひとりで起きよった。あれやったらまあ、大丈夫やろ。怪我されたら厄介や思うたけど、あないして立っとるんやったら、いのち別条《べっちょ》ないやろ。大丈夫や。このまま逃げたれ。

御堂筋出てしもたろ。こんだけ仰山《ぎょうさん》タクシーおるねんさかい、こん中へ逃げこんでもたったらわからへんやろ。

あ。背筋なめくじらが這《ほ》うていきよる。血管の中、ムカデが走っとる。サナダムシが太腿《ふともも》の辺這《は》いまわっとる。わあ気色悪《きしょくわる》。わあ気色悪。あかん。やっぱりあかんわ。二、三杯ではあかん。もっと飲まなあかんわ。いや。これ以上飲んだら、あかんぞ、絶対、あかんぞ。アル中やぞ。もとの木阿弥《もくあみ》やぞ。病院やぞ。大名行列やぞ。なんか他のこと考え。早よ考え。なんか他のこと。

あ。あそこで綺麗《きれい》な姐《ねえ》ちゃん二人手えあげよるがな。混んでて動かれへん。あ、こっち来よった。よっしゃ。あの姐ちゃん二人乗したろ。綺麗な姐ちゃん二人乗して阿《あ》呆《ほ》なことというて喋《しゃべ》っとったら、気がまぎれるやろ。来よった来よった。ははあ。ホステスやな。家へ帰《い》によるんやな。

「おっちゃん。下寺町《したでらまち》通ってなあ、森の宮までやねんけど、八百円で行ってくれへん」

「千円にしときいな姐ちゃん。儲《もう》けとるんやろが」

「いつも八百円で帰っとるねんで」

「そうか。そんならまあ、八百円でええわ」

なんや、遠うから見たら別嬪《べっぴん》や思うたけど近くで見たらあかんなあ。それでもまあ、ひとりはだいぶましやな。これやったら、フジ子よりはだいぶええわ。そやけどもひとりの方は、こらあかんなあ。ちょっと不細工やで。フジ子よりも、だいぶ不細工やで。下寺町通ってくれ言いよったな。ちうことは、どっちかひとり下寺町で降りるんやな。この不細工な方、降りよったらええんやけどなあ。ほたら、別嬪の方の子と二人きりや。

「ねえ。トメちゃん、あんた今夜、後藤はんに誘《さそ》われとったんと違うのん」

「そうやねん。あの人、しつこいねん」

「そやろか、うち後藤はん、ええ人や思うけどなあ」

「ああ。後藤はんは、八重ちゃん好みやな。そやけどうちは、あんな人嫌いやねん」

「嫌いて、もう二、三回ホテル行ったん違うのん」

「ううん、一回だけや。一回でこりたわ」

「なんで」

「あの人、ごっつい体臭やねん」

「へええ。そら知らなんだわ。そやけどトメちゃんはええなあ。いつも誘われて」

そらそやろ。そやろ。そんだけ別嬪で、客に誘われなんだらおかしいわ。そうか。別嬪の方がトメちゃんか。

「そやけど八重ちゃんかて、よう誘われてるやないの」

「あんなん、お爺《じい》ちゃんばっかりや。うち、なんでお爺ちゃんばっかりにもてるんやろ。うちお爺ちゃん嫌いやねん。そらなんぼお爺ちゃんでも、金持ちやったらええで。そやけどうちのクラブくるお爺ちゃん、たいてい社用族やろ。それも接待される方の人ばっかりやろ。あんなんいややわ。あああ。誰か若い人、うち誘うてくれへんかいな。うち、若い人好きやのに。後藤はん、一回位うち誘てくれはらへんやろか」

「体臭きつうてもええのん」

「体臭きつい位の人の方が、男らしいてええやないの」

あかん。こらあかん。女の子同士の話聞いて気い紛らしたろ思うたかて、からだん中《なか》全体うじうじするのん、もうどないし様《よ》もないがな。どないしょ。どないしょ。また飲みとうなってきた。気い違うてまう。なんか気い紛らすこと、ないんやろか。飲んだらえらいこっちゃ。飲んだらえらいこっちゃ。アル中やでえ。大名行列やでえ。助けてくれ。誰かわいを助けてくれ。

「八重ちゃん、あんたちょっと、餓えとるのんと違う。ふふふふ」

「ははは。そうかも知れんわ。そう、もうかれこれ一ヵ月、男はんとご無沙汰《ぶさた》やさかいなあ。うずいとるんねん。ふふふふふ」

「阿呆なこと言いな。運転手のおっちゃん、聞いてるやないの」

「かめへんやないの。ふふふふ」

ふん。ェロな女やなあ。

あかん。もうあかん。なんぼ女の子のェロな話聞いても、全然気い紛れへんがな。飲まな、死んでまう。飲まな死んでまう。

「あ。運転手さん。ここで停めて頂戴《ちょうだい》。ひとり降りまっさ。ほな、さいなら」

「さいなら」

ちぇ。別嬪の方、降りてまいよった。

あああ。この飲みたい気いが紛れるんやったら、ほんまにもう、どんなことでもやったるぞ。強姦《ごうかん》でもなんでも。

そや。この不細工な女、強姦したろか。

そや。強姦やったら、普通のおめこより、ずっとずっと興奮するさかい、気い紛れるがな。よし。この女、いてもたろか。

さっきの別嬪の方やったらよかったのになあ。

まあ仕様《しゃ》ないがな。こいつ姦《や》ったろ。アル中になって廃人になって、気い違《ちご》うてもたらそれで一巻の終りやもんなあ。どこで姦《や》ったろかいな。やっぱり車ん中しかないやろな。生国魂《いくたま》神社の中入って姦《や》ったろ。あそこやったら誰も来よらへんやろ。夏はアベック多いけど、今寒いさかい誰もおらへんやろ。あの料理屋の裏あたりやったら、車停めてんのん人に見られたかて、客待ちのタクシーや思いよるやろ。あ。興奮してきよったで。勃起《ぼっき》してきよったで。うまいうまい。酒のこと忘れられそうやで。

「ねえ、おっちゃん。どこ行くのん。ここ生国魂さんやないの」

「いや、大通り混んどるさかいな。この中通って行ったら、すっと抜けられるねん」

「ふうん」

「なあ姐ちゃん。わいのこと、おっちゃん、おっちゃん言わんといてくれへんか。わい、まだ若いねんで。まだ三十前やねんで」

「へえ。そない見えへんけどなあ」

ずけずけいう女やな。わいが歳とって見えるのんは一回アル中になったからや。アル中になったやつ、みんなお爺《じい》みたいな顔になりよるさかいなあ。

強姦したったら、この女、警察いいよるやろな。それでもええやないか。アル中になったら気ちがいや。気ちがいになるよりは、警察に捕まった方がましやんけ。そや。刑務所の中やったら絶対酒飲まれへんねんさかい、アル中になる心配もないわ。

「ちょっと、運転手さん。なんでこんなところで車停めたん。どないしてん」

「うん。ちょっとエンジンの調子悪いねん」

この女、感づいてびくびくしとるな。早いこと、姦《や》ってもたれ。

「ちょっと、待ってや。一回降りて、見てみるさかい」

うしろのシートで姦《や》ってもたれ。

「どないしたん。なんでここへ乗ってくるのん。なんでドア閉めたん。なんで窓締めるのん。どないするのん。あ。何するのん」

「ええやないか。な。な」

「あ。そら、なんちうこと、さらすねん」

「こら。おとなしいせんかい。わいはなあ、刑務所《むしょ》帰りや。でかい声出しやがってみい。締め殺してまうぞ」

「何さらすねん。刑務所帰りなんか怖いことあるかい。やめな、声出すで」

「まあ、そない言うなや姐ちゃん。一カ月も男とご無沙汰やねんやろ。遊んだるねんやんけ。うずいとったんやろが。楽しましたるやんけ。誰かから誘てほしいな言うとったやんけ。さっき」

「誰がタクシーの運ちゃんなんかに、やってほしい言うた。なんや、爺《じじ》いの癖して」

「爺いと違う言うたやろ。こら。そない暴れるな言うのに。あ。引っ掻《か》きやがった」

「警察に言うたるねん」

「警察が怖うて強姦ができるかい」

「されてたまるかい。さしたらへんで」

「姦《や》ってもたる。あ、また掻きよった」

「ああ。なんぼでも掻いたるわい。お前みたいなひょっとこに、ええようにされてたまるかい。この熊襲《くまそ》」

「痛いいたい。そこ摑《つか》んだらあかん。死《い》てまうやないか。こら」

「なんやこの腐れちんぽ。ひねきってもたろか」

「おとなしいせえ。世の中に男と女がおるのに、なんでしたらあかんねん。そやろ」

「勝手な理屈さらすな。お前みたいな口の臭い爺さんにされてたまるかい。なんや。運転手の癖に酒飲んどるな。酒の勢いでやっとんねんやろ。酒、醒《さ》めてから後悔するで」

「後悔なんかせえへん。臭いぐらい我慢せんかい。臭い方が好きや言うとったやんけ」

「酒臭いのはいやや」

「勝手なこというな」

「どっちが勝手やねん。痛いいたい。髪の毛え抜けるがな」

「見てみい。そやさかい、おとなしいせえ言うとるんや。痛いいたい。嚙《か》みつきよった」

「痛いいたい」

「痛いいたい。見い。血い出たやんけ」

「血いぐらい何やねん。あ。うちのパンティ破ったな。このパンティ高価《たか》いねんで」

「おとなしい、せえへんからじゃ。パンティぐらい何やちうねん。こら、じっとしてえ」

「じっとしてたら姦《や》られてまうやないか。この阿呆《あほ》。色気ちがい。エロ爺い。不良爺い。酔っぱらい。アル中」

「な、何。何。アル中吐《ぬ》かしたな。このパンパン。ひとのこと爺い爺い吐《ぬ》かしやがって。お前こそ傍《はた》でよう見たら婆あやないけ」

「婆あや思たら、せんとけ」

「するわい」

「痛いいたい。あ、あかん、あかん。そんなんしたら、服破れるがな。この服こないだ誂《あつら》えたばっかりやねんで。高価《たか》いねんで」

「そんなら脱げ」

「ど阿呆。なんで己《おの》れから脱がんならんのんや。ひとパン助や思てけつかるんか」

「ホステスなんちうもん、みんなパンパンやないか。金貰《もろ》たら誰にでもさしたるねんやろ」

「ほたらお前金出すんか。金なんか、あらへんねんやろ。ぼけ、うち、高価《たか》いねんぞ」

「なんぼやちうねん」

「三万円や」

「気い違《ちご》たん違《ちゃ》うか。お前みたいな女中面《づら》に、なんで三万円も払わんならんねん。三万も出したらもっとええ女抱けるわい。お前ら、ただで結構じゃ」

「もう、絶対さしたらへんぞ」

「痛いいたい。あっ。いたたたたた。どこ噛んだ」

「うち怒ったら、お前なんか殺してもたるんやで。何がただで結構やねん」

「怒るなや。怒るなや。姦《や》らしてくれや。嘘やがな。あんた綺麗《きれい》やがな。可愛らしいやんけ。そやさかい、わい、辛抱たまらんようになったんやがな。な。ええやろ。な」

「あかん」

「そうか。あかんのか。あかんでもかめへんわい。姦ったるわい。そやさかい強姦《ごうかん》やないか。わいはな、強姦の方が興奮するんじゃ。普通のおめこは立てへんねん。わい、今猛烈に興奮しとるんじゃ。興奮しとるんじゃ」

「ああっ。い、痛いいたい」

「見い。見い。立っとるやろ。立っとるやんけ。わい、今、興奮しとるんや。興奮しとるんや」

「ぼけ。自分に言い聞かさな出来《でけ》へんのか。爺い。インポ」

「インポ吐《ぬ》かしやがったな。できるかでけへんか、して見したるぞ」

「阿呆。誰がして見してくれ言うた。なんぼ立っとっても、そんなん、こっちの知ったこと違《ちゃ》うわい。さしたらへんぞ」

「やらしてくれ。姐《ねえ》ちゃん。やらしてくれ。わい、興奮しとるんや。な。な。やらしてくれたら、わい、酒飲まんですむねん。アル中にならいですむねん。酒のこと忘れられるねん。人助けや思てくれ。わいの気い、紛れるんやさかい。酒飲むこと、思い出さいですむねんさかい」

「なんやて、気い紛らすために、うちを姦るちうんか。何ちう勝手なことさらすねん。この爺いは。くそ。この爺いは」

「また暴れよる。もうあかんぞ。もう暴れてもあかんぞ。見い、組み敷いてもたったさかい、もう動《いご》かれへんやろ。観念せえ」

「観念なんか、せえへんぞ。そんな侮辱されて、黙ってされてへんで、うちは」

「黙ってされてへん言うたかて、もう動かれへんやろが。もうあかんねん。おとなしいにし。な、姐《ねえ》ちゃん」

「だれか来てえ。助けてえ。人殺しぃ」

「あかんて。裏の料理屋でごつい宴会やっとるさかい、そんなもん聞こえへん。そやろ。姐ちゃん。姐ちゃん。ほら見てみぃ。もう、あかんわぃ」

「この爺ぃが。この爺ぃが。この爺ぃが」

「姐ちゃん。姐ちゃん。姐ちゃん。姐ちゃ……。あ、なんで泣くねん。せっかくこっち興奮しとるのに、泣いたらあかんがな」

「うち、なんでこんな目えに合わんならんのん。なんで、気い紛らす為になんか、されなあかんねん。しかも、あんたみたいなごろつき運転手に、こんな、こんな車の中で。無茶苦茶やないの。なんでうち、こんなことされなあかんのん。うち、後藤はんが好きやったのに」

「ほたら、その人のこと考えて、おとなしうされてえ」

「うち、好きな人いっぱいあったのに、その人らからして貰《もろ》うたこと、一遍もあらへんねん」

「泣くなて。そんな、口あけて泣くなや。みっともない。こっち、げっそりするがな」

「うち、い、今まで、え、ええ加減、ものごっう苦労したのに、なんでまた、こんなことになるねんやろ。苦労して、苦労してやな、ようよう一流の、クラブのホステスになれたとたんに、なれたとたんにやな、なんで、なんでこんな目に会わんならんのん。そんなんあんまりや。可哀想すぎるやないのん。うち可哀想すぎるわ」

「可哀想やな」

「あーん」

「そんな、ごつい口あけて泣かんでもええやんけ。やってる最中にやな。せっかくわいが興奮しとる最中にやな」

「あーん。あーん」

「そや。わいは今、興奮しとるねん。わいは今、強姦しとるねんぞ。そや。そや。見い。女が泣いとる。わいに強姦されて、女が泣いとる。わいのために女が泣いとる。わい、女泣かしたったん生まれてはじめてや」

「ぼけ。そんなんで泣いてるのん違うわい」

「そんな顔したら、縮んでまうやないか。もっと泣いててくれ」

「勝手なこと言わんとき。人なんや思うとるねん。おもちゃ違うで。覚えとれ。警察言うたるねん。お前捕まりよるねん。おもろ。新聞へ、でかでか写真出るわ」

「阿呆。お前の名前かて載るやないか」

「ああ。載ったかてかめへんねん。その方が店で評判出るさかいな。あ、抜けてまいよった」

「そんなこと言うさかい、縮んでしもたんやがな」

「おもろ。もっと言うて、でけんようにしてしもたろ」

「そんなこと言うなや。も一回入れさしてえな。なあ姐ちゃん。わい、あんたが好きやねん。ほんとやで。綺麗やさかい。可愛らしいさかい」

「べんちゃら言いな」

「べんちゃら違う。ほんまや。ほんまに好きやねん」

「ほんまやな。ほんまに、好きでやっとるんやな」

「うん。ほんまや」

「そんなら、金払うてくれるか」

「なんぼや」

「一万円にまけといたるわ」

「一万円も、あらへん」

「そんなら、さしたらへん」

「したるわい。せいでか。強姦したる。あ。また興奮してきよった。また、立ってきよった」

「痛いいたい。何さらすねん。そこと違うがな。違うとこ入れたらあかんがな。女としたことないんか。ぼけ。すかたん」

「なあ。そない、ぽんぽん言うなや。なあ。喜ばしたるさかいに。こないなってしもうてんさかい、同《おんな》じ事やったら、楽しんだ方が得やないか。な。そうやろ。あんたは可愛らしいわ。わい、ほんまに好きやねん」

「ほんまやね。ほんまに、うちを可愛らしい思うてくれてるんやね」

「うん。うん。可愛らしい思うたる」

ちぇ。何が可愛らしいもんか。己《おの》れの顔、鏡でよう見てみい。

「ねえ。服破れるさかい、足もっと、こっちへやらして」

「よっしゃ。早《はよ》うし」

「ねえ。髪の毛え引っぱってるがな。痛いさかい、頭の下へ腕入れてほしいわ」

「よっしゃ。こうか」

「ねえ。足にズボンの金具あたって痛いさかい、脱いでえな」

「よっしゃ。よっしゃ」

「ねえ」

「まだあるんかいな。なんや」

「お乳さわって」

「阿呆《あほ》、ええ加減にさらせ。ひと何や思うてけつかるねん。お前、今強姦されとる最中やねんぞ。つけあがりやがって。男に甘えられる柄か。猫又《ねこまた》みたいな面《つら》さらして、ぜいたく吐《ぬ》かすな。されてるだけでも有難う思え。この般若《はんにゃ》の出来《でけ》そこない」

「ああ。ああ。ああ」

「なんや。どないしてん。どないぞしたか」

「ああ。もっと言うて。もっと言うて」

「なんでや」

「その方が興奮するねん」

「あ、けったいなおばはんやな。よし。もっと言うたる。そのかわり警察に言うなよ」

「ああ。ああ。うん言《ゆ》えへん。言《ゆ》えへん」

「これ、強姦《ごうかん》違うねんぞ。和姦やねんぞ」

「ああ。ああ。うん、そや。そや」

「この、おたふくが。よがりやがって。このパン助が。うん。わいも興奮しとる。よし。これやったら酒のこと忘れてまえる。こら。そない叫ぶな。があがあ、あひるみたいにわめきやがって。でかい口あけやがって。ガマガエル。カバ。なんじゃその顔は。あ。あ。白眼剝《む》きよった。こら。爪立てるな。爪立てるな。痛いやないか。ああ。ああ。ああ。わいは生きとる。ああ。生きとるちうこと、ようわかるわ。生きとるんや。わいは生きとるんや。あ、あ、あ。生き、生きとるで。わいは生きとりまっせえ！」

　ああ、しんどかった。

　頭、ぼうとしてる。

　この女、眼えまわしとるな。しかしまあ、見れば見るほど不細工な顔やなあ。こんな女よう姦《や》る気になったたな。ほんまにもう、こんな不細工な顔の女姦《や》ったやつの気いが知れんわ。

　この女、警察言いに行きよるやろか。どうも、言いに行きよるちう感じするなあ。

どないしょ。森の宮の、こいつの家まで送ったろか。面倒臭いなあ。どうせタクシー代なんか払いよらへんやろしなあ。それに森の宮やったら、こいつ、自分の家の近所の交番、いちばん近いとこどこにあるか知っとるやろさかい、そこへすぐ言いに行きよるわ。ひょっとしたら、わい騙《だま》かして、その交番の近所で車停めさしよるかもわからへん。そんなことされたら、あの辺車の数少いさかい、いっぺんに捕まってまうがな。どないしょ。ほたら、上六《うえろく》で降ろしたろか。上六やったら、別のタクシー拾えるやろ。

あかん。あかんあかん。上六に交番あるやんけ。あんなとこで降ろしたら、すぐ言いに駈《か》けこみよるで。弱ったな。これ、どないしょ。

殺して、屍体《したい》どっかへ捨てたったら、言いに行きよらへんやろけど、殺すのん可哀想やしなあ。こいつも、苦労しとるねんさかい。そやけど、なんぼ生きてても、やっぱり苦労はせんならんねん。こんな不細工な顔の女やさかい、よけい苦労しよるやろ。可哀想やさかい、今殺したろか。そんなら苦労せいですむがな。しかも、わいにおめこされて、幸せそうに失神しとるんやさかい、今殺したったら、幸せなままで死んで行きよるん違うか。可哀想やなあ。強姦されてこない幸せそうに寝とるがな。

いや。殺すのんやめとこ。やっぱり、なんぼ苦労したかて、生きてる方がええやろ。

わいのこと考えたら、結局この女と同じや。わいも苦労してきたし、これからも苦労せないかんことは、ようわかったある。これから先にせないかん苦労のこと考えたらぞっとするけど、そやかてやっぱり生きとりたいもんなあ。この女かて、生きとりたいやろ。

このままここへ降ろしといたろ。ここやったら暗いさかい、車のナンバー憶《おぼ》えられいですむかも知れん。

「おい。おばはん。いつまで白眼剝いとるねん。起きんかいな。これ」

動きよらへん。まさか死んだん違うやろなあ。そんな阿呆な。腹上死いうのん聞いたことあるけど、腹下死いうのん聞いたことないで。タクシーで死んださかい、タク死か。おばはんタク死。南無三仕損じ。こうなったら一目散随徳寺《いちもくさんずいとくじ》。阿呆な。山号寺号なんかやっとる場合やあらへんがな。

「これ、おばはん。死んだらあかんで。ほんまに死んだんかいな」

「ああ。あんた。あんた」

なんや。生きとった。

「ああ。よかった。どないぞしたか思うてびっくりしたがな。大丈夫か。これ。抱きついてくるやつあるかい」

「ねえあんた。あんた。よかったわ」

「あ、こら舐《な》めたらあかん。頬《ほ》っぺた舐めるな。気色悪い。こんなとこでべたべたしたらあかん。人に見られたらどないするねん」

「あ。そらまた何ちうことというのん。ここでうちを強姦したん、あんたの方やないの」

「強姦違うぞ」

「うん。強姦違う。そやさかい、ねえ、うちと、も一回、どこか落ちつけるとこ行こ」

これやろ、女はこれでかなんねん。なんとかして降ろしてまわないかん。

「うん、行こ行こ」

「ねえ、うちの下宿おいで」

「うん、行く行く」

「ね、うちと結婚してくれるやろ」

あ、何ちうど厚かましい女や、そやけど、怒ったらあかん。騙さないかんもん。

「あたり前やないか、あんな無茶したんやもんなあ。わい、悪い思うとる。うん、わい、責任とる」

「うん、責任とるやて、そんな水臭い」

「ま、そない拗《す》ねんなや。ちょっと降りて、外へ出てくれへんか、わい、このシートちょっと、掃除するさかい」

「うん、うちも一回外へ出て、服直さなあかん。ぐしゃぐしゃや。わあ、ドレス皺《しわ》くちゃやがな。コートのボタン、とれてしもうとるし。あ、もう乗ってもええのん。あれ。なんでドア閉めるのん。あ、うち、まだ乗ってへんがな。車出したらあかん、待ってえ」

ああ、捨てられたことわかって、地だんだ踏んどる。腹立つやろなあ。可哀想やなあ。阿呆。そない同情したらいでもええわい。同情するくらいやったら、はじめから強姦なんちうもん、せなんだらよかったんやんけ。そやけど、あと味悪いなあ。こないあと味悪いもんや思わなんだ。また、酒飲みとうなってきた。

あかん。

せっかく忘れとったのに、また酒のこと思い出してもた。えらいこっちゃ。うわあ。こらえらいこっちゃ。あばれたり、姦《や》ったりしたもんやさかい、アルコールが血管の中で暴れとるがな。うわあ。またミミズや。またムカデや。またサナダムシや。わあ気色悪。わあ気色悪。たまらん。死ぬ。死んでまう。えらいことになってもた。せなんだらよかったんや。いや、はじめから酒飲まんと、強姦だけしたらよかったんや。欲張って両方してもたさかいに、いかんねん。飲も。こら飲も。飲まんとおられへん。あそこに屋台ある。あそこで飲も。車、停めたろ。この時間やったらここ、駐車禁止違《ちゃ》うさかい。

「おばはん。酒くれ」

「へえ。おおきに。そやけどあんた、今、あの車から降りてきはったん違いますのん。あんた、タクシーの運転手さん違いますのん」

「そや。そやけどもう、営業所へ帰《い》ぬさかい大丈夫や。早《は》よくれ。二級くれ。ああ。燗《かん》せんでもええ」

「へえ、そらまあ、一杯ぐらいよろしいやろけどな。事故起しはったら、飲ましたうちの方にかて責任持たされますさかいなあ」

「大丈夫や。わいはベテランやさかい。もう一杯くれ」

「えらい早《は》よ飲みはりますねんなあ。大丈夫かいな、そないあわてて飲んで。事故起さんといとくなはれや。ほんまに」

「ああ。わいはな、酒ちょっと入ってるぐらいの方が、うまいこと運転できるねん」

「そらまあ、飲みはる人、みんなそない言わはりますけどなあ」

「もう一杯くれ」

「いややなあ。あんさん、手え顫《ふる》えてますやないか。もう酔うてはりまっせ」

「大丈夫や。営業所帰《い》ぬだけや」

「営業所て、どこにありますのん」

「すぐそこや。南税務署の手前や」

「そんなとこに、お宅の営業所あったかいなあ。おたく、ルナ・タクシーですやろ」

「そや。もう一杯くれ」

「もうあきまへん。なんぼ営業所帰《い》ぬだけでも、事故は一瞬やさかいな。わたし、警察嫌いやもん」

「大丈夫やて、おばはん。もう、これで終《しま》いや。あと一杯だけや」

「ほんまだすな」

「ほんまや。ほんまや。おおきに。ああ、うまいなあ。そんなら、勘定ここに置くぜ」

「へ、おおきに、気いつけなはれや」

「わかっとるで、心配しな、大丈夫、大丈夫」

さあ。もう一回南に出たろか。ええ気分になってきよった。そやけど、客乗せて大丈夫やろか。車ん中、酒の匂いぷんぷんしとるやろしなあ。それに、さっき姦《や》ったさかい、精液やら淫水《いんすい》の匂いもするやろしなあ。

あそこの酔っぱらい、手えあげよったぜ。そや。酔っぱらいやったら、匂いなんかわからへんやろ。あれ乗したろ。

「どこでっか」

「おうっ。あのな、あ、あ、あ、芦屋行ってくれ。芦屋。阪神高速通って行ってくれ」

「へえ」

よう酔うとるな。べろべろや。そやけど機嫌のええ酔いかたやよってに、ま、ゲロ吐くようなこと、ないやろ。

「おっ。う、運ちゃん。わいは、わいは今日なあ、ええことあったんや。わいの出した企画、スポンサーとこ、ずぼっ通りよってな、今日はその祝いやねん。うん」

「ええご機嫌だすなあ」

あ、えらいこっちゃ。あわてて酒飲んださかい、眼えまわってきよったがな。

「そやねん。今日はわい、ご機嫌やねんで。わいなあ運ちゃん、広告代理店行っとるんやけどな。スポンサーに褒《ほ》められてなあ。今夜は課長の奢《おご》りやねん」

「そら、よろしましたなあ」

あかん、気色《きしよく》悪うなってきよったがな。

「前からずっと、虫の好かん課長やなあ思とってんけど、わい、間違うとったわ。あらええ課長やでえ。ほんまにもう、世の中て、悪い人おらへんもんやなあ。ええ人ばっかりや。なあ、そやろ運ちゃん」

「そうだすなあ」

ああ。あかん。からだが言うことききかへんがな。気色悪い、気色悪い。あんだけ飲んだら、もう、ずうっと飲み続けなあかなんだんやがな。こんなんで高速走って大丈夫か。あかん。もう高速入ってしもうたがな。大丈夫かいな。

「はははははは。ええ気分や。わいはなあ。広告代理店に勤めとってなあ。べ、便通ちう広告代理店やけどなあ。わいの出した企画がなあ。スポンサーとこ、ずぼ、と、通りよったんやがな。はははははは」

「ひやあ」

「ど、ど、どないしてん運ちゃん。何でかい声出しよるねん」

「ク、ク、クモや。クモ。今、わいの手首からハンドルの上、すうっと、ク、クモが走りよりましてん」

「何。クモ。わはははは。クモか。クモぐらいなんじゃ。そんなもん、捕まえて食うてしまえ。それでなあ、課長が喜びよってな。なんでや言うたらやな、そのスポンサーちうのがやな、うちの出した企画、今まで気に入らんちうてやな、よその代理店の企画ばっかり使《つこ》うとったとこやねんがな。そこがずぼっ通ったもんやさかい、あの課長、わいを奢るいいよってなあ。ほんまに、ええ課長や。世の中、ええ人間ばっかりや。わいのこと、ようわかってくれる人ばっかりや」

「う、うわ。あ、あれは、あれは」

「あれはて、あれは何やねん。けったいな声出して、どないしてん運ちゃん」

「だ、大名行列。あ、あ、あっちから大名行列、こっち来よるがな。来よるがな」

「何。大名行列。わはははは。こらおもろい。高速道路を大名行列がこっち来よるちうのん、ええアイデアやなあ。そや、それ次の企画に使わしてもらうわ。あ。こら、何するねん。運ちゃん。おい、こ、こんなとこでカーブ切ったらあかんがな。わあっ」

「わあっ」

大名行列か。

あれ、やっぱりまぼろしやったんや。アル中の幻覚がぶり返しよったんや。高速道路からとび出してしもうた。ああ、もう一巻の終りや。地べたが、だんだん近づいてきよるがな。お客はん。すんまへん。すんまへん。一緒に死んどくなはれ。どこのどなたや存じまへん。わいの車に乗ったんが身の不運や思うて、あきらめとくれやす。そやけど、地べたちうもん、えらいゆっくり近づいてきよるなあ。こんなゆっくりや思わなんだ。そや。死ぬ時には、生まれてから今までのこと、いっぺんに頭《どたま》走り抜けるいう話やな。そやけど、そんなこと、ちっとも浮かばへんがな。やっぱり、わいがアル中やからやろなあ。トリス・バーのフジ子、どないしとるやろな。最前の女、あら可哀想なことしたたな。これがアル中の死にかたやな。アル中らしい死にかたや。あ。ようよう地べたが、鼻さきにまで来よったがな。地べたが鼻さきにまで来てまうと、なんや早う近づいたみたいな気いするなあ。もっと、色んなこと考えてから死にたかった思うなあ。そやけど、もうあかんわ。もう何も考えてる暇、あらへん。

竹取物語

植民地には叛乱《はんらん》が起きるものと、昔から相場が決まっている。

月の植民地にも叛乱が起きた。そして月は独立宣言をした。

それから百二十年間、地球と月とは国交断絶状態にあった。

だが、月の地下資源は乏しく、それ以上、自給自足でやっていくことは不可能になってしまった。月政府は、地球政府に対し、貿易再開の申し入れをすることになった。

おれは月よりの使者として、地球へ出発することになった。責任ある大役だ。しかし、おれには、うまくやれる自信があった。

喧嘩《けんか》したのは百二十年前の話だから、お互いに何代か経っていて、もう恨みも残っていないだろうし、また、月の地下資源の中には、地球がほしくてたまらぬものも数種類ある。また、おれほどの適任者は他にはいない。

交渉は、うまくいくはずだった。

おれは小型宇宙艇に乗って、たったひとり月を出発し、半日ほどで地球に到着した。

案の定、大歓迎だった。

何しろ百二十年ぶりに月からやってきた人間だというので、出迎えの政府の役人たちはもちろんのこと、珍らしがりやの野次馬どもが、わんさと宇宙空港に押しかけ、ひと眼おれを見ようと、押すな押すなの大さわぎである。

もちろんテレビなどの報道陣もやってきて、愛想をふりまくおれの姿をカメラにおさめ、全地球へと中継した。

おれの姿は地球人に、そしてとりわけ地球の女たちに好印象をあたえたらしい。自慢ではないが、おれは眼鼻立ちととのい、色白く、地球人にくらべれば背もすらりと高く、言動もまことに優雅で貴族的、そして何よりも、月からきた男というロマンチックなただし書きがついているのだ。これでは女どもが胸をときめかせて騒ぐのもあたりまえであろう。

おれは地球一立派なホテルに逗留《とうりゅう》することになった。

ホテルの窓からは月が見えた。いい眺めだった。

地球と同じく、月にも緯度線や経度線があって、特に経度線は、月面上に各色のペンキで帯状に塗装されている。それを地球上から見るとまことに美しい。この経度線のことを地球では「月経帯」と呼んでいることを、おれははじめて知った。また、月に住んでいる女は月のものの途絶える時がないなどという馬鹿ばかしいうわさがあることも知った。

ホテルには、地球の政府要人たちが次つぎと、おれに会いにやってきた。おれの方から地球連邦本部ビルへ行こうとしても、いつも野次馬のために、道路という道路がたちまち塞《ふさ》がってしまうのである。おれはホテルから、一歩も外へ出られないことになってしまった。

もちろん、地球見物などというのんびりしたことをくわだてていられる身ではない。おれは全権大使としての使命を果たさなければならないのである。さいわい貿易再開の交渉はとんとん拍子に進展し、有利な条件でまとまりそうになった。あとは調印式を残すだけである。

テレビがたびたび、おれの日常を全地球へ報道した。女たちはテレビ・スクリーンにあらわれるおれの姿にうつつを抜かし、ついにはおれのファン・クラブまで結成しはじめた。おれに会えないために自殺する女まで出た。

ホテルの周囲では、部屋にとじこもったきりのおれにひと眼会おうとする女たちが、日ごと夜ごとさわぎ立てていた。ホテルのおれの部屋の前の廊下など、女たちでいっもぎっしり満員、たまに廊下に顔を出しでもしようものなら大変である。たちまち大さわぎになって怪我人や死人が出るのだ。しまいには屋上からロープ伝いにおりてきて窓から侵入しようとする勇ましい女や、おれの護衛役の警官に賄賂《わいろ》をつかませて部屋へ入れてもらおうとする女まであらわれる始末。

あまり女たちが騒ぐので、地球の男たちがおれに反感を示しはじめた。

これはいかん――と、おれは思った。――女たちに好かれ過ぎて、だいじな交渉が決裂しては一大事――。

おれは一策を案じ、さっそく実行することにした。

毎日のようにおれのところへ押しかけてくる女たちのうち、とりわけ熱心で、また美人で、そして良家の娘というのを、おれは三人だけ選び出した。そしてその娘たちそれぞれに、結婚してやる条件として、とてもできそうにない無理難題を吹きかけてやった。

「地球には幽霊というのがいるそうだ。会いたいから、それをつれてこい」

「地球の日付変更線の実物が見られる場所へつれていけ」

「みやげにするから、夢枕を持ってこい」

これであきらめるかと思いのほか、三人の娘たちはそれぞれの難題を解くため行動に移った。これにはおれの方がおどろいた。

最初の娘は幽霊に会おうとして各地の有名な幽霊屋敷を歴訪しているうち、自分が幽霊のようにやつれ果て、だんだん気がおかしくなって、ついに精神病院へ入院させられてしまった。

二番めの娘は家が大金持ちなので、日付変更線を作ろうとしはじめた。だが、月だからこそ経度線も描けたわけで、海の多い地球ではとても無理である。日付変更線にずらりと船を並べようとしたものの、さすがにこれには天文学的数字の金がかかるとわかり、とうとうあきらめてしまった。

三番めの娘が夢枕らしいものを持ってあらわれた時は少しびっくりした。使ってみるとたしかにいろんな夢を見るのである。だがこれも最後には、枕の中に催夢テープをしかけてあるだけの代物とわかった。

こんなことがあっても、地球の女たちはおれをあきらめようとせず、神秘のベールに魅せられたか、前にも増してさわぎはじめた。

しかし地球政府との交渉の方はやっと終り、調印式も無事に済んだ。

その夜、ホテルの窓から月を見あげ、おれがさめざめと涙を流しているのを見て、政府要人のひとりがおれに訊《たず》ねた。

「どうなさいました。月が恋しいのですか」

「とんでもありません」と、おれは答えた。「じつは私は結婚していて、月には恐ろしい女房が待っているのです。帰るのがいやでいやでたまりません。だから泣いています」

「では、お戻りにならなければいいではありませんか。月政府へはこちらから、使いの者を出しましょう」

「そうはいきません。あの女房のことだから、私の帰りが遅いと、きっと自分で迎えにやってくるにきまっています」

これを聞いた地球の女たちが、おれを守ろうと声をあわせて叫びはじめた。

日ごと夜ごと女たちはホテルの周囲を守りかため、蟻のはいこむ隙もないほど十重二十重にとり巻いて見張りを続けたのである。

だが、その夜、ついに女房はあらわれた。

ホテルの前の広場に着地した大型宇宙船からおり立った女房の姿をひと眼見て、地球の女たちはへたへたと腰を抜かしてしまった。

無理もない。おれの女房は身のたけ十メートルあまりの大女なのである。

「ば、ば、化けもの」ひとりの女が、がたがたふるえながら、そう叫んだ。

「なにいってるの。月の人間はみんな、これくらいの背たけなのよ」女房はその女をじろりと見ていった。「だって、月の重力は地球よりずっと少ないんですからね。誰だってこれくらいに成長するわよ」

彼女は窓の外から部屋の中へ腕をつっこんで、おれをつまみ出した。「さあ、あなた。帰りましょうね」

女房に抱かれて宇宙船に乗せられるおれを眺め、地球の女たちは冷たい眼つきでふんと笑った。「なんだ。コビトだったのか」

竹取野郎にあらずして丈《たけ》足らず野郎の一席。お粗末。

腸はどこへいった

英語の単語を覚えるのに、いちばんいい場所はどこか知っているか。

そうとも。知っているやつは知っている。

それは便所だ。

おれは英語の成績がいい。なぜかというと、いつも便器の上にしゃがみこんで単語を暗記するからである。実によく覚えられる。うんときばっている間に三つや四つは覚えられる。

だからおれは、なるべく一日に三回便所へはいるようにしている。生物の教師がいったところによると、便所へいけばいくほど健康にはいいそうだ。

便所へはいっている時間も、できるだけながくしたほうがいい。おれなどは、風邪をひきそうになるまで、じっとうずくまっている。

いちど一時間半はいっていたことがあって、このときはおやじが、かんかんに怒った。

「いつまではいっているつもりだ。他人の迷惑も考えろ」

戸の外で、がまんしていたらしい。おれはあわててとび出した。

さて、そんなことをしているうちに、おれはある日、たいへんなことを発見した。

いつも、単語を覚えるのに夢中になって、よく注意していなかったのだが、あるときふと気がつくと、おどろいたことには、ぜんぜん大便が出ていないのである。

——これはいかん。いつも下半身まる出しでしゃがみこんでいるものだから、ついに便秘になったか。きっと冷えたにちがいない。

——そのときおれは、そう思った。

それからも一日に三回、きまった時間に便所へいくようにしたが、便通がぜんぜんない。

ふつう、便秘というのは、便意はもよおすものの、なかなか大便が出ないという状態のことである。話がきたなくなって悪いが、つまり大便がカンカチコに固まって、俗にいう糞《ふん》づまりの状態になるのが便秘である。

この便秘というのは、おれも中学生のころ一度なったことがあるが、非常に苦しく、なさけなく、せつないものだ。腹がはって、なかのものを出してしまいたいのだが、いくらきばっても力んでも、出ないのだ。しまいには泣きたくなる。

　ところがこんどは、どうやらそれではないらしい。腹に何かがたまっているという感じがしないし、そのうえ便意もぜんぜんもよおさないのだ。

　では、ものを食べていないのかというと、そんなことはなく、いつもよりよく食べるくらいである。昨夜も母親がこういった。

「おまえ、最近よくご飯を食べるね。それで六杯めだよ」

「そんなに食べたかな」

「そうだよ。おまえきっと胃拡張という病気だよ。いちど病院へ行ったらどうだい」

　母親を心配させるといけないので、おれは便通のないことは黙っていた。

「でも、からだの調子はすごくいいんだよ。そして、食べたあと、すぐ腹が減るんだ」

「そうかい。まあ、食欲がないよりは、いいけどねえ」

　じっさい腹が減ってしかたがなかったのだ。食事してから一時間ほどすると、もう腹がぺこぺこである。じつに不思議だ。

　それからさらに二カ月——便通はぜんぜんない。しかもよく食いよく飲み、腹は減る。ふつうなら、おれの下腹は三ヵ月分以上の大便がたまって、ふくれあがっているはずなのだ。それなのに心も軽く身も軽く、胃はなんともなく、腸もなんともない。

こんなおかしな話があるだろうか。

さらにおれは、えらいことに気がついた。

もう何ヵ月も前から、おれが便所へいくのは、大便所でうずくまるためだけなのだ。おわかりか。つまりおれは、ここ何ヵ月かの間、小便もしていないのである。

これには、われながらあきれてしまった。

――よくこれで、生きていられるな。

自分でそう思うのだが、からだそのものは以前より健康で、ぴんぴんしている。したがって学校の勉強もよくできる。

こいつは原因不明の病気にかかったらしいぞ――そう思い、医学事典などをひっぱり出して読んだものの、そんな病気なんか、あるわけがない。おれはだんだん、心配になってきた。

ある日学校で、休憩時間におれがそのことを考え続けていると同級生の下田治子がやってきて、ささやくようにいった。

「どうしたの邦彦さん。何か心配ごとがあるみたいね」

この治子は、おれの最愛のガール・フレンドである。石森章太郎の少女マンガに出てくる女性のようなかわいい顔だちで、しかも皮膚の色は薄いピンクだ。高校生で、顔の色がピンクという女の子はなかなかいない。うそだと思ったらさがしてみろ。とにかく治子は、この高校でいちばんの美少女だ。しかも彼女の家は、おれの家の三軒隣だ。将来、治子は、おれの妻になるはずである。

だが、いくら将来の妻といったって、彼女の質問に、ありのままを答えるわけにはいかない。だって、そうではないか。傷つきやすい心を持った美しい少女に、

「ボク、三ヵ月前からウンコが出ないの」

そんなことをいってみろ。たちまち軽べつされて、つき合ってもらえなくなる。もちろん結婚なんかしてくれるはずがない。

おれは返事に困りあわてて陽気に笑った。そして、かぶりを振った。

「心配ごとなんか。そんなものないよ」

「いいえ。あなたはきっと、何かで悩んでるんだわ」

彼女は熱っぽい目でおれを見て、そういった。

「わたしには、わかるのよ」

彼女はおれを愛しているな——おれはそう感じた。こうなってくると、ますますほ

んとうのことはいえない。おれは黙っていた。

ところが女というものは、秘密を持っていたり、人知れぬ悩みを持っている男性には、実に弱いらしい。治子の、おれに対する恋ごころは、ますますつのるようである。しまいには、

「わたしにもいえないような悩みなのね。あなたきっと、わたしがきらいなのね」

そういって泣きそうな声を出す。

だからといってほんとうのことをいえば、彼女はいっぺんにおれをきらいになってしまうだろう。

おれは、ほとほと弱り果てた。

そうだ、おじに相談してみよう——おれはやっと、学校の近くで病院を開業しているおじのことを思い出した。

このおじは外科医で、おれは子どものときから、ケガをするたびにこのおじのところへ駈けこむことにしている。だから今まで、さんざんやっかいになった。

また、このおじはたいへんな天才である。医学だけではなく、物理学や数学でも学位を持っている。つまり医学博士であり、理学博士なのだ。もっとも、天才と気ちがいは紙一重というとおり、多少風変わりなところがある。どういうところかというと

……。

まあ、それは話が進むにつれて、だんだんわかってくるだろう。

その日、学校の帰りに、おれはおじの病院に行った。

「やあ、邦彦か。どうした。今度はなんだ。腕の骨折か。それとも盲腸か」

「そんなものじゃ、ありません」

「ほう。だいぶ深刻そうな顔をしているな。してみると病気ではなく、青春の悩みをうちあけるから、相談に乗ってくれというわけか」

「いえ。病気は病気なのですが、それがその、はたして病気といえるかどうか……。からだの調子はいいし……」

「なるほど、わかった。では精神病だな。幻覚を見るとか、妙な予感や夢に悩まされるとか」

「そういうものでもないのです」

「ではなんだね。早くいいなさい」

このおじは、頭がよすぎて、すごくせっかちなのだ。おれは今までのことを、全部話すことにした。

毎日三回便所へいくのだが、便通がぜんぜんないこと。小便も出ないこと。だが、便秘ではないらしいこと。からだの調子はすごくよくて、腹も減ること。等、等、等。

おじは最初、気のりがしないようすで、ふんふんといいながらうなずいていたが、話の途中から急に熱心になり、身をのり出し、目を輝かせ、おれのことばの途切れめに質問をはさんだりしはじめた。

ぜんぶ話し終ってから、おれはおじに尋ねた。

「……と、いうわけです。こんな不思議なことがあるでしょうか」

「ふうん。なかなかおもしろい」

「こっちは、おもしろいだけではすみません」

おれは、あわてていった。

「いくらからだの調子がよくても、出るものが出ないというのは、不安でたまりません。なんとか説明してもらうか、もとどおりにしてもらわない限り、このままでは心配で気が狂います」

「まあ、待ちたまえ」

おじは立ちあがり、診察室のなかをうろうろと歩きまわりながら、しばらく考え続けた。

やがて、おれをふり返って、たずねた。

「邦彦。お前は半年ほど前に腸捻転《ねんてん》を起したことがあったな」

　おれはうなずいた。

「ええ」

「あのときのことを覚えているか」

「はい。覚えています」

　と、いっても、読者諸君はご存じないだろう。ここでちょっと、おれが腸捻転にな
ったときの話をしておこう。
　五、六ヵ月前のことだ。
　おれは学校の校庭でフットボールをしている最中、腸捻転を起した。

　あまりの痛みに、おれは校庭のまんなかにひっくり返り、のたうちまわった。

「いてててて」

「どうしたどうした」

　級友があわてて駈けつけてきた。体操の教師もやってきて、おれのようすを見て大
声でいった。

「腸捻転らしいな。食事をしたあとで、急に激しい運動をしたからだ」

「まあ。腸捻転ですって」

下田治子がおどろき、わあわあ泣きながら、ぶっ倒れているおれのからだにすがりついてきた。

「邦彦さん、お願い。死なないで死なないで」

彼女のおれにたいする愛情をはっきり知ったのはこの時である。だがこっちは何しろ腸の痛みで、それどころではない。おまけに治子が泣きわめきながらおれのからだをゆさぶるものだから、その痛さはとうてい何ものにもくらべがたい。あまり痛くて気絶もできない。

「た、助けてくれ」

おれは悲鳴をあげた。

「こら。動かしちゃいかん」

と体操の教師が叫んだ。

「早く手術しないと腸が腐って死んでしまう。このまますぐ担架に乗せて、病院へ運ぼう」

と、いうわけでおれは級友たちのかつぐ担架に乗って、おじの病院へやってきた。

治子は担架のうしろから、わあわあ泣きながらついてきた。

「死なないで。死なないで。邦彦さんが死んだら、わたしも死んじゃうから」

病院へ着くと、おじがおれを診察し、レントゲンをとっていった。

「ふん。これは腸捻転だけではないな。腸重積というやつだ」

腸捻転というのは、腸が手ぬぐいを絞ったようによじれることだが、腸重積というのは、腸の位置が移動して、入れこになることである。ついてきた体操の教師がびっくりした。

「それはたいへんだ。なおりますか」

「ふつうの外科医なら、ここで開腹手術をするところだ」

と、おじはいった。ここで、自分がいかに名医であるかを、ながながと自慢する気らしい。

こっちはからだを折り曲げ、ひや汗を流して苦しんでいるというのに、じつにいい気なものである。

「だがわたしは名医だから、そんなめんどうなことはしないよ」

と、おじが自慢を続けていた。

「こんなものは、すぐなおして見せます」

おじはまず、おれに浣腸《かんちょう》をし、レントゲンで腸を透視しながら、口から細いゴム管を突っこみ、腸の内容物を吸い出した。そしておれの腹の上から、手でぐいぐいと腸の位置を移動させた。

おどろくべし。おれの痛みはたちまちなくなってしまったのである。

「あのときのおじさんの治療が原因で、大小便が出なくなったのでしょうか」

おれはびっくりして、そうたずねた。

「ううん。あのときの治療は、すこし乱暴だったかもしれんな」

おじは、あいかわらず考え込んだままで、おれにそういった。

「しかしおまえが、大小便を出さなくなったのは、三ヵ月前からなんだろう」

「さあ。ひょっとすると、おじさんに腸捻転をなおしてもらってからかもしれません。なにしろ、ずっと便所のなかで英語の勉強をしていたため、出したかどうか、覚えていないのです」

「だとすると、おまえは六ヵ月間、大小便をしていないことになるぞ」

おじはたまげて、そう叫んだ。

「しかも、おまえの話を聞いていると、おまえはだいたい、普通の三倍から四倍くらい、ものを食べている。その間の大小便の量は、計算してみると何トン、いや何十トンになるかもしれん」

「まさか。そんなオーバーな」

しかし、それほどではなくても、相当の量になることはたしかだ。

「じゃあいったい、その大小便は、どこへ行ってしまったのでしょう」

「うむ。だんだん、わかりかけてきたぞ」

おじは目を光らせて、そういった。

「おまえは位相幾何学というものを知っているか」

と、おじはいった。

「そんなもの、高校では教えてくれません」

「あたりまえだ。こんなむずかしいものを高校で教えてたまるものか。これは高等数学だ」

「数学が、ぼくの病気と、どんな関係があるのですか」

「おおいにある。この位相幾何学というのは、あまりむずかしくて、ひとくちに説明することができない。だが、そのなかに、メビウスの輪というのが出てくる」

「メビウスの輪、ですって」

「そうだ。メビウスの輪というのは、こういう形をしているんだ」

おじは、かたわらにあった紙切れをとりあげて、細長く切ると前頁の図のようなものを作っておれに見せた。

「これがメビウスの輪だ。つまり、一ヵ所でねじれている。まず、この紙の表側をたどっていくと、いつの間にか、裏側をたどっていることになる。さらに、その裏側をずっとたどっていくと、今度はまた、いつの間にか表側をたどっている。つまり、いっぽうの面が、表でもあり裏でもあるという、これがメビウスの輪なんだ」

「たしかにそうです。でも、それがどうしたんですか」

「まあ待て。ところがこんどは、立体で考えてみよう。メビウスの輪というのは、展開すれば平面だが、いつの間にか立体の観念がはいってきているだろう。では、立体で、外側と内側とがいっしょというものを考えれば、今度は立体の、ひとつ上の観念がはいってくるはずなんだ。つまり幾何学でいう、X、Y、Zの各軸に、もうひとつ何かがプラスされた観念が必要になってくる」

「そんな立体があるのですか」

「あるとも。クラインの壺《つぼ》という立体だ。それはこんな形をしている」

こんな絵を、おじは描いて、おれに見せた。

「どうだ。このつぼはたしかに外側が内側であり、内側が外側にもなっているだろう。

タテ、ヨコ、高さの三つの次元軸から成り立っている観念では、理解できないものがある。もうひとつ別の次元を考えなければならない」

「タテ、ヨコ、高さ以外の、もうひとつの次元ってなんですか」

「それは、まだわかっていないんだがね。時間ではないかなどと、いわれている。しかし、そうなってくると、われわれには理解できなくなってしまうのだ。われわれは時間を自由にあやつることなど、とてもできないからね。それはすでに、われわれの住んでいる、この三次元の宇宙の問題ではなく、他次元の宇宙の問題になってしまうのだ」

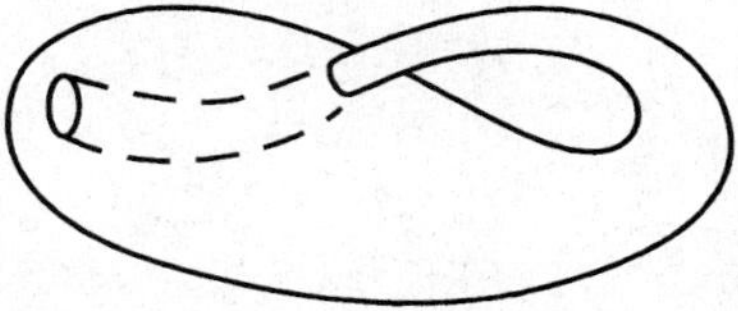

おれにはやっと、おじのいおうとしていることがわかってきた。
「じゃあおじさんは、ぼくの腸が、この前の腸捻転の治療のときに、メビウスやクライン的にねじれてしまったため、位相幾何学の効果が発生し、大便や小便が、他の次元の宇宙へとびこんでしまっているというんですね」
「まあ、早くいえばそうだ。わしの考えが正しいかどうか、レントゲン写真をとってみよう。こっちへ来なさい」

おれはレントゲン室にはいり、おじに腸のレントゲン写真をとってもらった。

「やっぱり、思ったとおりだ」

おじは写真をながめていった。

「このよじれ方は、位相幾何学によく出てくるグラフと同じ曲線を描いている。この曲線のどこかで、腸は他の宇宙につながっているのだ。つまり、その部分で、おまえの腸の内容物は、他の宇宙へとびこんでいるんだ」

「じゃあ、早くもとへもどしてください」

と、おれは叫んだ。

「まあ待ちなさい」

おじは、考えながらいった。

「もしも今、おまえの腸をもとへもどしたとすると、他の宇宙から、この宇宙への通路を、いったん開くことになるのだ。そうなると、いったいどういうことが起るか、わしには想像もできない。つまり、危険がともなうわけだぞ」

「でも、背に腸はかえられません」

と、おれはふたたび叫んだ。

「このまま一生、無便症のままだなんて、そんなことはいやです」

「便所へいく手間が、はぶけるじゃないか。将来おまえが家を建てたとする。その家には便所がいらない。建築費が安くあがる」

「いやです。いやです」

おれは泣きわめいた。

「大小便をしないと、人格を疑われます」

「それほどまでにいうのなら、直してやろう」

おじは、しかたなしにいった。

「だが、どんな結果になっても、おれは知らんぞ」

おじはふたたび、おれの腹の上から、手でぐいぐいと腸の位置を変えた。

「これでよし。もとのとおりだ」

だが、なんの異変も起こらなかった。おれのからだにもなんの異常もない。

「心配するほどのことは、ありませんでしたね」

と、おれはおじにいった。

「そのようだな」

おじも笑った。

病院を出て、まっすぐ家へもどった。

家の近所まで帰ってくると、あたりがなんとなくさわがしい。

パトカーや消防車が走って行く。

火事だろうか——そう思いながら歩き続けていると、向こうから、父と母がぼんやりこっちへ歩いてきた。下田治子や、その両親もいっしょだ。みんな、ぼうぜんとした顔をしている。

「いったい、どうしたんですか?」

おれは彼らを呼びとめ、そうたずねた。

父は、黙ったままで、家のほうをふりかえり、あごで示した。

家のほうをひと目見て、おれはあっと叫んで立ちつくした。

家のあったところには、小山ができていた。下田治子の家は、山のふもとで押しつぶされてしまっている。

その山は、大便でできていた。

メンズ・マガジン一九七七

「ひゃあっ」

女のような悲鳴をあげて、気の弱いカメラマンの酒井が編集室のスタジオからとび出してきた。何かよほど恐ろしいことが起ったらしく、彼は蒼白《そうはく》になって編集室を走り抜け、そのままビルの廊下へどえらい勢いで駈け出していった。

「何ごとだ」

ちょうど編集室には私と、編集部員の金しかいなかった。私たちは顔を見あわせながら立ちあがり、スタジオの入口へ恐るおそる近づこうとした。

その時、わあっと泣きながら開いたままのスタジオの入口から、ヌード・モデルの奈村端枝《はじえ》がすっ裸で走り出てきた。彼女の姿をひと眼見て、私と金は腰を抜かさんばかりに驚いた。彼女は肛門《こうもん》からサナダムシを二メートルばかり出して、床へひきずっていたのである。

「わっ」と、金が悲鳴をあげた。

「編集長。助けて」端枝は泣きわめきながら私のデスクに駈け寄ってきた。

こんなのに抱きつかれてはたまらない。だいたい私だってながいものは嫌いだ。

「ひゃっ」音を立てて顔から血の気がひいた。あわてて逃げようとしたが駄目だった。

「逃げないで。いや。いや。助けて」端枝は私に抱きついて泣き叫んだ。「お願い。このことを記事にしないで」

どうやら彼女にとっては、サナダムシが出た恐怖よりも、それがゴシップ記事になる恐怖のほうが大きいらしい。

「わたし、お医者呼んでくる」金はそう言い捨て、うまく逃げ出してしまった。

「く、苦しい。はなしてくれ」全裸の端枝の太い腕で首ったまに抱きつかれたため息がとまりそうになり、私はあわてふためいて手足をばたばたさせた。「記事にしない。記事にしないからはなしてくれ」

「こんなこと書かれちゃ、わたし、笑いものになるわ」

「書かないから。書かないから」私はやっとのことで彼女の腕からのがれて、ふたたびわあっと号泣しはじめた端枝をなだめながら部屋の隅のソファまでつれて行って寝かせた。

「静かにしなさい。あばれるとサナダムシがひっこんでしまうよ。もうすぐお医者がくるからね」

スタジオのカラー立体《キューブ》・写真用《フォト》ライトの熱のため、ヌード・モデルが蛔虫《かいちゅう》を出したという事件は今までにも数回あった。モデルというのは美容のためと称してなま野菜をよく食べるから、たいてい腹の中に蛔虫を飼っているのである。しかしサナダムシというのは私もはじめてだ。彼女を俯伏《うつぶ》せにし、気味悪いのを我慢してその尻《しり》のあたりを見ると、サナダムシは冷たい外気を感じたためかふたたび彼女の暖かい直腸の中へ一メートルほど引き返しはじめていた。

「早く医者が来ないと、引っこんじゃうな」

「こんなことが知れたら、わたしお嫁に行けない。お嫁に行けないわ」

以前、やはりヌード・モデルの珠みち代が蛔虫を出した時も、彼女の必死のもみ消し工作で記事にこそならなかったが、マスコミ関係者の間にはそのことがすぐ拡がり、どこへ行っても笑いものにされたため彼女はモデルをやめてしまった。もちろん結婚もまだしていない。ただでさえ結婚をいやがる最近の男性が、皆から笑いものにされている珠みち代に結婚を申し込んだりする筈《はず》がなかった。

十年前——つまり一九六七、八年頃からこっち、女性の権力がやたら強くなってきて、男性が女性を敬遠しはじめ、女性にとっては今や空前の結婚難時代となった。私が編集している男性雑誌「イリュージョン」でも、「いかにして女から逃げるか」だとか、「女と結婚しなくてすむ方法」とか「最も安あがりな離婚のしかた」「女はこうして男をだます」「あなたは女性に狙われている」などという特集をやると、たちまち四日足らずで売り切れてしまうぐらいだ。現にこの私も、三十三歳にして未だに運よく独身である。

運悪く結婚しなければならなくなった男のたどる道は悲惨である。仕事が終ればまっすぐ定刻に帰宅いたしますと妻に誓わなければならず、これにそむくと全国に二千万人の組織員を持つ主婦連盟に訴え出られるから多額の違約金を妻に支払わなければならない。さらに素行が定まらない時は勤務先に訴え出られる。会社がその男を説得しない場合——つまり会社が主婦連盟に協力しない場合は、その会社は不買運動その他さまざまな方法で圧力を加えられるのだ。夫は家庭のことに関しては妻に絶対服従しなければならず、家事も強制的に手伝わされる。たまりかねて離婚しようとすれば何百万という慰謝料を払わなければならないから、これも普通の男にはまず無理だ。こういう哀れな男性用には、うちの社からも「殿方生活」、他の社からも「亭主の手帳」「主人の友」といった家庭雑誌が出ている。

「お医者呼んできた」金が、このビルの地階で開業している内科医をひっぱってきた。ビルの三、四、五階が尋常出版KKで、このイリュージョン編集部は四階にある。

「ははあ。これはカギサナダという、いちばんたちの悪い奴です」中年の医者は端枝の尻から出たサナダムシをひと目見てそういった。「あなた最近、肉を食べましたか」

「二ヵ月ほど前、朝鮮料理屋で肉のお刺身を食べたわ。ほかは野菜ばかりよ」

「生肉ですな。ではそれだ」

「どうやってそいつを退治するんですか」

「病院へつれて行って下半身をぬるま湯に浸します。するとサナダムシが出てきますから、途中でちぎれないように、看護婦たちにそっと引っぱり出させます」

金に手伝わせ、医者は端枝を地階の病院へ運んでいった。

騒ぎが終ってほっとしているところへ、階下から電話がかかってきた。

「受付へ、若いレディ連合の委員だという女が五人やってきました。編集長に会いたいといって帰りません」

「今いそがしい」私は顔をしかめた。「会わないといってくれ」

「でも……」

私は受話器を乱暴に架台に置いた。若い女にゃ用事はあるが、若いレディに用はない。どうせイリュージョンに載った記事に対する難癖だろう。主婦同様、若い娘たちの男性雑誌に対する反感はものすごい。彼女たちは自らをかえりみず、自分たちが男性に結婚してもらえないのは、男性雑誌が女性無用論や結婚を否定するような記事ばかり載せるからだと信じているのだ。

どこかへ逃げていたカメラマンの酒井が、あれはやっぱりヘビでしたかヘビでしたかと尋ねながら、おそるおそる戻ってきた。よほどヘビが嫌いらしい。

「いや。あれはヘビじゃない」と、私はいった。「あれはサナダムシだ」

彼は身を顫《ふる》わせ、近ごろの女は何を出すかわからないので怖いといいながらスタジオへ入っていった。

また電話が鳴った。

原稿をとりにいった福山からだった。

「木島先生の原稿が、まだできません」

「いつになるんだ」

「あと二、三日かかるそうです」

「穴があくじゃないか」私はあわてた。

「そうです。大穴です」

「落ちついてちゃ困るな。せかしたのか」

「せかしました。でも、駄目だそうで」

私は舌打ちして受話器を置いた。最終締切りは今日の五時である。もう三時だ。至急穴埋めを考えなくちゃいけない。

端枝を運んでいった金が戻ってきた。

「サナダムシ全部出すのに、半日はかかるそうです」

「弱るなあ。撮影はまだなんだろ」

「そのようですな」金は他人ごとのようにそう言った。

この金という若者は韓国人で、日本の大学へ留学したのだが、卒業してからも、女性にちやほやされ追いかけまわされるのが面白くなり、本国へ帰る気にならず、そのまま日本に留《とど》まることに決め、二年前わが社へ入社してきたのである。

「ラリ公ラリーの記事はもう出来たのか」

「今、やっています」金は茫然《ぼうぜん》とした目つきで私を眺め、そういった。

「おい」私は立ちあがり、金の目をのぞきこんだ。「お前また、マリファナをやったな」

金はかぶりを振った。「わたし、やらないよ」

「うそをつけ。目を見ればわかるぞ」

マリファナが合法化され、男たちはたいていマリ中になってしまっている。しかし私は編集部員に対しては、仕事中の喫マリを固く禁じていた。

「よし。そんなにいうならテストだ。故郷の歌をうたってみろ」と、私は金に命じた。

金は背筋をしゃんとのばして歌いはじめた。「ラーリラン、ラーリラン、アーラーリーヨ」

「やっぱりラリってる」私は苦笑した。

「トーラーリ、トーラーリ」

「もういい」と、私はいった。「それでもマリファナをやってないというのか」

「マリファナやらない。ＬＳＤやった」

「なお悪い」私は叫んだ。「原稿を持ってこい。記事はおれが書く」

ラリっている人間に書かせたら、どんな記事ができるかわかったものではない。締切りは迫ってくるわ、穴はあくわという騒ぎの時に限ってこんなことになる――私は舌打ちしながら、金の持ってきたラリ公ラリーの報告書を読み返しはじめた。

ラリ公ラリーというのは富士―霧島間往復四〇〇〇キロの距離を、ＬＳＤを服用し続けながら車をすっとばすという競走だ。毎年このラリーでは、多数の死傷者が出る。もっとも、それが人気の原因なのだが。

「おい。死傷者の数が書いてないぞ」

「あ。しまった。わたし、それ聞いてくるの忘れた」

「駄目じゃないか」

私が叱ると、金はあわてて主催の自動車会社へ問いあわせの電話をかけはじめた。

まったく、なんて連中だろう――おれが編集責任者になるまで、こいつらいったい、どんなことをしていたのか――。

実をいうと、イリュージョン誌は一年半ほど前までは数ある男性雑誌の中でいちばんよく売れている雑誌だった。ところが会社が、どう思ったのか編集をすべて二十代の社員にまかせてしまってから、急に売れ行きが落ちてしまったのである。おそらく会社としては、雑誌をさらに若返らせ、若い男性の読者にさらに強烈に訴えかけることができるだろうと期待したのだろうが、物ごとというものはなかなかそんなにうまくは行かないものである。若い編集長が、常連のライターだったダディ旗田や尾高敏三と喧嘩《けんか》し、彼らをお払い箱にしてしまったのである。彼らは怒って商売敵の男性週刊誌「シックス・ナイン」に執筆を始めた。シックス・ナイン誌が売れはじめ、イリュージョンは調子が落ちてきた。反対に調子が出てきたシックス・ナインは「がんばれイリュージョン」などという特集をやって冷やかした。躍起になったイリュージョンでは、苦しまぎれにセンセーショナルな記事を特集した。

そのひとつに「カッコいい男性は尻《しり》にタンポンを入れている」というのがあった。タンポンというのはいうまでもなく、女性の月経用品である。この記事を本気にした若いアホの男性が、ほんとにタンポンを肛門《こうもん》から下腹部へ押しこんで街をうろつき始めたものだから、数週間もたたぬうちにたちまち大変なことになった。女性の膣《ちつ》の頑強さに比べたら、男の直腸なんてまことに柔らかなもので、その証拠にキレ痔《じ》になった奴五万人、イボ痔になった奴九千人、脱腸八百人、その他便秘に腸炎腸閉塞《ちょうへいそく》、中には起立性無尿症などという新しい珍病にかかった奴もいて、ついに直腸癌の患者が出るに至り、ことは社会問題と化した。編集長は警視庁へ呼び出され、さんざ油を搾《しぼ》られた揚句二千万円の罰金をくった。ところがこの編集長何を勘ちがいしたのか、罰金と原稿料を混同し、経理に命じて源泉所得税一〇パーセントを差し引かせて罰金を送金し、かんかんに激怒した警視庁からまたまたこっぴどく怒られた。あまりのことにあきれはてた会社は彼をクビにし、それまで単行本の編集をやっていた私を編集長にしたのだ。

私は以前から、雑誌というものについては一家言を持っていた。マクルーハンによれば、昔の人間は線的に思考をしたが、テレビ時代の人間は点的に思考する。だから雑誌も、内容はできるだけ雑多でなければならない。ヌードがあり、ファッションがある一方、世界情勢あり社会問題あり、人生相談ありといった調子でなければならない。だから若い編集者がいたって一向に差支えはないのだが、全部がぜんぶ二十歳代では困るのである。線的思考をする気なら単行本を読めばいいのだし、一貫した思想など雑誌には無用のものである。もし強いて雑誌に思想を求めるなら、それは「浮世風呂《ぶろ》」精神だ。それは庶民的正義に裏打ちされたスキャンダル精神、ゴシップ精神だ。今の雑誌にもこれは必要だ。ところが今の雑誌には毒にも薬にもならない記事が多すぎる。誰かが誰かに恋してるとか、染色もできるヘア・ドライヤーができたとか、そんなものは私にいわせればスキャンダルやゴシップのうちに入らない。大新聞がくだらない良識の泥沼に埋没してしまった現在、浮世風呂精神は雑誌によってしか復活させることができないではないか。

編集長になったのが半年ばかり前。それ以来私は私の思うままに雑誌を作ってきた。イリュージョンはふたたび勢いをもり返し、シックス・ナイン等群小の男性雑誌をはるかに追い抜いて、発行部数ではふたたびトップに返り咲くことができたのである。

ラリ公ラリーの記事を二、三行書いた時、また電話が鳴った。階下の受付からだった。

「何だ」

「若いレディ連合の女たちが」

「女たちとは何よ」黄色い罵声《ばせい》が響いた。「お嬢さまとおっしゃい」

「お嬢さんたちが、どうしてもそっちへ行くと」

「そこでくいとめろ。締切りが迫っているんだ。絶対にあげちゃいかん」

「しかし……や、やめなさい……く、苦しい……」

だいぶ痛めつけられているようで可哀想だったが、私は無慈悲に電話を切った。

福山が、三流社会評論家の榎本をつれて戻ってきた。

「これは榎本先生」私は立ちあがり、彼をソファに導いた。

「木島先生ンちからの帰りに、榎本先生とばったりお会いしたのでお連れしました」

と、福山が説明した。「次号に穴があいたことをお話ししますと、それならその穴を埋めてやろうとおっしゃって」

「それはご親切に」内心うんざりしながらも、私は皮肉まじりにそう言い、榎本と向きあったソファに腰をおろした。

だから若い編集者はだめなんだ――私はそう思った――編集長である私の意向も聞かず、勝手にこういう人物をつれてくるのだから。しかし、つれてきた限りはそっ気ない応対もできない。

榎本は和服の着流し姿だった。もっとも彼は常に和服の着流しで、それは胡麻塩《ごましお》ザンバラ髪の彼によく似合っているのだが、見馴《みな》れてしまうと鼻についてくる。

「どうだね。わしの女性無用論を載せないか。わしが喋《しゃべ》ることを音声タイプにでもとって記事にしなさい」

「は。それではさっそく」私はサイド・テーブルの音声タイプのスイッチを入れた。

タイプにとらなくても、この男の喋ることは、私にはだいたいわかっていた。この男の知識といったら、マージャンと女性無用論だけなのである。マージャンといっても、特に新しい戦術があるわけではない。以前シックス・ナインでこの男にマージャン道場をやらせていたが、せいぜい紅中《ホンチュン》のことを紅衛兵といったり、三家和《サンチャオホウ》のことを三家村、嶺上開花《リンシャンカイホウ》のことを百花斉放、国士無双《クオシイウシユワン》のことを百家争鳴といったりするユーモアしかない文章で、中身は旧態依然の必勝法だった。また女性無用論といったって、背骨に堂堂たる哲学が一本通っているというものではなく、ただ「オナニーのすすめ」を馬鹿のひとつ憶《おぼ》えでくり返しているに過ぎない。

　彼は自らをマスター・オブ・ベーションと称しているマッド・オナニストで、「オナニー四十八手」などという写真入りの本を出し、それはこの間発禁になってしまった。

「オナニーさえしていれば、女はいらないよ」思ったとおり、彼はオナニーを奨励しはじめた。「女は裏切るが、手は裏切らないからね。だいいち女よりオナニーの方がずっといい。往年の碩学《せきがく》かのシーグムント・フロイト大先生も言っているように、コイトスはオナニーの貧弱なものにすぎない」

　私はあくびを嚙《か》み殺しながら、何度も聞かされた話にあいづちをうち続け、腹の中で舌打ちし続けた。――最終締切りまでにあと一時間半しかないというのに、また、「イリュージョン・カスタム」の締切りがあと三日に迫っているというのに、何てことだ――。

　席をはずして仕事を続けようかと考えはじめた時、あきれたことに、榎本がオナニーの実演をはじめた。和服の前を開いてラクダのパッチをまる出しにし、たいして大きくもない赤黒い海綿体をまろび出させて、片手でピストン運動をはじめたのである。

「ええ諸君。まずこれがスタンダードの方法であって」

　私たちはあまりのことになかば腰を抜かしたようになったまま、ただぽかんと彼の講釈入りの実演を眺め続けた。仕事熱心な酒井が立体《キューブ》・写真用《フォト》カメラを持ってきて、この情景をぱちぱち撮影しはじめた。

徐徐に潮が満ちてきた榎本は、すでに口をきく余裕もなく、次第しだいに手首の運動を早め、虫歯だらけの口を半開きにし、私に青臭い息を吐きかけはじめた。その眼差《まなざ》しはうつろになり、眼球は眼窩《がんか》の奥にやや後退した。やがて彼は、一瞬夢みるような目つきになり、こんなすばらしいことが世の中にあったのか、今までちっとも知らなかったとでも言いたげな表情をした。

途端に私の目の前がまっ白けになった。

毒液を私の眼鏡にぶちまけた榎本は、バンボーレと叫んでソファからころがり落ち、床でしたたか頭を打ってそのまま気絶してしまった。

また電話が鳴り出した。私は榎本の介抱を金にやらせ、福山にはラリ公ラリーの記事を書くように命じ、ハンカチで眼鏡を拭《ぬぐ》いながらデスクに戻り受話器をとった。

若い女の声だった。「もしもし。誰ですか」

近ごろの若い奴は電話のかけ方も知らん。

「誰ですかとは何だ」私は腹を立てて怒鳴りつけた。「まず自分の名を名乗れ。こちらはイリュージョンだ」

「ああ、編集長さん。ボク、大塚です」

女かと思ったら、男性ファッション・モデルの大塚という男だった。最近の若い男は、女のような甲高い声を出す。イントネーションもエロキューションも、まるきり女だ。

「あのう、昨日みち子といっしょにクラブへ行って」と、彼はいった。「お金がなくなりました。金、ください」

完全に白痴のせりふだ。

「みち子って誰だ」

「ボクの恋びとです」

「そんな女、おれが知ってるわけなかろう」

「青山学院の高校三年です。可愛らしい子です。趣味はギターと」

「そんなことはどうでもいい」私はあきれながら言った。「君、うちに貸しがあるのか」

大塚はしばらく黙ってからきき返した。「何ですか」

私は大声でくり返した。「モデル代で未払いの分はあるか」

「今までのモデル代は全部もらいました。だけど来週、また撮影があるんでしょ」

「つまり、前払いをしろというのか」

「そうですそうです。前払いです」

「おれのところじゃ、前払いはしない」私はそっ気なくいった。「君ならきっと、いいパトロンがいるだろう。誰かから借りたらどうだ」

「パトロン」

「つまり、うしろ立てだ」

「ああ、そのことですか。うしろ立てなら三人います。前立てはみち子ひとりですが」

何か勘違いをしているらしい。

「三人もいるなら、そのうちの誰かに金を貸してもらえ」

「三人とも貧乏です」

「じゃあ、パトロンじゃないじゃないか」

「編集長さん。今夜ボクんちへ来ませんか」

「いやだ。おれにはカマっ気はない。君は毎晩、男を部屋へつれこんで寝るのか」

「はい」

馬鹿正直な男だ。もっとも近頃は男性ファッション・モデルのそういったアルバイトは、なかば常識になってしまっている。

「じゃあ。いそがしいわけだな」

「おならをする暇もありません」

「馬鹿野郎」

そこへ奈村端枝が、バスタオル一枚の姿で病院から戻ってきた。

私はびっくりして彼女に尋ねた。「もう、いいのか」

「ちっとも、いいことはありません」電話のなかで大塚が悲鳴まじりに言った。「ほんとに金がなくて困ってるんです」

「ひっぱり出してる途中で、切れちゃったんです」端枝は私のデスクにやってきて、悲しそうにいった。

彼女にとっては不幸だが、こっちはその方がありがたい。

「じゃあ、すぐに撮影の続きにとりかかってくれ」

「はい。ねえ編集長、記事にしないでね」

「わかってる」私はうなずいた。「そんな記事は、私は絶対に書かないからね」

彼女は感謝の微笑を浮かべた。「今夜、お宅へ伺ってもいいわ」

私はあわてた。アパートでサナダムシを出されてはたまらない。「いや、それには及ばないよ」

「いいえ、行きます」と、大塚がいった。「ボクの方から編集長さんのお宅へ伺います。金ください。お宅はどこですか」

スタジオへ入っていった端枝と入れかわりに、カメラマンの酒井がとんで出てきた。

「へ、編集長」彼は唇を顫《ふる》わせながら私のデスクに両手をついた。「やっぱりあの蛇女のヌード、撮《と》らなきゃいけませんか」

「ヘビじゃないんだ。サナダ……」

「話を聞くと、またいつ出てくるかわからんというじゃないですか」彼はおろおろ声でいった。「私はながいものを見ると腰が抜けるんです。いつ出るかいつ出るかと気にしていたんじゃ、とてもいい写真は撮れません。モデルを代えてください」

「わがままは許さん」と、私は叫んだ。「時間がない。もう締切りが迫ってるんだ。すぐ撮れ、今撮れ」

「バンボーレ」榎本が叫び、またソファからころげ落ちた。

私はびっくりして立ちあがった。「まだやってるのか」

金がやってきて言った。「さっき終ってから、タオルで拭《ふ》いているうちに、まただんだんよくなってきて、そのまま続けてやり出しました」

なるほどマッド・オナニストだ——と、私は思った。

金は尋ねた。「どうします。あの人のこと、記事にしますか」

私は吐き捨てるようにいった。「記事になんか、できるものか」

「じゃあ、穴埋めをどうします」

「それを今、考えているんだ」

「金、ください」と大塚がいった。

福山の机の上の電話が鳴った。受話器をとりあげて聞いていた福山は、やがてあわてた顔をこちらに向けて言った。

「大変です編集長。若いレディ連合の女たちがついに受付を突破して階段の方へ」

「君、廊下でくいとめろ」私は蒼《あお》くなった。「入って来られてたまるものか」

福山は廊下へすっとんで行った。

「あの人はあのままにしておけ」榎本の方を顎《あご》で指し、私は金にいった。「君は没にした記事の中から、何か使えそうなものを捜してくれ」

「はい」

編集室のガラスドアを押しあけ、ついに女たちが目を吊《つ》りあげて乱入してきた。流行の服は着ているものの、いずれ劣らずお世辞にも美人とはいえない若い娘たちだ。

般若《はんにゃ》と青鬼、それに馬、猿と豚と河童《かっぱ》——まるで西遊記である。般若がリーダー格らしい。

「編集長ですね。この記事はいったい何ですか」彼女たちは私のデスクをとり囲み、先号のイリュージョンを机の上に叩《たた》きつけた。

この号では「結婚した男性はこんなにみじめだ」という特集をやった。

「この記事が、どうかしましたか」

彼女たちはたちまちヒステリックになり、口ぐちにわめき出した。

「まあ図図しい。とぼけて」

「若い女性が不幸になるのは、みんな男性雑誌のせいです」

「取り消してください」

「謝罪なさい」

私はかぶりを振った。「事実を報道しただけです。取り消せません」

「何が事実なもんですか。でっちあげばっかり。ねえ」彼女たちはうなずきあった。

「このひと、自分が女の子にもてないもんだから、ひがんでこんなこと書くのよ」と、豚がいった。

「そうよ。そうにきまってるわ」

「いそがしいんだ。帰ってください」と、私はいった。

「締切りが迫ってるんでね」

「そんなこと、わたしたちの知ったことじゃないわ」馬が薄笑いを浮かべて、私の顔をじろじろ見ながらそういった。

「帰れ」私は机を叩いて立ちあがった。

「ああら。怒ったわこのひと」と、青鬼がいった。

「もうこんな記事は載せませんと、あなたが誓うまでは帰らないわ」般若が決然としてそういった。黒い鼻の穴がまる見えになった。「さもなければ、この会社に圧力を加えます」

「加えたらいいでしょう」と、私はいった。「不買運動を起したって、残念ながらわが社のお得意はぜんぶ男性です」

「主婦連と協力して、悪書追放運動を起します」

「面白い。望むところだ。こっちはあくまで書きまくります」

「女性の敵だわ」

「畜生。けだもの」

彼女たちは激昂《げっこう》して口ぐちに私を罵《ののし》りはじめた。きっと一流会社に勤めているOL――つまりオールド・レディ達なのだろうが、言うことは町の女よりひどい。

福山がひどい恰好《かっこう》で廊下から戻ってきた。ネクタイはちぎれ、ワイシャツはぼろぼろ、手には壊れた眼鏡を持っている。彼は泣きながらやってきて女たちに叫んだ。

「なんてことするんだ君たちは。この眼鏡は高いんだぞ。イワモトの眼鏡だ。どうしてくれる」

「ああら、わたしと結婚してくれたら、新しいの買ったげるわ」と、河童がいった。

　女たちはわっと笑った。

「バンボーレ」と、榎本が叫び、ソファからころげ落ちた。

「金、ください」と、大塚がいった。

しめた。この女たちのことを記事にしてやろう——私はそう思いついた——その為には彼女たちを、もっと怒らせなければならない。穴埋めのためには、やむを得なかった。

私はまず青鬼の顔に指をつきつけて、怪獣の咆哮《ほうこう》を真似て見せた。それから馬を指してひひーんと嘶《いなな》いた。彼女たちはたちまち、この世のものとも思えぬ兇悪《きょうあく》な表情で私に襲いかかってきた。

「ひゃあっ」スタジオからとび出した酒井が、私の方へ駈けつけてきた。「へ、編集長。ま、また出ました」

わっと泣き出しながら、肛門《こうもん》からサナダムシを出して奈村端枝が駆け出てきた。彼女は部屋のまん中で立ちどまり、急に泣きやんでしばらく佇《たたず》み、やがてスタジオにとって返すと、今度はバスタオルを纏《まと》って走り出てきて、廊下へとび出していった。病院へ行くつもりらしい。

「殺してやる。殺してやる」娘たちはよってたかって私を机に押えつけ、首をぎゅうぎゅう締めあげた。

「酒井君。これを撮影しろ。記事にするんだ」と、私は叫んだ。

「殺してやるわ」

「さあ、殺せ」と、私はわめき返した。

「バンボーレ」榎本がソファから落ちた。

「金、ください。金、ください」

私は叫び続けた。首を締められながら女たちに「さあ殺せさあ殺せ」、カメラを持ってやってきた酒井に「さあ撮れさあ撮れ」

革命のふたつの夜

一時間ばかり前から聞こえていたかすかなシュプレヒコールが急に高まり、それは突然怒号と叫喚《きょうかん》に変った。

村田真三は本を閉じて立ちあがった。大通りの方に向いている書斎の窓をいっぱいに開くと、切迫した調子の叫び声が夜気と混りあい、まるで村田の家のすぐ前で騒ぎが起っているかのようになまなましく室内に流れこんできた。若い女の悲鳴も、時おり聞こえた。窓の彼方《かなた》は数本の欅《けやき》をはさんですぐ高い石塀になっているし、石塀がもっと低かったとしても通りまでの間には大きな邸宅が二軒あるから、騒ぎのありさまを眼で見ることはできない。だが村田はしばらくそのままぼんやりと石塀に眼を向け、大きく小さく、遠ざかりまた近づいてくるさまざまな声に耳をかたむけていた。

いきなり、数人の足音が石塀の彼方でもつれた。「こい」「逃げろ」「こいつ。待て」「やめろ。やめてくれ」

金属が路上に落ちる音とともに、何か固いもので砂を叩《たた》くような鈍い音が聞こえ、それから足音が、もつれあったまま遠ざかっていった。やや、静かになった。大通りの声も遠のき、やがてクラクションだけがかすかに響いてくる平常に戻った。村田が窓を閉めた時、玄関のブザーが鳴った。

村田は書斎から廊下へ、そして廊下のつきあたりの上りぐちへ出た。三和土《たたき》へおり、ドアに嵌込《はめこ》んだ魚眼レンズを覗《のぞ》いたが、門燈はついているのに人の姿は見られなかった。村田はドア・チェーンをかけたままノブをまわし、ドアを細く開いた。誰かがポーチに倒れていて、足もとに白い指さきだけが見えた。ドアを大きく開くと、薄手の白ジャンパーを着てデニム・ズボンを穿《は》いた娘が俯伏《うつぶ》せになって横たわっていた。村田は彼女を抱き起した。小柄だが肉づきがよく、重かった。彼女の顔には見憶《みおぼ》えがあった。大学でまだ講義が正常に行われている頃、村田の心理学のゼミナールに出席していた、畑野満子という、眼が大きく色白の、おとなしい学生だった。

迷惑だ、と最初村田は思った。警官がまだあたりにいるのなら、呼んできてひき渡そうかと思った。だが、自宅に逃げこんできた教え子を機動隊にひき渡したと知れたら、学生たちに知れたら、大学に、そしてマスコミに知れたら、と想像した。彼は畑野満子の両腋《わき》を摑《つか》み、三和土へひきずりこんでドアを閉め、ロックし、チェーンをかけた。見たところ、外傷はなさそうだった。疲労で倒れただけなら、しばらく家で休ませてやらなければなるまいと思い、舌打ちした。仕事がたくさんあることを思い出し、また、迷惑だと思い、病院へつれていくにしても、大通りへ出てタクシーを呼び、一緒に乗って行かなければならないだろうと思い、面倒なことになったと嘆息した。怪我しているのかどうか彼女のからだを調べたところで、自分にはどうせ、はっきりしたことはわかるまい、そう思いながら三和土に横たえた彼女を眺め続けた。眺めているうちに彼女は、ひくひくと眉《まゆ》をふるわせ、少し身動きしてから瞼《まぶた》を開いた。すぐ村田に気づき、彼女は横たわったままでいった。

「すみません先生。追いかけられて、ここに先生のお宅があることを思い出して」

村田はうなずいて見せた。「いいんだ。わかっている」何がわかっているのかと村田は自問した。何もわかってはいなかった。考えずとも『理解ある教師』のことばがとび出し、意識せずとも『慈父の笑顔』が表情にあらわれるのを、彼はどうすることもできなかった。彼は立ちあがりながら、彼女に片手をさしのべた。「休んでいきなさい。立てるか」

立とうとし、三和土へ突っぱった腕に力が入らず、彼女はまた俯伏せそうになった。

村田はいそいで彼女の肩を摑んだ。肩の丸みは柔らかだった。上り框《がまち》に腰かけさせ、ズック靴を脱がせながら、慈父の笑顔か、と思い、村田は、自分にまだ子供がいないことを思い出した。入院している彼の妻が子供を産むのは、明日か、明後日の筈《はず》だった。

畑野満子の肩を抱いて立ちあがらせ、応接室へつれて行こうとして廊下を奥へ歩いている時、村田は、彼女がはげしく顫《ふる》えていることを知った。痙攣《けいれん》に近いほどの顫えかただった。よほど怖かったのだなと、彼は思った。

「さっき、誰か捕まったのかい」書斎の手前にある応接室へ入り、ソファに寝かせてやりながら、村田は彼女にそう訊《たず》ねた。

「社学同の吉井さんです」まるで『社学同』が大学の学部であるかのような口調で彼女はそう答えた。それから激しく泣き出した。

この娘の恋びとらしいな、と、村田は想像した。村田が背を撫《な》でてやると、泣きかたはさらにヒステリックになった。村田に抱きついてきた。泣きながら、怖い、先生、怖い、と口走った。髪が汗臭かった。泣いているのは恐怖のためで、村田に抱きついてきたのは恐怖をまぎらすためらしいことがわかった。村田は彼女を強く抱き返してやった。彼女はさらに強く村田に抱きつこうとし、彼のからだを自分の胸の上へひき寄せようとした。村田は畑野満子のからだの上に、なかば倒れるようにして不自然に俯伏せた。彼女の無我夢中の恐怖のあえぎが、村田には色欲的な行為として感じられた。事実満子は、助けを求めるかのようなけんめいの眼つきで、彼の唇に迫ってきていた。村田は満子と接吻《せっぷん》した。満子は村田がおどろくほどの強い力で彼に抱きつき、嚙《か》みつくような勢いで彼の舌をむさぼった。大量の唾液《だえき》を分泌し熱い舌をはげしく動かしながら、彼女はまだ顫えていた。いつまでも村田のからだを離そうとしなかった。

村田は腰が痛くなってきたので、両膝《ひざ》をソファにのせた。村田の和服の裾《すそ》が大きく乱れ、素足が満子の足にからまった。満子は汚れたデニム・ズボンを穿《は》いたままの両足で、村田の足をしっかりとはさみこもうとした。デニム・ズボンを穿いていても彼女の熱い体温は、肉づきのいい彼女の太腿《ふともも》から村田の足へ伝わってきた。

恐怖と色情をごっちゃにしてしまっても不自然とは思わぬ若者らしい生命力のはげしさに、いつか村田も同調していた。自分だって、まだ若いのだと思った。教授としては最年少なのだから、と思った。若さの野獣性が村田に蘇《よみがえ》り、自制心が薄れた。この娘だって自制心をなくしている、最近では若者同士の結びつきなんて、みんなこんなものなのだろう、そう村田は思いながら、いつのまにか満子のズボンのジッパーに手をかけていた。そして村田はその時、その行為を不自然とは思っていなかった。

第一の夜

畑野満子は翌朝、少しめそめそした態度で村田の家を出ていった。

ひとりひとりの学生はごく普通の若者で、女子大生にしてもあのように世間一般の娘と変らない、それなのにどうして集団になると、ああも自分に理解できないほどの怪物になるのか、と、村田は思った。彼は以前から、彼ら暴力学生を理解するのは不可能だと思いこんでいた。自分と同世代の者、特に同僚が、彼らをけんめいに理解しようとしているのを見るたびに、無駄な努力をしていると感じるのだった。時には学生を完全に理解しているかのような口調で話す者もいたが、それは幻想だと思っていた。なぜなら両者の周波数が違うのだから。

しかし村田の専門の理論心理学の立場から観察した場合、彼らひとりひとりの意識構造はわかりすぎるほどよくわかった。特に、畑野満子が帰っていった直後の村田にとって、彼らひとりひとりは、今や世間知らずの、おどおどした幼虫、あるいはサナギに過ぎなくなっていた。ただ問題は、その幼虫またはサナギが徒党を組んで作った集団が、なぜあんなに強い大きなエネルギーを持ち、放射能をばらまいて周囲を混乱させるほどになるのかということだったが、村田はここでもまた考えるのを怠《なま》け、逃げをうった。

群集心理は、専門じゃないからな。

昼前に、病院から電話があった。「奥様は無事、男のお子さまをご出産になりました。おめでとうございます」

「お世話になりました」

村田の胸に一本の針金がぴんと張った。男か、そうか、男か。彼は何度も、自分にうなずきかけた。父と子の戦いが、これからはじまるのだな、と思った。

子供から反抗されるのはかまわない。しかし、馬鹿にだけはされたくない。そのためには、暴力学生などにおびえていてはだめだ。彼らが全身で反抗するなら、こっちも全身で圧迫し、彼らを屈服させてやろうではないか。馬鹿にだけはされないぞ。

急にそんな強気になった自分を、村田は面白がって観察した。なんだお前は。男の子が生まれたというだけのことで。男の子なんか、誰だって産んでいるではないか。

病院へ妻を見舞いに行き、赤ん坊の顔を無菌室のガラス越しにひと眼見ただけで、村田はすぐ帰ってきた。仕事があったのだ。

仕事というのはある新聞の文化欄の原稿だった。彼が心理学の教授であり、しかも紛争の起っている大学に勤めていることから、新聞社では彼に『暴力学生の心理』を書かせようとしたのである。だが彼はまだそれを一行も書いていなかった。締切は今日なのだが、今までまとめ方考えかたの整理がつかず、そこへもってきて昨夜は畑野満子がころげこんできたりしたので、書きそびれていたのである。帰りのタクシーの中で考えをあらかたまとめてしまっていた村田は、帰宅して原稿用紙に向かうなり、猛然とペンを走らせはじめた。自分でもはっきりわかるほど、彼は興奮していた。

数カ月前、彼は他の文学部の教授や助教授約四十人と共に、学生たちの大衆団交の場へ立たされたことがある。その時学生たちから受けたひどい屈辱を、彼は今、はげしい怒りとともに反芻《はんすう》していた。もちろん、彼の方から求めて団交に出席したわけではない。教授会の最中、会議室へ乱入してきた学生たちによってバリケードの中の教室へつれて行かれ、教授会に出席していた教官の全員が壇上に腰かけさせられ、ひとりずつ、端から順に吊《つ》るしあげられたのである。

ひどいものだった、と、村田は思い返し、唇を噛《か》んだ。学生たちは、古典の研究に半生をうちこんできた初老の国文学教授を『専門馬鹿』と罵《ののし》り、学界へユニークな論文を発表し続けている社会哲学の教授に自己批判を迫った。ながい間マイクの前へ立たされ、疲労で倒れる教授も出た。進歩的な思想を持つ教授だった。「ふん。書くことや喋《しゃべ》ることはいちばん威勢がいいけど、ぶっ倒れるのもいちばん先だな」といって、学生たちが嘲《あざけ》った。

学生代表はマイクを握り、指名して次つぎと立たせた教授の名前を大声で呼び捨てにし、回答を迫った。回答に、条件をつけることは許されなかった。無条件で彼らの要求をのまなければならなかった。それが彼らのいう非妥協的対決である以上、話しあいは不可能だった。話しあいを、彼らは望んでいなかった。変に話しあいムードに持ちこもうとしたり、条件をつけようとしたりする教授には、『ナンセンス』の野次がとんだ。

いよいよ、村田の立たされる番がまわってきた。番がまわってくるのを待っている間に、村田はすっかり萎縮《いしゅく》してしまっていた。それが彼らの狙《ねら》いでもあったのだろう。これは暴力だ、と、村田は思った。もちろん、学生たちはそれが暴力であることを百も承知だった。暴力以外に戦う方法はない、と、彼ら自身がいっているのだ。だから何をいっても無駄だと思い、学生代表のはげしい調子の質問に、彼はいい加減な返事をし続けた。たちまち、罵声《ばせい》がとんだ。「馬鹿野郎」

「ふざけんな」「やめちまえ、それでも教授かよ」

「マンガ」と、最前列の痩《や》せた女子大生が叫んだ。「ばか」

「もういいよ村田」と、学生代表が露骨に憐憫《れんびん》の情をこめていった。「すわれ、すわれ。お前はばかなんだ。マンガなんだ」

なにがばかだ。なにがマンガだ、と村田は、波のように襲ってくる怒りに身を顫《ふる》わせながらその時のことを回想し心の中ではげしく罵った。お前たちこそマンガではないか。事実、教授はマンガに書かれていないが、全学連は常にマンガの材料にされているではないか。

村田は専門の『幼児心理学』『教育心理学』の立場から、できるだけわかりやすく、しかも高飛車な調子で原稿を書きあげた。

現代の学生は、経済の高度成長による豊かな環境からの過保護によって、自我が肥大してしまっている。しかも教育に自信がなく、『理解ある親』たらんとしてけんめいの努力をしている両親によって、年長者はすべて自分にサービスしてくれる存在でしかないと思いこまされている彼らに、確固とした超自我のあろう筈《はず》がない。つまり彼らの内部には権威者はいないのである。それ以前の世代の人間は、すべて父親拘束というものを超自我として蓄《たくわ》えている。エディプス・コンプレックスがスーパー・エゴまたは上位自我と呼ばれるものを作り、それが道徳、倫理をわきまえた常識人、社会人を作りあげたのだ。ところが現代の学生には自我の肥大だけがあり、これを抑圧しようとする精神機構がない。彼らが話しあいを拒否し、しかも自分たちの望むことだけは全部あたえられない限り納得しようとしないのもその為である。望みどおりにならないと暴力にうったえるのもその為である。そこで現代の教育者は、彼らの意識に上位自我を作らせることが第一の急務である。どうすればよいか。彼らの家庭が彼らに加えるのを怠った彼らの行動を拘束する暴力を、今からでも遅くはないから改めて彼らに向かってふるうべきであろう。彼らは学術研究の分野での権威を権威として認めていないから、名声や地位で圧迫しようとしても無駄であろう。彼らは若さにうったえて直接的暴力をふるう。ではこちらは、名声による権力、地位による財力などにうったえて、間接的暴力をふるうべきであろう。これは善悪の問題ではない。酔っぱらいの父親から受けた不当な暴力によって、その子が暴力否定論者になり、高度な批判精神を持った人間に成長することは、われわれのよく見聞するところである。われわれは現在、すでに彼らに対して権力、財力などによる暴力をふるっている。しかしそれはあくまでヒューマニズム、治安維持、国民の意思などといった仮面をかぶって行っているに過ぎないので、それでは駄目である。その間接的暴力を誇示し、その誇示する存在を彼らに見せなければ無駄なのだ。彼らはもう大人だから、そんなことをしてもだめだという人もいよう。しかし上位自我のない人間は精神的に成人とはいい難いし、心理学的にいっても、二十歳代の人間にならまだ上位自我を持たせることは可能である。青年の反抗は昔からあった。その時、昔の人はどうしたか。彼らに圧力をかけている時の顔を彼らに向け、まともに見せびらかしていたではないか。それこそ真の勇気というものであろう。そしてそういう勇気ある存在があったために、青年も納得して挫《ざ》折《せつ》なり何なり勝手にしたわけである。

だいたいそういった内容であって、なんのことはない簡単にいえば『いたずら小僧にはお仕置をしろ』というだけのことなのだが、村田は書きあげて大いに満足だった。

夕方近く、原稿をとりにきた記者は村田の前で内容にざっと眼を通し、小首を傾《かし》げて「ずいぶん激烈ですね」といったが、とにかく締切が迫っているからというので、いつものようにそのまままあたふたと帰っていった。記者にそういわれても、村田はそれがちっとも激烈だとは思わなかったし、その点では枚数不足でむしろいい足りなかったような気さえしていた。

さて、村田の小論が翌日の新聞に掲載されると、たちまち大きな反響があった。

まず数日経つと同じ新聞の同じ欄には「それでも教育者か」「これほど若者に憎しみを抱いている人間が、どうして教授をしているのか」等に始まって「少しも紛争の解決に努力しないで何をいうか」「あなたはマスコミ的に有名だから大学が潰《つぶ》れても食って行けます。だが、そうでないわれわれはどうなりますか」などというなさけない発言に至るまで、社会評論家、大学の同僚などの反論が連日掲載され、それにつれて他の新聞にも反論が載り、左翼系の新聞などは争って「専門馬鹿の無責任ここに極まる」「資本主義の走狗《そうく》ブルジョア文化人の典型」などの罵詈讒謗《ばりざんぼう》を村田に投げつけた。

もちろん文化人の中には村田の意見に快哉を叫び、同感であるという短文をコラムなどに書く者もいたが、やはりそういうのは稀《まれ》であって、ほとんどは村田への反駁《はんばく》だった。だが村田にしてみれば、あの小論にも書いた如くそういう反論こそ『偽善』だった。だから平気だった。それどころか、そういった反論への再反論をあちこちから請われるままにまた書いた。

論争は、しばらく続いた。

時には筋の通った反論を読まされ、もしかすると自分は間違っているのかもしれないなどと思い、ふと弱気になることもあったが、産院から母親に抱かれて戻ってきた可愛い赤ん坊の顔を見るとなぜかそんな気持もけしとんでしまい、正しいかどうかそんなことはどうでもよいのだ、こんな立派な子供のいる家庭を持ったひとりの男にとって、いちばん大事なことは、自分の立場をあくまで守り通すことなのだ、どうせ人間にはそれぞれ別の立場があり、その主張も立場によって大きく違い、そしてそれはあたり前のことなのだ、だから今までに自分がいったこと書いたことは、すべて現在の自分の立場に忠実な筈だ、と、そんなたかぶった結論にさえ達するのだった。そのうち村田は、いつの間にかマスコミで、学生問題についての重宝なタレントということにされてしまっていた。学生問題に関する特集や対談や座談会には必ずといっていいほど引っぱり出され、最右翼のブルジョア文化人代表として発言を求められた。もちろん常に対決する相手はいたわけだが、意見の嚙《か》みあうレベルで論争できたことは一度もなかった。もっとも、これはテレビ局の方で論争を視覚的に面白くするため、わざと両極端の立場の人間を対面させたためでもある。だから、そういった論争に何の発展もなく、そういった論争から何の結論も出なかったのは当然のことだった。

村田がテレビに出演した効果は、ぜんぜん別のところにあらわれた。彼が一般向きに書いた通俗心理学の本が売れはじめたのである。これはいわば彼が正式にマスコミ文化人の仲間入りしたことを物語っていた。

ついに村田は、テレビで全学連の闘士たちと対決することになった。それまでは学生たちの意見がマスコミにとりあげられたことが比較的少なかったこともあって、村田の主張に対する彼らの考え方が全く わからなかったため、これはあるいはとてつもないハプニングがあるのではないかという期待がこの番組の前評判を高めた。

最初、テレビ局から話があった時、村田はほんの少し不安に陥った。

論争の段階でなら、どうせ根本的に世界観が違うから異星人と話しているようなものので、今まで同様対話になるまいし、したがって言い負かされるおそれもない、また視聴者にあたえる効果にしたって自分の方がわかり易く喋《しゃべ》れるだろうから有利だ、だって彼らは自分たちのことばを視聴者に理解してもらおうとは望んでいないのだからな、ただ問題は、彼らが逆上して『直接的暴力』にうったえるのではないかという点だ、その場合どうするか。

考えた末、村田は毎夜こっそりと柔道の道場へ通いはじめた。

彼は大学生時代に初段をとっていたが、からだを使わなくなってから約十五年経つ。一週間の稽古《けいこ》で昔に戻れるとは思わなかったが、それでも多少の役には立つ筈だった。立場上、視聴者の前に醜態はさらせなかった。自分の意見に共感している人間は一般大衆の中に最も多い筈だ、と、彼は思っていた。

稽古を始めて四、五日めになると、村田はからだの調子がよくなり、猛烈に食欲が出てきて、以前の三倍ほど食べるようになった。そのかわり頭に霞《かすみ》がかかったかの如く、複雑なことを考えるのが困難になってきた。考えかたまでが、からだの変化に歩調をあわせはじめたかのようであった。彼はたった一週間で、自分でも驚くほどの自信家になってしまっていた。

番組の当日、村田は、むしろ学生たちが腕力をふるおうとするのを待ち望むような気持でテレビ局へ出かけた。学生は三人きていて、中のひとりは村田の大学の学生だった。

番組が始まった。

最初から高圧的な態度で喋りはじめた村田に比べ、学生たちは意外におとなしかった。村田の主張を黙って聞いていた。対話を投げているようでもあった。

村田がひと区切り喋り終ると、司会者が学生たちに意見を求めた。「今の村田先生のお話、君たちどう思いますか」

「まあ、進歩的と自称していて、おれたちにつきあげられるとおたおたする教授なんかよりゃ、ずっとましだよな」と、ひとりの学生がいった。

「われわれとしては、この人みたいに馬鹿なことをいう人がマスコミに乗っかってあらわれてきたってことを、むしろ喜んでいます」と、いちばん真面目そうな学生がいった。「この人は国家権力と資本の支配が、そしてそれによる暴力が現在あることを、はっきり明言した上で対決してきたわけです。そして自分が反動的支配体制側に立っていることを広言しているわけです。われわれとしては、うろちょろ動きまわる眼ざわりなハト派よりは、こういう人にもっと出てきてほしい。そこではじめて大学当局、教授会といった体制側の人間と非妥協的対決をすることができるのです。状況は単純化されるわけです」

「ではここで、その非妥協的対決というのをしてください」司会者が舌なめずりせんばかりに身をのり出した。

村田は身をこわばらせた。

だが、学生たちは苦笑した。「だめだよ。こいつはマスコミでオーバーにやり過ぎて、教授会からも批判されているんだ。最低なんだ。だからこんな奴ひとりと対決したって、大学当局と対決したことにならない」

実際その通りだった。

大学法が国会に提出されたため、最近の教授会では進歩的な発言をする教授の勢いが強くなっていたのである。今さらあとへ引けない村田は、苦しい立場に追いこまれていたのだ。

村田はあわてて、何か喋ろうとした。

その時、それまで黙っていた村田の大学の学生が、にやりと笑っていった。

「あんたは、仮面をかなぐり捨てて間接的暴力をふるえといっていたな。現在われわれが機動隊から加えられているのは、間接的暴力なんかじゃないんだが、まあそんなことはどうでもいいだろう。権力・財力といった間接的暴力に対決するためには、われわれの武器としてはゲバルトしかない。当然今後もわれわれはゲバルトで対決する。それはおぼえといてくれよな」眼だけは笑っていなかった。

村田は胸をはった。「わたしに直接的暴力をふるうことをほのめかしているんだろうが、いいだろう、やりたまえ。いつでも相手になるよ」そういってから彼は身ぶるいした。武者ぶるいなのかそうでないのか、彼は自分でもよくわからなかった。「あんたにゲバルトかけたってしかたないじゃないか。ばかだなあ」学生たちが笑ってそういった時、時間切れになった。

司会者がいった。「では今日はどうも。面白いお話をいろいろとありがとうございました。次週の予告の前に、ちょっとこのコマーシャルをご覧ください」

それから数日の間、村田は腹が立ってしかたがなかった。新聞のテレビ評には『村田先生の判定負け』などの記事が出たし、誰が見ても村田が学生たちに軽くあしらわれたことはあきらかだったからである。

よし、彼らを挑発してやれ、と村田は考えた。学生たちがテレビ出演中に暴力をふるわなかったことで拍子抜けしていたところでもあり、柔道の稽古はその後も続けていたのだ。このままでは彼らに負けたことになる、なんとか名誉を挽回《ばんかい》しなければならない、そうだ、授業をしてやろう、と村田は思った。

村田の大学はスト中だったが、自宅に学生を集めてひそかに講義している教授がいることは村田も知っていた。もし村田が彼のゼミナールの四回生全員に授業再会の通知を出し、自分の授業を受けない限り絶対に卒業はさせないとおどかして、大学構内の教室で堂堂と講義を始めたら、暴力学生たちがかんかんに怒ってゲバルトをかけてくるだろうことははっきりと予想できた。面白いやってやれよし善はいそげとばかり、村田は文学部教授会がスト中の講義を制約していないのをいいことに、大学事務局へ連絡してバリケード外の教室の使用許可を得、ゼミの学生全員に通知を出した。同時に柔道の稽古にもはげんだ。今や完全に昔の体力をとり戻した、と、彼は思っていた。

当日、教室へ行ってみると集まってきた学生の数は意外に多く、二十四人だった。これは普段のゼミの際の約半数である。畑野満子の顔をさがしたが、さすがに彼女は出席していなかった。

講義をはじめて十分ほどすると、がらりと教室のドアをあけ、学生三人が入ってきた。村田の予想に反し、ヘルメットもかぶらず角材も持っていなかった。三人のうちのひとりは、このあいだテレビで村田と対面した学生だった。

きたな、と村田は思い、わざと挑発的なうす笑いを浮かべて訊《たず》ねた。「君たちは何ですか。ここはわたしの教室だ。無断で入ってきてはいけませんね」

三人の学生は村田を無視し、ゼミの学生たちを怒鳴りつけた。「こら。今は全学スト中なんだぞ。知らねえ筈《はず》ねえだろ。お前ら、スト破りじゃねえか。お前ら、なぜみんながストやってるのか知ってんのか。自己批判しろ。わたしは学生自治のモラルに反し、スト破りをしましたって自己批判しろ」三人はゼミの学生を端から順に、ひとりずつ吊《つ》るしあげにかかった。「お前、自己批判しろ。さあ。今やれ」

無理やり立たされた学生は蒼白《そうはく》になり、うなだれたままである。他の学生も、いっせいに俯向《うつむ》いてしまった。

ここぞとばかり、村田は大声をはりあげた。「お前らは学問の自由を破壊するのか。闘争とか何とかいいながら、向学心に燃えている学生たちの自由を拘束しているのはお前らじゃないか」

「このゼミを中止しろ」テレビに出た学生が、村田を睨《にら》みつけて叫んだ。「さもなくば、ゲバルトをかける」

その時、三人と一緒にやってきていながら今まで教室の外で様子を見ていたらしい畑野満子が、静かに入ってきていった。「吉井さん。およしなさい。村田先生には何をいっても無駄よ」

彼女のことばで、村田ははじめて彼と共にテレビに出た学生が、あの夜機動隊に逮捕された、そして畑野満子の恋人に違いないと彼が思いこんでいる、社学同の吉井という学生であることを知った。それに加えて畑野満子のいいかたと眼つきが、いかにも自分を軽蔑《けいべつ》しきっているかのように思えたので、彼はたちまち逆上した。

「よし。ゲバルトをかけるというならやってみろ」彼は教壇を駈《か》けおり、ゼミの学生の胸ぐらをつかんでいる学生めがけて走り寄った。「おれは自分のゼミナールを守るぞ」いうが早いか彼は学生の腕をねじあげ、体落しをかけた。

机のかどに頭をぶつけ、ぎゃっと叫んだ学生を村田は、ふたたび立たせて肩車にのせ、出てけと叫んで抛《ほう》り出した。さらに彼は、何するんだとおどりかかってきたあとの二人を払い腰、内股《うちまた》、跳ね腰、巴《ともえ》投げ、あっけにとられて総立ちのゼミの学生に見せつけるようにはげしく痛めつけはじめた。おそらく騒ぎが起るだろうと予想して、あたりで待機していたマスコミ報道写真の連中がどやどやと教室になだれこんできてストロボの閃光《せんこう》まき散らせば村田はますます調子にのってさあ今うつせここを撮れ、畑野満子が悲鳴まじりに制止する声が耳に入ってますます猛《たけ》り立ち、骨折したり打撲傷を負ったりしてもはや足腰立たぬ三人を出足払いに膝車《ひざぐるま》、はては浮き投げ、山嵐、柔道大会模範試合のエキジビションをやっている幻覚にとらわれたか、当て身、投げ技、かため技、全部披露しなければおさまりのつかぬ勢いなので、今度は周囲の連中があわてだした。このままではあの三人の命が危い、殺される前に教授をとり押えろ、それかかれとゼミの学生カメラマン全員一致協力して、オールバックの髪ふり乱し荒れ狂う村田の手足にかじりつき、やっと騒ぎがおさまった。

さっそく翌日の朝刊には「ついに出たゲバ教授」「阿鼻叫喚《あびきようかん》の暴力教室」といった見出しの記事が写真入りでででかと載り、そこへはついでに以前から村田を批判していた学者評論家たちの「あきれはてた無法者教授」「知識人にあらざる振舞い」などといった感想までつけ加えられていた。

いったんは、しまった少しやり過ぎたかと思って後悔した村田もすぐに気をとりなおし、マスコミの取材にも、なにあれはあれでよかったのだ、あの時はああする以外になかった、だいいちあれはおれの以前からの主張を実行しただけに過ぎないなどとうそぶいて、三人の学生が全治三週間から二ヵ月の重傷と聞かされても今さら悪いことをしたとはいえず、これでこりただろうと硬派の頑固親父を装い豪快に笑いとばしたりした。

文化人から批判はされても、村田の武勇伝に拍手を送る者は多く、マスコミにも彼の派手な言動は喜ばれていた。彼の虚名はますますあがった。ただ、大学法が国会を通ったこともあって、教授会では村田は孤立し、立場が悪くなった。彼は思いきりよく大学をやめた。著述だけで生活して行ける自信があったからである。

その後も、大学法に反対して学生たちや教授団が激しいデモを展開したり、急進的な反代々木系諸党派の学生があちこちで暴れたりするたびに、村田はテレビに出演して彼の主張をくり返した。もちろん、いつも同じ単語ばかり喋《しゃべ》っているのでは馬鹿のひとつ覚えといわれるから、彼なりに工夫して枝葉をつけ、毎回眼さきの変った話し方をしたため、いつも同じ歌ばかり歌っている歌手のように視聴者からすぐ飽きられるということもなく、そのうち学生問題以外のレパートリーもふえ、大学をやめて一ヵ月ほどの間に、彼の肩書きは社会評論家になってしまっていた。

その日も彼は夕食を終えてからテレビ局へ出かけ、ロビーでディレクターたちと深夜の番組の打ちあわせをしていた。

学生たちが、武器を密造している大がかりなアナーキストの集団と呼応して武装蜂起したというニュースを聞いたのは、打ちあわせが一段落し、一服している時だった。

「奴ら、革命はまず放送局と新聞社を押えることからはじまるんだとかいって、こっちへ向かっているそうです。今、NHKがやられています」蒼《あお》い顔にあぶら汗を浮かべてディレクターに報告するアシスタントは、立っているのが不思議なくらい顫《ふる》えていた。

「ここは危険です」と、ディレクターがおろおろ声で出演者全員にいった。「家へお帰りください」

どうせすぐに鎮圧されるだろうとは思ったものの、家が心配なので村田は帰ろうとした。

その時、玄関のガラスドアを押し開け、武装した学生数十人がホールからロビーへと乱入してきた。先頭にいたのは畑野満子だった。危険を感じてさっと立ちあがった村田を眼ざとく認め、彼女は傍《かたわ》らの学生たちに叫んだ。

「副委員長に怪我させたのはこいつよ」眉《まゆ》を高くあげ、はげしい怒りに酔ったかの如く唇を顫わせながら彼女は村田を指した。「かまわないわ。みんなまとめて血祭りになさい」

学生数名のかかえていたマシン・ガンがいっせいに火を噴いた。

村田は数発の銃弾を胸と腹に受けた。故障したオルゴール人形のように、彼はきりきり舞いをし、ロビーの床へ仰向けに倒れた。「やったぜベイビィ」と、学生が叫んだ。

天井の螢光灯の明りが、村田の眼から急速に遠ざかっていった。

第二の夜

村田の家で一夜を明かした畑野満子は翌朝、帰る間ぎわ、ドアの手前でふり返り、玄関まで見送りに出ようとした村田を睨みつけていった。「先生。昨夜はわたしが恐ろしさで半狂乱になっていたのを利用して、ひどいことなさったわね」激しい口調だった。「わたし、忘れないわよ」

村田は声なく頭を垂れた。その通りだったから、返すことばがなかった。

ひとりになると、後悔と罪悪感が圧倒的な重さで村田に襲いかかってきた。なぜあんなことをしてしまったのか、妻が妊娠中で禁欲状態にあったからつい、などといういいわけは、教育者であり知識人であるこの自分には通用しない、どうしたらいいのか、どんな償《つぐな》いをしたらいいのか、償いをすることは可能なのか、そう考え続けるうち彼ははげしい自己嫌悪に襲われた。いても立ってもいられなくなった時、病院から電話があった。

「奥様は無事、女のお子さまをご出産になりました。おめでとうございます」

「お世話になりました」

女の子が生まれたという知らせは、村田に因縁話めいた恐怖心をあたえた。宿命かもしれないと彼は思った。畑野満子にも親がある筈《はず》だ、自分の娘が、その子の通っている大学の教授に犯されたと知ったら、その親はどう思うだろう、そう考え、村田は身ぶるいした。

赤ん坊の顔を見に行く気はしなかった。しかし妻にはすべてを告白して謝罪したいという気持になっていたため、彼は家を出て病院へ向かった。もちろん、顔をあわせてしまえばそんな告白など、とてもできる筈がないことは彼にもわかっていた。

ベッドの妻ととりとめのない世間話をしてから、無菌室の赤ん坊をガラス越しに見た。畑野満子の顔が、赤ん坊の顔にだぶって浮かんだ。それはむしろ村田が恐怖のうちに、無意識的に、あるいは故意に、だぶらせようとしたからかもしれなかったし、赤ん坊の顔というものがそもそも誰の顔とでもだぶらせることが可能だからかもしれなかった。しかし帰りのタクシーの中で、村田はほんとに怖《こわ》がっていた。昨夜のこと、そして今朝の畑野満子の怒りと憎しみの表情がまた思い出された。妻にすまないことをした、赤ん坊にすまないことをしたと思い、自分は何らかの形で罰を受けるべきだとは思ったものの、自分が罰を受けると妻までを悲しませることになるのだとも思い、そのうちに何が何だかわからなくなってきた。今朝、わたし忘れないわよと叫んだ畑野満子は、自分に復讐《ふくしゅう》する気なのだろうか、どんな方法で復讐する気だろうか、妻に話す気だろうか、それとも仲間の学生たちをつれて脅迫しにくるつもりだろうかなどと考え続けるうち、彼はおびえきってしまい、ついには自分で自分を、あたりのものが何も眼に入らないほどの精神状態にまで追いこんでしまった。あの怪物じみた暴力学生の集団がやってきたらどうしようと思った時、村田の心には、数ヵ月前、学生たちの団交の場に立たされた時の、表現し難いほど大きな恐怖感、血も凍《こお》りつきそうな戦慄《せんりつ》、得体の知れぬ不安に見舞われた記憶がまざまざと蘇《よみがえ》った。学生たちと、壇上に立たされた教授たちとは、あきらかに異人種だった。村田を恐れさせたものは、心理学教授である自分にさえ理解できない彼らの集団としての意識内容だった。彼らの言動が理屈で割りきれぬものであるだけに、それは村田にとって大きな不安であり、また脅威だったのである。

大通りでタクシーを降り家の前まで戻ってきた村田は、鍵《かぎ》をかけた筈の玄関のドアが大きく開いたままになっているのを見て不吉な予感に襲われた。門を走り抜け、彼はあわてて三和土《たたき》へとびこんだ。上りぐちに畑野満子が立ち、両手を腰にあてて彼の帰りを待ち受けていた。

「帰ってきたわ」不気味なほど静かな彼女の声に、書斎から二人、応接室から一人、そして寝室のある二階から階段をおりてきて二人、全部で五人の男の学生が上りぐちへ出てきてずらりと彼女の傍らに並び、いっせいに村田を睨《にら》みつけた。村田はへたへたと三和土へすわりこんだ。コンクリートの上へ両掌《りょうて》をつき、手の甲に頭をこすりつけた。

「わたしが悪かった」と、彼はいった。「どうにでもしてください。殴ってくださってもいい。蹴《け》ってくださってもいい。わたしはうす汚い罪人だ。意地汚い中年の豚だ。君たちのどんなゲバルトにも耐《た》えます。さあ、わたしに罰をあたえてください」

「やりにくいわね」満子が苦笑しながら周囲の若者たちと顔を見あわせた。「あんたに暴力をふるったってしかたがないわ。でも、そっちから罪を認めるのならたいへん話しやすいの。わたしたちはこの家を、革命の拠点にします」

「革命の」村田はおどろいて顔をあげた。「拠点」かぶりを振った。「妻が、赤ん坊が、もうすぐ、あと数日で病院から戻ってくる。困る。それは困る。妻には何の罪もない。家庭は、そっとしておいてほしいのですが」

「甘ったれるんじゃねえや。馬鹿野郎」ひとりの学生が罵声《ばせい》をあげ、三和土へとびおりるなり村田の顔面を蹴あげた。「お前今、自己批判したんじゃなかったのかよう」「あんなもの自己批判なんかじゃないわ。その人にほんとの自己批判なんか、できるもんですか」満子は軽蔑《けいべつ》しきった眼で村田を見た。「いいわ。じゃ出て行ったげる。そのかわり昨夜のことを新聞社へ行って喋《しゃべ》ってやるわ。強姦《ごうかん》されましたってね」「強姦」村田は、とめどなく流れる鼻血を片手で押えながら眼を見ひらいた。やがて、おずおずと訊《たず》ねた。「あれは、強姦などというものとはだいぶ違っていたと思いませんか」

「やかましい」村田の前に立ちはだかったままの学生が、ふたたび彼の耳を力まかせに殴りつけた。「なんだこいつ。女みたいにうじうじしやがって」

満子がヒステリックに叫んだ。「どっちがいいのよ。わたしたちにこの家を使わせるか、名声と地位を失うか」

「妻に昨夜のことを喋らないと約束してくれるなら、この家にいてくださって結構です」すすり泣きながら村田はそう答えた。学生たちは村田の邸《やしき》を占拠した。

彼らは村田を書斎にとじこめてしまい、一歩も外出させなかった。新聞社から頼まれていた原稿、その他たくさんの仕事があったが、こうなってしまってはとても仕事どころではなかった。村田はしかたなく学生たちに事情を話し許可を貰《もら》ってからあちこちに電話をかけ、依頼されていた仕事を全部ことわった。ことわっておかないことには、もし原稿を取りにやってこられた場合、家の様子がおかしいことを勘づかれ、学生たちが占拠していることを知られてしまうおそれがあった。

学生たちは夜ごと書斎の隣りの応接間に集まり、大声で議論していた。彼らが冷蔵庫から勝手に材料を出して作ったらしいまずい食べものを無理やりのどへ押しこみながらその議論を聞くともなしに聞いているうち、村田には何が彼らを革命へと駆り立てているか、その彼らの中にある衝動が次第にわかってきたように思えた。

村田は考えた。彼らは現在の資本主義体制を憎んでいる。その体制に密着している大学を憎悪している。しかし彼らは、自ら選んでその大学へ入ったのだ。しかもその大学は、現在の日本で最も体制から与えられる特権の多い大学だったのだ。彼ら自身こそ、体制から最も恩恵を受けている存在だった。だから彼らは今、体制の共犯者である自分たちを改めて発見し、そして驚き、はげしい自己嫌悪に陥っているのだ。左翼に走った金持ちの息子が、自分の坊っちゃん気質に悩むのと似ている、と、村田はそうも思った。

村田は考え続けた。だから彼らの戦いは、いわば絶え間なき自己否定の戦いなのだ。大学への要求がすべて通り、それで終るという戦いではないのだ。自己破壊の衝動なのだ。そこまで考えて、村田は絶望の吐息をついた。では彼らには、革命が成功するか、自殺するか、どちらかの道しか残されていないではないか。絶え間なき自己否定という思想は魅力的であり、村田にも若い頃そういう考えにとりつかれた時期があった。しかし絶え間なく自己否定し続けている人間に、どうしてまとまった仕事が出来よう。一冊の本すら書けないではないか。そう思い、村田はその思想を抛棄《ほうき》したのだった。しかし今、激しい自己嫌悪に陥っている彼に、ふたたびその思想が蘇ってきた。彼の邸を占拠している学生たちに、彼は一種の親近感さえ覚えるのだった。罪の意識が、むしろ甘く美しく村田を捕えはじめていた。それはロマンチックなものだった。

やがて、村田が迎えにきてくれなかったことをぷりぷり怒りながら、妻が赤ん坊を抱いて病院から戻ってきた。

「まあ。これは何。泥棒でも入ったの」家の中の変り果てた様子に、彼女は眼を丸くし、立ちすくんだ。「あなたたちは誰」

学生たちが苦笑した。「こいつが村田の女房か。意外と若いんだなあ。別嬪《べっぴん》だし」

彼女は眼を吊《つ》りあげた。「ひとの家へきて何をいうんです。こんなに乱雑に散らかして。そこにある角材やがらくたは何ですか。捨ててきてください。出て行きなさい」

「大きな声を出しちゃいかん。近所に聞こえる」村田は妻を宥《なだ》めた。「ある事情でこの学生さんたちを家にかくまってるんだ」

「どんな事情か知りませんが、出て行ってもらってください。赤ん坊がいるんですから」

「そういうわけにはいかないのだ」

「じゃあ、わたしが出て行きます」

彼女の大声で、赤ん坊が泣き出した。学生たちは村田と妻の口論を、にやにや笑いながら面白そうに聞いていた。

「あんたを外へ出すわけにはいかないの」それまで黙っていた畑野満子が、面倒くさそうにいった。彼女は男たちに命じた。「いっしょに書斎へ監禁しときなさい」

危険を感じ、赤ん坊を抱いたまま外へとび出そうとした村田の妻を学生たちがとらえ、書斎へひきずりこんだ。ヒステリックに叫び、罵《ののし》る彼女の頬に、畑野満子はうるさいと怒鳴って平手打ちをくわせた。

泣き出した妻を宥め続けながら村田は満子にいった。「妻や赤ん坊には何の罪もないんだ。実家へ帰してやってくれませんか」

「だめ。その女きっと警察へ電話するわ。あんたたちは革命の犠牲になってもらいます」畑野満子は無表情にいい放った。「その女にだって罪があるわ。あんたと結婚して、体制のぬるま湯にどっぷり浸ったまま自己批判もせずに生きてきたってことが罪悪だし、あんたの子供を産んだことも罪悪なのよ」

「しかし、しかし赤ん坊には罪はない」

「まだわからないのね。だからその赤ん坊だって罪を背負って生まれてきてるのよ」

「悪魔」と、村田の妻がわめいた。「あんたたちには血も涙もないのね。この子を殺す気なのね。人殺し」泣き続けた。

満子はうるさそうに顔をしかめ、投げやりにいった。「心配しなくてもいいわ。ミルクぐらいは買ってきてあげます」

だが満子のその約束は守られなかった。村田の家に集結してくる学生たちの数は日ごとにふえ、ついには二十名を越し、満子は彼らの食糧を買出しに行くだけでせいいっぱいらしく、赤ん坊のことにまで頭がまわらないようだった。それでもたまには、思い出したように牛乳自動販売機の紙袋を持って帰ってきた。高価な罐入り粉乳を買う金など、とてもないようだった。村田の家の現金はすべて学生たちの食費として使われてしまっていたし、もちろん、村田が銀行へ預金を出しに行くことは許されなかった。毎朝二本配達される牛乳は、気がついた時にはたいてい学生の誰かが飲んでしまっていたし、村田の妻はショックとヒステリーで肝心の母乳が出なくなってしまっていた。家の中は昼夜の別なく走りまわる足音や大声で論争する声に満たされ、戦場のような騒がしさだった。まだ名前さえつけられていない赤ん坊は空腹と睡眠不足で日ごと夜ごと泣き続け、せっかく飲んだミルクもすぐ吐き出してしまうようになり、やがて次第に瘦《や》せ細っていった。

赤ん坊が四十度に近い熱を出した夜、あの社学同の吉井という学生が釈放されて戻ってきた。それまでは比較的陽気で、時には笑い声さえ聞かれた村田の邸内は、急に不穏な空気に包まれた。革命の時が近づいたという情報を吉井が持ってきたらしく、応接室では作戦会議が開かれていた。学生の数はますますふえた。吉井が留置場で知りあったというアナーキスト・グループのリーダーも打ちあわせにやってきた。村田が小耳にはさんだところでは、そのグループは相当大がかりに武器の密造をやっているということだった。

そしてその夜を境に、もう誰も、村田の家族の面倒を見ようとはしなかった。それどころか書斎の中にまで、コーラやサイダーの空瓶、ガソリン罐、バッテリーなどが次つぎと運びこまれ、あわただしく積みあげられていった。誰もが熱に浮かされているかのように、眼を据え、落ちつかず、気ぜわしげだった。村田の妻は髪をふり乱し、部屋へ入ってくる者に誰かれかまわずかきくどいた。お医者さんを呼んでください。赤ん坊が死んでしまいます。熱があるのです。せめておむつの洗濯をさせてください。お慈悲です。からだを拭《ふ》いてやりたいのです。お医者さんがだめならお薬だけでも買ってやってやってください。消毒液を買ってやってください。ぐったりして死んだみたいなんです。死にかけているのです。だが彼女の哀願の声は革命前夜の、喧騒《けんそう》ともいえるあわただしさの中に空しくかき消されていった。村田は妻のそんな様子を、放心したようにぼんやり眺めているだけだった。半狂乱になった妻が彼にくってかかり、彼の顔を打ち、胸をとらえてはげしく揺すぶり続けても、ただ悲しげにうなだれているだけだった。これが自分の受ける罰なのだ、と村田は思っていた。当然の罰なのだ。なぜならおれは今まで専門馬鹿として体制に奉仕し、体制を肥《ふと》らせてきた加害者なのだからな。そして今のおれには何もできない。革命に加わることもできない。今、おれにできることは、こうして黙って罰を受けていることだけなのだ。

革命の火の手が都内のあちこちにあがった夜、赤ん坊は痩せ衰えて死んだ。

正気を失い、郷里の方言で子守唄をうたい続ける妻の手からもぎとった赤ん坊は、空気のように軽かった。

誰もとめようとしないままに、村田は赤ん坊を抱いて庭に出た。大通りの方では絶え間なく喚声があがっていて、夜空は一面に赤かった。庭の黒い冷たい土の中に赤ん坊の死骸《しがい》を埋めている村田の背後を、数人の学生が、やったぜベイビィと叫びながら通りへ駈け出ていった。

気の狂った妻を家に残し、村田はふらふらと、銃声や爆発音が響き続ける大通りに向かって歩きはじめた。

大通りの両側の建物はあちこちで燃え、歩道ぎわの車はひっくり返されていて、車道一面に催涙ガスが漂っていた。車は走らず、すでに人影もなかった。ただ、銃声だけが聞こえた。一度だけ、自衛隊のジープが猛烈なスピードで走ってきて、走り去った。

村田は涙を流しながら歩道をさまよった。絞ったあとの輪切りレモンが落ちていたので拾いあげ、痛む眼に押しあてた。

革命が成功するかどうかは別問題として、とにかく自分は、加害者ではあったが、革命の邪魔だけはしなかったな、と、村田は思った。まかりまちがえば自分だって、極右思想の反動文化人として学生に暴力をふるっていたかもしれないぞ、そうだ、それは何かの、ほんのちょっとしたきっかけで、そうなっていたかもしれないのだ。村田の頭には、そうなっていた場合の自分の姿がちらと浮かんだ。

その時、流れ弾が村田の胸に命中した。故障したオルゴール人形のように、彼はきりきり舞いをし、歩道へ仰向けに倒れた。

ま上の街燈の明りが、村田の眼から急速に遠ざかっていった。

巷談アポロ芸者

派手なイベントを報道する際、番組出演者に関するテレビ局の人選はまことに当を得ている。当を得すぎているくらいである。それだけなら問題はない。問題はテレビ局というものが、不幸なことにひとつだけではないという動かし難い現実にあった。

だからアポロ11号打上げの日が、一日いちにちと近づいてくるにつれ、SF作家一文字重蔵の周囲は、本人の意志とは関係なく次第しだいに騒然としてきた。

最初はPテレビから電話があった。重蔵はなんの気なしに承諾した。だがそれから、ほとんど毎日のようにあちこちから電話がかかり、無論ある程度予期してはいたものの、そんな大騒ぎになると思っていなかった重蔵は、こりゃあえらいことになってきたと、改めて予定表を眺め腕組みした。

アポロが打ちあげられる七月十六日は、二十一時から二十三時までの二時間Qテレビに出演。これはまあいいとしても、問題はほとんどすべてのテレビ局が月面着陸を中継する二十一日だった。

一時から六時までの「月面着陸」がRテレビ、十三時から十八時までの「月面活動」がPテレビとQテレビのかけもち、その夜はSテレビで「月面離陸」、さらにその間を縫ってラジオ、新聞、週刊誌の座談会と、スケジュールがぎっしりになってしまっている。アポロ関係の評論、随筆、それに加えてショート・ショートなどの原稿依頼もあり、それも書かなければならない。からだがもつだろうかと思い、彼はいささか心配になってきた。

特にPテレビとQテレビのかけもち出演が彼には重荷だった。両方引き受けてしまったことで気が咎《とが》めてもいた。

「局の方でうまく出演シーンの調整をしてくれりゃいい。しかし、もし穴をあけて悪い評判が立っても困るからなあ」と、彼は妻にいった。

Qテレビから出演依頼の電話があった時、重蔵は留守だった。だが彼の妻は、同じ時間にPテレビの番組があることを知っていながら、承諾の返事をしてしまったのである。重蔵に話せばおそらく先約があるといって断るだろうからと思い、彼に無断で承諾したのだろう。

「早まったことをしてくれた」重蔵は吐息とともに、また妻を非難した。

「なにをなさけないことをいってるんです」妻はとりあわなかった。「かけもちしてるタレントなんか、ざらにいるじゃないの。それに両方のテレビ局が、かけもちでもかまわないっていってるんだから、あなたが気にすることないわ。悪い評判なんか立つ筈《はず》ないでしょう。テレビにはできるだけ出た方がいいのよ。最近じゃ、テレビに出ない作家は小説も売れないそうよ」

たまにはやさしく、お仕事をお控えにならないと、おからだにさわりますわよとか何とかいってみたらどうなんだ、そう思い、重蔵は腹の中で舌打ちした。もちろん、そんなことを口にすれば、仕事の量のわりには名前が出ないのねとか何とか、逆襲されるにきまっていた。

「おれは、タレントじゃないからな」と、重蔵はいった。「そりゃあ、タレントみたいなSF作家だっている。しかし、おれは連中とは違う。おれはいつも、テレビに出てばかりいる若手連中を批判しているんだ。そのおれがテレビにかけもち出演するというのは、どう考えても具合が悪い」

事実つい二、三週間前、彼はパーティで会った若手SF作家の津木にいや味をいったばかりだったのだ。「そろそろテレビとは切れたらどうだい」

津木はしなを作り、踊るような恰好《かっこう》をしておどけて見せた。「別れる切れるは芸者のいうこと」

軽薄才子め、と、重蔵は心で罵《ののし》った。お前は作家なんかじゃない、芸者だ、テレビ芸者だ。

「だから逆に、あの人たちを見返してやればいいじゃないの」と、妻はいった。「今度こそ、あなたの出番なのよ。ここで張りきらなきゃ、なんの為に今までSFに年季をいれてきたのかわかりゃしないじゃないの。あなたよりずっとあとから出てきて、あんな出たらめなSFばかり書いて名前を売った若い連中のこと、口惜《くや》しく思わないの」

「連中は流行に乗って踊っているだけだ。ほっといてもすぐ消える」と、重蔵はいった。「あんな付け焼刃が、長持ちする筈はないんだ」

だがもちろん、彼らの名前が売れはじめて重蔵が心おだやかでいられる筈もなかった。だから妻がいうように、今度こそおれの出番だとは思っていた。今まで地味な存在であったからこそ、このような際に注文が殺到するのだ、と、彼は思った。人類の偉業を荘厳にたたえようとする時、若手の軟派連中を出演させたのでは番組がアチャラカじみてしまう、それに連中はいずれもハレンチ・サイケの社会SFで売っていて、自然科学には関係がないと思われている、だからおれが重宝がられるのだろう。

重蔵の推理は正しかった。数日後、打ちあわせにやってきたテレビ局員に聞いた話では、今回はどの局もいい加減な若手はいっさい使わず、それはSF関係者だけではなく、学者連中にしても、やはりマスコミ御用教授などは敬遠する方針をとるということだった。重蔵は満足した。

テレビに出してもらえない連中が、また嫉妬《しっと》から自分の悪口をいうだろうな、連中は誰の悪口だっていうのだから、と、彼は思った。たとえば怪獣ブームで名を売った太田などは「怪獣成金」といわれているし、万国博に首をつっこんでいる小村は「万博成金」といわれている、おれのこともどうせ「アポロ成金」ぐらいのことをいって笑うだろう、津木あたりが、テレビのかけもち出演をやったおれのことを、また小説に書くかもしれないぞ。かまうものか、書いたとしたら、それは両刃《もろは》の剣なのだ、奴さん自身にも、それははねかえってくることになるのだからな、きっと書けまい、重蔵はそう思い、にやりと笑った。

問題は、テレビで何を喋《しゃべ》るかということだった。数局のテレビに出るのだし、視聴者だってどうせ、あちこちチャンネルを切り替えながら見るだろうから、同じことは喋れない、随筆に書いてしまったことも喋れない、喋ることをある程度考えておかなければならないぞと思ったものの、原稿に追われたため考えている時間はあまりなかった。そのうちアポロ打ちあげの日が来てしまった。

七月十六日、自宅で早いめに夕食をすませた重蔵がQテレビに来てみると、玄関をロビーへ入った瞬間から、常にないあわただしさが感じとれた。

重蔵は今までにも数回テレビには出ていたが、午後八時という時間にこれほど多くの局員が廊下を走りまわっていたことはなかった。担当ディレクターもいそがしげで、重蔵の挨拶《あいさつ》にもまともに応じられないほどあわてていた。控室で会った顔なじみの通俗科学評論家から聞いた話では、まだ他の局でヴィデオ撮りしている科学者が数人いるらしく、彼らをつかまえてつれてくるために大さわぎしているということだった。重蔵は自分よりもずっといそがしくかけもちしている連中が何人もいることを知っておどろいた。

スタジオに入ると、フロアーには数百万円もかけて作ったという月着陸船の模型が置かれ、ホリゾントには月面の拡大写真が貼られていた。

テレビ・スタジオで模型や写真を見て、はじめて重蔵は、ああいよいよ人類の新しい歴史が始まろうとしているのだなと感じることができた。そこで彼は、その歴史にお前はこれから参加するのだぞと自分にいい聞かせ、SF作家らしい感慨に身をゆだねようとした。だが、何を喋ればいいかが気になり、感激は彼の傍《かたわ》らをすり抜けてあさっての方へころがって行った。

滅茶苦茶に興奮した科学者数人が、がやがや喋りまくりながら番組開始直前にスタジオへころがりこんできた。彼らは日ごろ不慣れなテレビ・スタジオを昼過ぎから次つぎととびまわってきた影響で完全に躁《そう》状態になっていて、その元気のよさには、日ごろ慢性躁病のジャリ・タレントを見慣れている局員さえ眼を丸くしていた。

指定された自分の席に着き、重蔵は眼を閉じてしばし考えた。自分はいったい、何を喋ればいいのか、いや、アチャラカ嫌いの生真面目さと、その時その時の科学的成果をテーマにした科学解説的ショート・ショートで珍重されているSF作家一文字重蔵としては何を喋るべきなのだろうか。

科学解説は、今日の場合彼の役目ではなかった。今までは、女や子供にもわかるような内容の解説を数回テレビでやったのだが、今日は専門家がいっぱい来ているのである。ではテレビ局がなぜおれに出演を求めてきたのか、テレビ局が、そして視聴者が、おれに求め、期待しているものは何か、そこまで考えて重蔵は、やっと自分の役目が、人類を、科学文明を、そして大宇宙を、たからかに謳《うた》いあげオーバーに礼讃《らいさん》することにあるのだと悟った。しかも、作家らしい文学的な表現、あるいは鬼面人を驚かせる眼さきの変ったいいまわしなどで、視聴者をおどろかせ感心させなければいけないのだ。

だがそれこそは重蔵が、最も不得手とするところだった。もともと単純明快を好む方で、他の作家たちの複雑な思考の屈折や情感や自己嫌悪などというものを、韜晦《とうかい》とか小心さとか女女しさとかの所為《せい》にして否定しているぐらいだから、彼自身の中からそんな耳あたらしいことばが次つぎと湧き出てくる筈はなかったのである。

これは彼の小説の場合にも同じことがいえた。ともすれば彼の作品はアイデアの骸《がい》骨《こつ》に貧弱な形容詞をまとわせた態《てい》のものになり、それは彼自身も気がついていて、一時期SF流行の波に乗り遅れまいとけんめいにエロチック描写をやったものの、これはなま臭くなるばかりだったし、次は当世流行の戯文調を試みたが、もちろんこれには彼の嫌いな韜晦や女女しさが必要とあってやはりうまく行かなかったのである。

番組開始時間ぎりぎりまで仲間うちで喋り続けていた科学者たちがやっと黙り、タイトルが出、司会者が喋りはじめた。

ケープケネディ宇宙センターから送られてくる画像を見ながら、発射台39Aの横に立つアポロ11号ののほほんとした姿に、司会者は誇大な讃辞《さんじ》を呈した。日ごろ司会者を軽蔑《けいべつ》している重蔵だったが、今日だけはその語彙《ごい》の豊かさに舌を巻く思いだった。

たとえそれが空虚な讃辞であり、心から出たものではなかったとしても、重蔵が考えていたより数倍高級な表現で、その司会者はしばらく喋り続けた。テレビで大切なものは思想よりことばだった。

やがて科学者たちは、司会者から向けられた水をたちまち立て板で流しはじめた。いいたいことが山ほどあって、ことばでは追いつかぬ様子だった。

そりゃ、奴らは専門家なのだから、いくらでも喋れるだろう、と、重蔵は思った。それに、あの程度のことならおれだって言える。

そうだ、ではおれは、おれの専門のSFのことを喋ればいいじゃないか、宇宙旅行や最初の月探検のことを書いたSFにはどんなものがあるかということを喋ればいいんだ、それなら簡単だ、おれは外国のSFはよく読んでいる、キャンベル、ハインラインそういった連中の書いた月テーマのSFの一部分を紹介すればいい、どの部分がいいだろう……。

そんなことを考えていた重蔵に、司会者が突然訊《たず》ねた。「一文字さん。今の先生がたのお話で、何かおわかりにならないところ、あるいは、ご質問、そういったものがございますか」

重蔵はどぎまぎした。科学者たちの話を上《うわ》の空で聞いていたのである。

「いえ、特にありません」と、彼はいった。

司会者が、期待を裏切られたためか、ちら、と、とまどった表情を見せた。

あっ、と、重蔵は思った。

では、おれはここへ、しろうととして呼ばれたのではないか、それぞれの専門家にそれらしい質問をすることが可能な程度の、科学的常識を持っているしろうととして出演させられているのではないか、ああ、司会者のあの困った顔を見ろ、見ろ見ろ、そうなのだ、きっとそうなのだ、そうにちがいない、うん、そうだ、そうに決った。

重蔵には逆上癖があった。だから一瞬かっとした。しかし、さすがに場所柄を考えてわめきちらすようなことはせず、ぐっと口惜《くや》しさに耐えてくちびるを嚙《か》みしめた。ぜったいに質問なんかしてやらないぞと、彼は固く心に誓った。ぜったいに、してやるものか。

いったん重蔵に発言を求めた手前、引っこみのつかなくなってしまった司会者は、あきらかに気を悪くした様子の彼の沈黙にもためらうことなく、重ねて別の質問をした。

「では、この人類の今世紀最大、いや、人類史上最大の偉業を目前に控えた現在、SF作家としてのあなたのご感想をお聞かせください」

一文字重蔵は勢いこんで喋《しゃべ》り出した。「もちろん、SF作家であるわたしの頭の中は、この壮挙を讃《たた》える形容詞がぎっしりと詰まっています。しかし、SFの世界では――もちろん海外のSFのことですが――最初の月旅行、人類の発展、宇宙を他天体へと向かう人間たち、そういったものを感動的に謳《うた》いあげ、いきいきと描写したすばらしいものがいっぱいあるのです。この際、わたしの感想などよりは、すでにフィクションの世界で月旅行というものがどれだけ完全に予言され、描き尽されているか、それを知っていただきたいと思います。たとえばハインラインというアメリカのSF作家の短篇に、こういうのがあります」

彼は英米のSFのいくつかの傑作を紹介しようとし、あらすじを早口でまくし立てはじめた。時間が許す限り、司会者が話を中断しようとするまで喋り続けるつもりだった。そうすることによって視聴者には、彼のSFに対する熱意が伝わり、数多くの海外SFをすべて読破した本格的SFの第一人者として印象づけられる筈《はず》だった。

喋り続けるうちに重蔵は、ふと、科学者たちの、いっせいに自分に向けられている冷ややかな眼を見てぎょっとした。彼らは、顔にこそ微笑を浮かべていた。だが彼らのその眼は、あきらかに彼を憐《あわれ》み、蔑《さげす》んでいたのである。

とたんに重蔵は気おくれがして、しどろもどろになった。単語が思い出せなくなり、失語症に近い状態になったりもした。彼はあわてて話を早く切りあげた。

「どうも、ありがとうございました」ご苦労さまといいたげに司会者は馬鹿ていねいなお辞儀をひとつし、見得を切るように、あらためて重蔵を睨《にら》み据え、それからゆっくりと訊ねた。「では、そういった予言が、ほとんど現実のものになってしまった今、SFに書かれるネタがだいぶ減ったということはいえますね」

しまった、と、重蔵は思った。

司会者はおれに、それをいわせたかったのだ、そのために今までながながとおれひとりに喋らせておいたのだ、SFのテーマやアイデアが現実のものとなったため、SF作家は非常に書きにくくなったという泣きごとをおれにいわせたかったためにだ。

またもや重蔵は、かっとなった。科学者たちのあの冷たい眼つきが何を意味したのか、彼にははじめて理解できた。彼らは重蔵のせりふを負け犬の遠吠《とおぼ》えとして聞いていたのだ。書くものがなくなってしまった三文SF作家の強がりとして聞いていたのだ。

「そんなことはありません」怒りをこらえ、彼は早口でそういった。

いってしまってから、弁解すればするほど、なおさら彼らが強がりととるにちがいないだろうことを悟った。だが、もうあとには引けなかった。「SFには無数のジャンルがあります。たとえば……」

　社会科学的なもの、と、いおうとしたが、それは彼の嫌いなジャンルであり、若手SF作家の仕事を認めることになってしまうから、言うわけにはいかなかった。

「たとえ同じ宇宙を舞台にしたものでも、月以外の天体はいくらでもあり……」

　喋りながら、彼はだんだん馬鹿らしくなってきた。こんな連中を相手に、何をいっても無駄だという気がしてきたのである。彼はわざとらしく、歪《ゆが》んだ笑いを見せた。

「ま、もっとも現実がこれほどSFの世界に近づいてくれば、一般の人たちも科学的な常識を持つようにはなるでしょうね。だからSF作家も、まちがったことは書けなくなるでしょう。その点、自然科学的知識のないSF作家など、たしかに書きにくくはなると思いますね」自分だけはそうじゃないのだという調子を見せ、彼は投げやりに答えた。司会者は、中途半端に納得したようだった。

　アポロ打ちあげの十時三十二分が刻刻と近づいてきて、スタジオ内の緊張は次第に高まった。科学者たちもさすがに現場の様子を気にしてスクリーンを眺めはじめ、躁《そう》病的私語をやめてしまった。そのかわり打ちあげが成功したのちの科学者たちのやかましさは想像にあまりあって、重蔵は画面を見ながら早くもげっそりしていた。

　打ちあげの時がきた。

同時通訳者が、アポロ内のアームストロング船長と、ヒューストン基地管制官のせりふを、この時とばかりに絶叫した。
アームストロング「アポロ発進準備、完了」
管制官「5、4、3、2、1、ゼロ、ファイア」
噴煙とともに上昇するアポロ11号をぼんやり眺めながら重蔵は、これがおれ自身にとっていったい何を意味するのかと考えていた。客観的に見れば、これはおれにとって感激すべき瞬間なのだ。だがおれは今、ほんとに感激しているか。
ヒューストン「アポロ11号、第一段、切りはなし準備せよ」
アポロ「七八キロ地点。準備完了」
他のでたらめな作家連中は、おそらく感激などしていないだろう。感激なんて、奴らには無縁のものだからな。ひょっとしたらテレビさえ見ていないかもしれない。スナックあたりで馬鹿話をしたり、どんちゃん騒ぎをしているぐらいが関の山だろう。だが、そういうおれ自身はどうなのだ。おれは今、ほんとに感激しているか。
アームストロング「横振り《ローリング》を完了した。縦振り《ピッチング》はこれからだ。これでひとつ終った」
ヒューストン「高さは三七キロだ。こちらヒューストン、連絡はうまくいっている。打ちあげ後約一分、調子は良好だ」

おれは今、ほんとに感激しているか。
ヒューストン「エンジンは快調、うまくいっている」
アームストロング「ヒューストンからの連絡はよく聞こえる」
オレハイマ、ホントニカンゲキシテイルカ。
ヒューストン「三分経過。地上基地からの距離は一三〇キロ、高さ八〇キロ。速度は毎秒二八〇〇メートル」
アームストロング「ヒューストン、今日の視界はとてもよくきくぞ」
感激しているか。
ヒューストン「OK」
コリンズ「ヒューストン、アポロ11号は今日まことに好調」
ヒューストン「了解」
カンゲキシテイルカ。
カンゲキシテイルカ。
番組が終った時、重蔵はくたくたに疲れきっていた。家に帰ってからまだ、明日新聞社へ渡す原稿を書かなければならないのだと思い、げっそりした。額を拭《ぬぐ》ったハンカチを眺めると、脂と汗で黒く光っていた。数日前からの疲労が肩のあたりにあらためて重くのしかかってきていた。

その疲労は二十日になってもとれなかった。原稿書き、座談会、対談、ラジオ放送と、連日ぶっつづけの気ちがいじみたいそがしさだったのである。

二十日の夜、昼過ぎからとりかかってやっと書きあげた原稿を週刊誌の記者に渡し、一時間ほど仮眠をとっただけで、重蔵はRテレビに出かけた。タクシーの中で重蔵は、ふと、持病の運動失調症に襲われるのではないかという不安に陥った。数年前、眼の障害からこの症状に見舞われ、以来疲労が重なるたびに再発するのである。

運動失調症というのは、筋肉ひとつひとつの力そのものには異常がなくて、だから部分部分の動作は正常なのだが、いくつかの筋肉を協調させて行う複雑な運動がうまくいかないという症状である。今までは症状が出れば休養をとるようにし、さほどのさしさわりもなく過してきたのだ。

五時間ぐらい、何とか保つだろう、と、重蔵は思った。二十一日六時までの「月面着陸」のお座敷さえ済ませてしまえば、あとはいったん自宅に戻り、昼ごろまでの五、六時間を睡眠にあてることができる。

Rテレビについたのは放送開始一時間前の午前零時だった。ちょうど深夜のショー番組が終ったばかりらしく、そのため十六日よりはさらに局内があわただしげだった。

そして、はなやかだった。タレントたちも大勢出演する様子だった。

控室に入ると、やはり前と同じく科学者たちはひとりも姿を見せず、重蔵の顔なじみは例の通俗科学評論家ひとりだけだった。彼に聞かされた話では、科学者たちは十六日からずっと今日までテレビ局員の隠密部隊に行動を監視され続けているということだった。おそらく、そうでもしないことには、たちまち横あいから飛び入りでやってきたマスコミ関係者に拉致《らち》されてしまい、行方不明になってしまうのであろう。

スタジオに入ってみると、フロアーの約半分を使い大量の砂で月面を模した沙漠《さばく》が作られ、ゲストの席にはスポンサー提供のビールが林の如く立ち並んでいた。楽団演奏用のステージがあるところを見ると、歌手が歌ったりもするらしい。

お祭り騒ぎだな、と、重蔵は思った。これでは大晦日《おおみそか》のショー番組と何ら変るところはない、ひどいものだ、彼は苦にがしくかぶりを振った。浴衣《ゆかた》を着てお月見気分ではしゃいでいるタレントもいるし、こちらの片隅ではモダン・ダンサーズが練習していたりして、しまいには何が何だかわけがわからなくなってきた。

しかし、これは悪いことなのだろうか、苦にがしいことなのだろうか、と、重蔵はまた考えた。ほんとのところ、日本人が、月面着陸という人類史の一ページに参加するには、こういったお祭り騒ぎ以外に何もないのではなかろうか、しかつめらしい科学解説をしたり聞いたりするよりは、めでたいめでたいと叫んで酒を飲み、どんちゃん騒ぎをやる方が、日本人の性質に合っているのではないだろうか、いや、むしろこうやって、なんでもかでも自分なりの流儀で消化してしまうという奇妙な才能こそ、日本人独得のものではなかったか、そう思った時重蔵は、片や科学解説、片やどんちゃん騒ぎというこの番組の中での自分の役割が、ひどく中途半端なものであることを知った。A・Dから貰《もら》った台本を開けばそれは白紙に近く、特に彼の喋《しゃべ》るべきせりふなどは一行も書かれていなかった。彼が喋るべき場所さえなかった。局の方でも、彼をどう扱っていいか始末に困っているようだった。

放送二分前になって、やっと科学者の顔ぶれが揃った。最後にスタジオ入りした天文学者などは、数人のテレビ局員に抱きかかえられるような恰好《かっこう》で、しかも医者や看護婦までぞろぞろひきつれてやってきた。科学者たちはいずれも前回のQテレビの時のような元気はもはやなく、一様に頬の皮をたるませ顎《あご》を出し、背を丸くして腹をつき出し、とろんとした眼を充血させていた。中には白眼に近い学者もいた。

彼らにとってはこれは戦争なんだな、と、重蔵は思った。有名になるかならないかの正念場なのだから、きた仕事をぜんぶ引き受けたのだろう。しかしあの恰好はどう見ても、夫の晴れ姿を見ようとテレビの前に集っている奥さまがたに見せるべきものではなさそうだ。

それでもさすがに放送が始まると、ぶっつけ本番なのだという緊張から全員がしゃんと背をそらせ、またもや競争で喋りはじめた。今回は出演者も多く、重蔵はただ、司会者のことばにあいづちを打ったり、適当に簡単な返事をしていればよかったので、前回ほどくたくたになることはなかった。

しかし、ながい番組ではあった。

だいたい、母船から着陸船が切りはなされるのは日本時間の三時なのである。つまり放送開始から二時間後なのだ。間をもたせるための歌や踊りやアチャラカ芝居が始まるなり居眠りしはじめる科学者もいた。居眠りをしない科学者は顔を洗うため便所へ立ったり、医者に注射をうってもらったりしていた。大いそぎでかけもちのテレビ局へと駈《か》け出す学者もいた。

コロンビア「万事すこぶる好調。地上からの通信もよく聞こえる」

ヒューストン「エンジン噴射。ゴー」

切りはなしは成功だった。日本時間午前三時十一分である。

だが重蔵はこのころから、矢も楯もたまらず眠くなってきた。カメラがいつ自分の顔を捕えるかわからないので、彼はけんめいに眼をくわっと見開き続けていた。さぞおかしな顔に映るだろうとは思ったが、居眠りをし椅子からころげ落ちる醜態を日本全国へ放送されて生き恥をさらすよりはましだった。

二時間経った。

ヒューストンはイーグルに「着陸ゴー」を指令した。着陸船はゆっくりと月面に降下しはじめた。

イーグル「高度一二メートル、降下率七メートル半、ほこりが舞いあがった。九〇センチ、降下率七メートル半、かげがかすかに見える。一・二メートル進む。右に少しそれた」

ぐい、と重蔵は握りこぶしで眼をこすった。眠い、おれは眠い。

ヒューストン「三〇秒」

イーグル「進む。右にそれた。着陸ライト点《つ》いた。OK、エンジン・ストップ。スイッチを自動へ」

眠い、おれは眠い。

ヒューストン「了解、イーグル」

ネムイオレハネムイ。

イーグル「ヒューストン、こちらは静かの海。イーグルは着陸した」

ヒューストン「静かの海、了解。着陸確認。ありがとう」

ナニチャクリクシタンダッテ。オレハネムイ。日本時間午前五時十七分四十秒。

コロンビア「ヒューストン、パラボラ・アンテナでコロンビア聞こえるか」

ヒューストン「了解。大きく聞こえる。イーグルは着陸したぞ。静かの海だ」

眠い。

コロンビア「うん、みんな聞いたよ」

ヒューストン「立派だ」

コロンビア「すごい」

眠い。

夢うつつのうちに番組は終った。

「何よなによ。あの眠そうな顔」家へ戻ると、寝ないでテレビを見ていたらしい妻がそういった。「見ちゃいられなかったわ」

「ほんとに眠かったんだからしかたがないだろ」と、重蔵は寝ぼけ声でいった。「早く寝かせてくれ。昼前に起してくれ」

ふとんにもぐりこもうとした時、ＳＦ作家の衣笠から電話がかかってきた。

「やあ。テレビ見ましたよ。眠そうでしたね」彼はひひひと笑った。

この男は時間をかまわず長電話をかけてくるので、皆から嫌われていた。

「ああ眠かったよ。これから寝るんだ」

「そうですか。ところでお耳に入れておきたいことがあるんです」

話というのは、あの若手連中が案の定《じょう》、重蔵のことを「アポロ成金」といって笑っているという、いわばタレ込みだった。この衣笠に限らず、重蔵と比較的親しい数人は、何か事あるごとに必ず彼のところへご注進に及んだ。もちろん彼に忠節を尽すためではない。重蔵がそのたびにかっとなり、逆上するのが面白いためである。

「いうだろうと思ってたよ」重蔵はそう答えた。はらわたが煮えかけたが、やはり眠気が勝った。「ご苦労さま。じゃ、おやすみ」乱暴に電話を切り、ふとんの上にぶっ倒れた。もう七時か、四時間は眠れるな、そう思ったとたん、意識が遠ざかった。

七時半に、妻は重蔵を揺り起した。

重蔵は逆上してわめいた。「起すなといっておいただろっ。にゃろめ。こんな時間に」

「電話なのよ。Pテレビから」

「このおっ。寝てますといえばいいだろっ。もう」三十分しか寝ていないのである。

「大変なのよ。十時に月面活動をやるんだって。予定をくりあげて」

重蔵は、ぎゃっと叫んだ。「アポロの畜生。ひとを殺す気か。ふざけやがって。誰だれだそんなこといい出したやつは。アームストロングの野郎だな。くそっ、おぼえていろ。復讐《ふくしゅう》してやる」

電話に出ると泣き声のディレクターが、九時から番組を始めたいので、ぜひとも八時半までにスタジオ入りをしてくれと頼みはじめた。さすがに、いやとはいえなかった。ふらふらしながら家を出ようとした時、Qテレビからも電話がかかってきた。こっちの方は十一時にきてほしいということだった。つまり打ちあわせ通り、月面活動の最中に行けばいいのである。

九時二十分前にテレビの控室に入ると、例によって科学者は誰もきていず、顔なじみの通俗科学評論家だけが白眼をむいていた。「ふかれまひたな。眠いでひゅな」と、彼はいった。

彼の話によれば、現在あちこちのテレビ局では猛烈な科学者の争奪戦が演じられていて、Rテレビのロビーでは殴りあいまで始まっているということだった。

スタジオへ入ると、まだ冷房がきいていず、暑さと眠気で重蔵の頭はがんがん痛み出した。汗を拭《ふ》こうとして麻のハンカチで額をぐいとこすり、重蔵はぎゃっと叫んでのけぞった。いつのまにか三千ルクスのカラー用照明の熱で額にやけどをしていたのである。
睡眠不足でふらふらの科学者たちが、やっと予定の半数集り、番組が始まった。元気がいいのは司会者だけで、あとは皆投げやりに喋《しゃべ》っていた。重蔵も質問の意味をつかむだけにせいいっぱいで、とてもまともな返事のできる状態ではなかった。
船外活動開始は、電気系統のチェックやハッチを開けるのに手間どって、予定よりもだいぶ遅れた。重蔵はアポロを呪《のろ》い続けた。くそ、遅れるぐらいなら、早く降りたいなどといってぎゃあぎゃあ騒がなけりゃよかったんだ。アメ公め。
アームストロング「開くかどうか見せてくれ」
オルドリン「ＯＫ」
アームストロング「そいつを押せ。軽いか」
何がアポロだ。くそ、おぼえていろ。
オルドリン「あいた」
アームストロング「あいたか、いいぞ。やってみよう」
復讐してやる。復讐してやるぞ。
オルドリン「ツーンという音が聞こえないか」
アームストロング「静かだ。静かになった」

フクシューシテヤルゾ。

突然、重蔵は腕時計を眺めてとびあがった。しまった、十一時四十分だ、Qテレビへ行く時間をとっくに過ぎているじゃないか。

画面に自分が入っていないのをさいわい、彼は立ちあがった。そっと、歩こうとした。だが、足はまっすぐ前に出ようとしなかった。しまった病気が出たと思い、重蔵は舌打ちした。よた、よた、よたと四、五歩ホリゾントの方へ横に歩き、月面写真にぶつかった。大きな音がした。司会者がおどろいて振り返った。重蔵はあわててバックづたいにドアの方へいそいだ。ドアの前まできて把手《とって》を握ろうとしたが、手はドアの傍に置いてあった大道具の郵便ポストを押し倒した。びっくりするほどのでかい音がした。

A・Dが走ってきた。「先生どちらへ」

「Qテレビへ行かなければならないのだ」

「そんな、だってまだ月面へ降りていないじゃありませんか」

「時間を約束したのだ。もう、だいぶ過ぎているのだ。行くのだ」

A・Dはあわてて重蔵の腕を摑《つか》んだ。「今行かれては、ぼくが叱られます。行かないでください」

てしまった。

「行く」腕を振りはなしながら叫んだため、スタジオ中に響きわたるような声が出てしまった。

A・Dはおどろいてドアを押しあけ、重蔵を廊下へ出した。これ以上大声を出されてはたまらないと判断したらしかった。

重蔵は千鳥足で廊下をよた、よたと歩いた。そのうちに、廊下を歩いている人間がひとりもいないことに気がついた。誰もが走っていた。アポロ報道のため、局全体が戦争さわぎだったのだ。重蔵も無理をして走ろうとした。自分だけが歩いていたのでは悪いと思ったし、重蔵自身がいちばんいそいでいたからである。

走り出した。今度はとまらなくなった。曲りかどが近づいてきた。このままでは壁にぶつかると思い、重蔵は足をふんばった。だが調節がきかず、片足がはねあがり、うしろから走ってきた局の重役らしい男に足ばらいをかけてしまった。その男が廊下にぶっ倒れて呻《うめ》きはじめたため詫《わ》びようとしたものの、重蔵はまだとまることができなかった。はげしく壁に衝突し、やっと方向を転じることができた。そのまま歩き、玄関ロビーに出た。受付の女性に訊《たず》ねると、重蔵のために局が用意した車は、とっくに裏口へきて彼を待っているということだった。裏口への道を訊ねてから、重蔵は彼女に会釈しようとした。不必要に低く頭を下げたため、高いめのカウンターに額を叩《たた》きつけた。ひどい音がした。受付嬢は手を口にあててのけぞった。眼がまん丸になっていた。重蔵はぶるぶると首を左右に振ってから、いそいで裏口へ歩き出した。ロビーのテーブルにぶつかって灰皿をひっくりかえし、灰皿の横にあったコップを倒してソファに腰かけていた女性のスカートへジュースをぶちまけ、彼女の鼻と頭髪をわしづかみにして身を立てなおした。また歩き出したが、さっきの曲りかどまできて曲れず、突きあたりの便所へ入っていった。ちょうど便意をもよおしていたため彼は小便をしようとした。小便は便器に入らず、あたりにとび散った。顔を洗おうとし、湯の栓《せん》をひねるつもりで水の栓をひねり、横の洗面器の中のみどり色の消毒液で顔を洗い、紙タオルをひっぱり出そうとして、横にいた若い男性タレントの襟髪つかんで引き倒し、おどろいて便所をとび出した。

けんめいに廊下を歩き続けるうち、息切れがし、動悸《どうき》がはげしくなってきた。曲りくねった廊下が続いているため、彼はとうとう道に迷ってしまった。曲りかどの壁に何度もぶつかり、やけどをした額の皮が剝《む》け、焼けるように痛んだ。手足の自由が次第にきかなくなってきた。彼は広い食堂の中へよたよたと入ってきてしまったのをさいわい、椅子のひとつに腰をかけた。もう、どうにでもなれといった気持だった。給仕の女の子が茶を持ってきたので、彼は蕎麦《そば》を注文した。手をゆっくりとのばし、茶碗《ちゃわん》に近づけていった。さいわい、無事に茶碗を持つことができた。苦労して口まで茶碗を持ってきて、ひと口すすった。

その時、食堂の隅にある小さなテレビから、同時通訳の声が聞こえてきた。

オルドリン「今、アームストロングが月面に降りようとしている」

重蔵は、はっとした。

自分にとって、いかにアポロが自分をこれだけ苦しめた憎むべき対象であろうと、この瞬間だけはぜひともテレビに出ていなければならない。そう思った。出演者の中で、月に降り立ったアームストロングの最初のことばについて批判できるのは、自分だけではないかと思い、一種の使命感が湧いてきたのである。そのためにこそ、自分に出演依頼があったのではなかったか、人類が最初に月に立った時こそ、自分の発言すべき時、いわば正念場なのではないか。スタジオへ戻ろう。

彼はあわてて立ちあがり、茶碗を置こうとした。だが茶碗を茶托《ちゃたく》にのせることはできず、数十センチもはなれたところに置いてしまい、しかもひっくり返してしまった。これはひどい、ますます疲れてきたなと思いながら茶碗をもとに戻そうとして、隣りにいた局員の食べている幕の内弁当へ手をつっこんだ。

食堂の入口までの間に置かれている椅子を、これはひどい、これはひどいと思いながら全部ひっくり返し蹴倒《けたお》して、重蔵は廊下に出た。数段の階段があった。片側の壁に武者ぶりつきながら、彼は階段をおりようとけんめいの努力をした。

廊下の隅のテレビからは、同時通訳の声が聞こえ続けていた。

ヒューストン「アームストロング、君が梯子《はしご》をおりてくるのが見える」

アームストロング「OK。今、最初の一歩を戻ろうとしているところだ。ひっくり返りそうになったわけではないが、戻った方がよさそうだ」

なに吐《ぬ》かしやがる。戻ったりしないぞ。ひっくり返ったりするものか。

ひっくり返った。彼は階段をころげ落ちた。しばらく呻《うめ》いていたが、やっと立ちあがった。だが、足がいうことをきかなかった。やっと一歩、前へ踏み出した。

アームストロング「これは、ひとりの人間にとっては小さな一歩だが、人類にとっては巨大なひとつの飛躍だ」

うるさい。ええい、この足め。

アームストロング「動きまわる不自由はなさそうだ。歩くのに、ぜんぜん困難はない」

だまれ、どこまでおれを愚弄《ぐろう》する気だ。

数人のガール・タレントが、階段から駈《か》けおりてきて、彼の傍らを走り抜けた。

「今、歩いてるんだって」

「ほんと。あっちのテレビで見ましょう」

最後に走ってきたひとりが、重蔵の背中をどんとつきとばした。重蔵はそのまま、ドアの開いたままになっているまっ暗な部屋の中へ、よたよたと入っていった。とまれなかった。小道具などを置いてある部屋らしく、彼は手に触れるがらくたを片っ端からひっくり返しながら、どんどんどこまでも奥へ突進した。

アームストロング「影のところは非常に暗い。きちんと歩いているかどうかもわからないほどだ」

パネルに衝突した。重蔵はパネルを、ばりばりと裏側からつき破った。だしぬけに、明るいところへ出た。そこはアポロ番組をやっている、さっきのスタジオだった。重蔵がつき破ったパネルは、月面写真を貼ったホリゾントだった。パネルを突き破っても、重蔵はまだ、とまれなかった。

「どいてください。どいてください」

叫び続けながら司会者をつきとばし、科学者たちを椅子ごと倒し、フロアーのど真ん中を横切ってよたよたと前進した重蔵は、最後にテレビ・カメラに激突して転倒し、やっととまることができた。

この無意味なドタバタは、そしておれのこの醜態は、いったい、どう結論づけられるのか——駈け寄ってきたA・Dに助け起されながら重蔵は、ぼんやりとそんなことを考えていた。なぜなら、小説には結論がなくてはならないというのが、重蔵の持論だったからである。

（この小説は純然たるフィクションであります。作者）

露出症文明

私は電話という機械が大きらいだ。

特に、かかってくる時がきらいだ。鳴り出されるとびっくりする。そろそろ鳴るんじゃないかと思った途端に鳴った時などとびあがる。あれは精神衛生上非常によくない。だしぬけに傍でけたたましく鳴り出されるとびっくりする。

いいちに鳴りかたが脅迫的である。ほっとけばいつまでも「さあ出ろ早く出ろ、すぐ出ろ今出ろ」といってわめき続ける。こうなるともう、かけてきた人間の人格とは関係なしに、電話機そのものを人格化して、いつも机の片隅で無気味にうずくまっている黒い気まぐれな怪物としてしか感じなくなってしまうから不思議だ。

さいわい私の職業は自宅で仕事をする建築設計士だからよかったものの、もしサラリーマンなどになっていたら、のべつオフィスに鳴り響く電話のベルのために、きっと精神障害を起していただろう。

そのくらいだから、ある日妻が私に、顔テレを買いたいと言い出した時は、もちろん反対した。

「あれはいやだ」と、私はいった。「赤の他人から否応《いやおう》なしに私生活を覗《のぞ》かれる。いらいらする」

「お隣りもお向かいも、このマンションの人はほとんど買ってるわ」妻は躍起になっていった。「私生活を覗かれるくらいのこと、高級な消費生活をしようと思えば当然覚悟すべきよ。だいたいあなたみたいに、電話が嫌いなんて人は現代じゃ珍しいわ。お年寄りならともかく、まだ三十一歳じゃないの。どこか精神的に欠陥があるんじゃない。精神分析受けて見たら」

とうとう気ちがい扱いだ。

署名入りで『悩みの相談室』かなんかへ、「電話嫌いの夫をどうしたらいいでしょう」なんて投稿されたら世間のもの笑いである。私はしぶしぶ腰をあげ、ある日電話局へ顔テレ加入の申込に出かけた。

顔テレというのは、五年前から利用され始めたスクリーンつきの電話である。受話器のかかった垂直パネルには、イメージオルシコンの入ったカメラとブラウン管とスピーカーがついている。

　それ以前、SF作家たちは『テレビ電話』とか『ヴィジフォーン』だとか『テレスクリーン』だとかいった思い思いのものを勝手に発明し、お得意の荒唐無稽《むけい》な小説の中に小道具として使っていたが、いざ実用化されるとそれは『顔テレ』と呼ばれるようになった。家庭用のものはブラウン管が小さく、ほとんど顔だけしか入らなかったからである。最初は官公庁や会社などで使われていたのだが、誰かが最初に自宅に設置してから、急に一般家庭用に使われはじめたのだ。

　いつも思うのだが、いったいこの顔テレなんてものを最初に自宅にひいた奴はどこの気ちがいだろう、よっぽど露出癖のある奴か、見栄っぱりだったにちがいない。かける先だって、その頃はそんなになかった筈《はず》なのだから。

　そういえば、そもそも電話というものを最初に買った奴ほど馬鹿な奴はいないと思う。どこからもかかってこないし、どこへもかけられないではないか。

　それはともかく、私だって何も顔テレの便利さというものをぜんぜん認めていないわけではない。最近では、ほんの時たまだが、あればいいなと思うことさえある。だからこそ妻の言うことにも大してさからわず、こうして出かけてきたのだ。

　商売柄、相手に図面を見せて説明しなければならないことが多いのだが、その場合電話では埒《らち》があかない。ファクシミリ（模写電送）が普及しているが、あれだと素人が相手の場合は図面の見かたを知らないから、結局行って説明してやらなければならなくなって二重手間だ。やはり顔テレで図面を見せながら説明してやるのがいちばんいい方法だろう。他の設計士やデザイナーなどは、ほとんど顔テレを使っているようである。

そんなことはよく承知しているのだが、食事中や睡眠中に否応なしに機械の前へ呼びつけられたりすることを考えると、どうも憂鬱《ゆううつ》だ。

宙ぶらりんの気持を抱いたままで、私は電話局のデラックスな建物に入った。

受付の小娘は送話器をかかえこんで誰かと話していた。カウンターの下に小さなスクリーンがあるらしく、くすくす笑いながらずっと俯向《うつむ》いたままである。ボリュームをぐっと落としたスピーカーは、男の低い声で囁《ささや》いていた。

「顔テレ加入の申込みをしたいのですが」と、私はいった。

彼女はうるさそうに、背後の案内板を顎《あご》で示した。

ビューフォン新規加入申込は一階の右側奥へどうぞと書いてあったので、小娘の吹かした役人風にあおられながら私は右側の広い廊下へさまよいこんだ。ふらふら歩いて行くと、ビューフォン加入申込受付と書いてあるドアに突きあたった。どうやら正式には顔テレのことをビューフォンというらしい。きっとこの部屋だろうと思いながらドアを押して入った。

部屋の中には申込者らしい数人がベンチに腰をおろしていた。受付けているのは、目尻《めじり》の吊《つ》りあがった色白の若い男ひとりだけである。

一時間ほど待ち、私の番がきた。私は机をはさんで受付係と向かいあった。

「顔テレの加入を申込みたいのですが」と、私はいった。

彼は陰気な目つきで、じろりと私を睨《にら》んだ。「顔テレって何ですか」

私はあわてて言いなおした。「失礼。ビューフォンです」

彼は笑いもせず、横につみあげてある申込用紙の一枚をとり、私の前にさし出した。

「住所、氏名、年齢、職業、家族」ぶっきらぼうにそういって、タバコに火をつけた。

「ここへ来たのは初めてですね」私の書きこんだ申込書を、うさんくさそうに横目で眺めながら、彼は投げやりに訊《たず》ねた。

「そうです」

「至急にご入用ですか」

「まあ、そうです」そういってしまってから私は、自分を見栄《みえ》っぱりに思われるのが癪《しゃく》だったので、よけいなことをつけ加えた。「私はそれほどでもないのですが、家内がうるさくてね」

彼は尊大に胸をふくらませた。「是非必要だという人がいっぱいいます。つかえてるんです。それほどさしせまってないなら、あとまわしになってもいいですね」

「いや」私はあわてて見せた。「必要なのです。商売柄、どうしても」

彼は念を押した。「必要なのですね」

「はい」

「では最初からそういえばいいのです」

むかついたが、黙っていた。

「あなたの収入の額を証明するような書類はお持ちですか」

「今は持ってきていません」

「必要なのです。こちらで決めた水準以上の収入のある人でないと、ビューフォン加入を許可しないのです。それが必要なのですか」

「多いというほどのことはありませんが、あなたの収入はどの程度なんですか」

「どっちなんです。多いのか少ないのか」

「とにかく、ビューフォンを買うくらいの金はあります」

「あたり前でしょう」受付係は露骨にしかめっ面をして見せた。「ビューフォンを買うくらいの金なら、誰だって持っています。にもかかわらず、ビューフォンは社会的地位と豊かな消費生活の象徴とされています。なぜだかわかりますか」

「わかりません」私は面倒くさくなってきてそう答えた。

「そうでしょう」受付係は無理もないという様子でうなずいた。「ビューフォンのことを、顔テレなどという汚ない言葉で呼ぶ人には、わからないのも当然です。ビューフォンを買う金しか持っていない人には、ビューフォンを使う資格はないのです。貧乏な人が世間体とか虚栄心のために無理をしてビューフォンを買う。どういうことになると思いますか。かけてきた人に不快感をあたえるのです。スクリーンには顔だけが映るのではありません。背景として家の中も映るのです。室内が汚れていたり、家具調度ががたがたでぼろぼろだったりしては、せっかくビューフォンを買っても、その人の家庭の内情が暴露されて結局逆効果です」

「そうかもしれませんね」

「そうなのです。ところで、あなたの家庭にはメイドさんはいますか」

「メイドさ……ああ、女中ですか。女中ならいます」

「正直いって」彼は嘆息した。「メイドさんのことを女中と呼び捨てにするような口の悪い方には、ビューフォンを使ってほしくないのです。相手に不快感をあたえないいるのです」

ような、正しい言葉づかいをする人にだけ、われわれはビューフォン加入を許可して

「まあ、そんなことはどうでもいいでしょう」と、私はいった。「なぜ女中が……い

や、そのメイドさんが、ビューフォンを使う上で必要なのですか」

「常にスマートな状態でビューフォンの応対ができる家庭でないと、ビューフォンを設置することはできないのです。たとえばメイドさんがいない家庭では、ご主人が寝巻のままスクリーンにあらわれたり、奥さんがバスタオル一枚のまま応対に出たりという見苦しい事態が生じます。ですから最低ひとりのメイドさんが、どうしても必要なのです。ま、あなたのところにはメイドさんがいられるそうだから、その点はいいでしょう。しかし、今度来られる時は、家族とメイドさんの顔写真を持ってきてください」

「どうしてそんなものがいるのですか」

「見苦しい顔だと困るからです。たとえば片目が潰《つぶ》れているとか鼻がないとか、頰に穴があいていて、そこから奥歯が見えているとか……」

「ちょっと待ってください」私はあわてて彼を制した。「私に友人がいます。その男は内耳炎の手術を受けた時、下手糞《くそ》な医者のために耳の下の混合神経を切断され、以

来、顔の右半分の筋肉がだらりと垂れさがり、左半分と比べて約三センチ下へずれているんです。その上、右の眼を瞬《また》くことができないため、三十秒に一度は自分の指で上下のまぶたをつまんで瞬かせなきゃいけない。おまけに残りの左半分は顔面神経痛で、のべつまくなしにぴょんぴょん躍りあがっています。話している途中で、ときどき顎をはずしたりします。さらにこの間から中風に見舞われた上、若い頃からの舞踏病が再発しました」そこまでいっ気に喋《しゃべ》ってから、私は息を吸いこんでいった。「その男はビューフォンを持っています」

「それはその人が非常に高い社会的地位についている上、お顔の欠陥をカバーするに足るお金持ちだからでしょうね。もしもあなたの年収が一億円以上なら、その証明書だけで写真はいりませんよ」彼はこともなげにそういってから、声をひそめた。「しかし、その話は本当ですか」

「ぜんぶ嘘です。では収入額の証明書と、家族と女中の写真さえ持ってくればいいんですね」

「いいや。まだあります」

「まだあるのか」

「まだあるのかとは何ごとです。これはまだ序の口なんですよ」彼はむっとしたようにそういってから、じろりと私を横目で睨み、しばらく黙った。

私が黙っていると、彼はやがて傍らの書類をぱらぱらとめくりながら、よそよそしい様子でさりげなくいった。「どうします。申込をやめますか」

私は怒鳴り出しそうになる自分を、ぐっと制した。膝《ひざ》の上で握りしめた固いこぶしが、自分でどうしようもないほど顫《ふる》えていた。

「いや。いや、どうぞ」と、私はいった。「どうぞ続けてください」

お役所の一種独特な応対ぶりには馴《な》れている筈《はず》なのだが、何度やられてもそのたびに湧き起る怒りは新鮮ではなはだ激烈、その上頭には血が逆流する。精神衛生上非常によくない。怒りは寿命を大幅に縮めるそうだから、長生きしようと思う人はできるだけお役所へ行くのを避けた方がいいだろう。

「ビューフォンを置く部屋の写真を持ってきてください」と、彼はいった。「もちろんカラー写真で。いつビューフォンがカラーに切り替わるかしれませんからね」

「ほう。もうそんな計画があるのですか」

「あります」

「電話でさえ、まだカラーになっていないのに」

「なんですと」彼はぎょっとしたように顔をあげ、しげしげと私を眺めた。

「い、いや、なんでもありません」

「そうだ、思い出した。それから家族ぜんぶの方の精神分析の診断書を持ってきて下さい」

「精神分析を受けなきゃいけないんですか」

「そうです。困ることはないでしょう。それともあなた、どこか精神に欠陥があるんですか」

「ご覧になればわかるでしょう。私は気ちがいじゃありません」

「ふん」彼は鼻で笑った。それから疑わしげな眼を私に向けた。「わかりませんよ。最近は突発的に発狂する人がふえています。平凡なサラリーマンが会議中に突如おかしくなって上役をぶち殺し、家へとって返して奥さんをネクタイで締め殺したり、おとなしい理髪師が、だしぬけに客のノドを剃刀《かみそり》でざっくり開いたり、お婆さんが障子に火をつけたり、秀才と思われている大学生がおかしくなって、急に教室でライフルを撃ちまくる。近頃では子供でさえ、ある日突然鉄道のレールに石を並べはじめるのです」

「それはしかし、現代人すべての心の中にひそんでいるかもしれない衝動でしょう。そんなこと言い出したら、誰だって信用できないじゃありませんか」

「そうです。誰も信用できない。だからこそビューフォン加入申込者に対しては、どんなに正常に見える人でも、たとえ総理大臣であろうと、精神分析を受けてもらっているのです」

「精神異常者がビューフォンを使ったとします。その場合どんな害があるのですか。電話と同じことなんだから、直接他人に害を及ぼすことはあまりないと思うのですが」

「そう考えるのはしろうとのあさましさです。電話とビューフォンを同じようなものと思ったら大まちがいですよ。精神異常者による実害はあるのです。すでに起っています。特に露出癖のある精神異常者による害が」

「露出癖」私はここぞとばかり、オーバーに苦笑して見せた。「ビューフォンを買うような人は、多かれ少なかれ露出癖のある人ばかりだと思っていましたがね」

「だいぶ偏見がありますな。あなたの言ってるのは自己顕示欲のことでしょう」

「似たようなものでしょう」

「ぜんぜん違います。自己顕示欲の方はビューフォンを買う人にとって絶対必要条件です。自分の家庭をよりよく見せようという願望、自分を実際以上のものとして他人に見てほしいという欲望——これがあってこそビューフォン文明が進歩するのです。

だいいちあなた、これがなければ現代生活はできませんよ。他人に私生活を覗《のぞ》かれることを厭《いや》がる人は、現代ではむしろかたわです」

私は身体をもぞもぞと動かし、椅子にかけ直した。「そうでしょうか」

「そうですとも。現にあなた、今活躍している有名人で、自己顕示欲のない人がいますか。いませんいません。グラフ雑誌に自分の寝室の写真が載ったり、台所の様子がテレビに出たりするのを喜ぶ人ばかりです。むしろ、自己顕示欲が旺盛《おうせい》だったからこそ有名になれたといえるでしょうね。昔ならいざ知らず、今じゃそうでなきゃ有名になれない」

「有名人の話はともかく」と、私はいった。「露出狂の話はどうなりました」

「露出狂は困ります」彼はうなずきながらそう言った。「と同時に出歯亀も困ります。この両者が結びつくと犯罪が構成されるのです」

「何か、事件があったのですか」

「ビューフォンを利用してエロショーをやる奴が出たのです。会員を組織して金をとり、一定の時間にあるビューフォン・ナンバーへかけると、そこには闇で作った数十台の副ビューフォンが置いてあって、シロシロ、シロクロ、クロイヌ、ウマシロ、シロクマ、クロニワトリなどが見られるようになっているのです」

「取り締まれないのですか」

「電話ならなんとか盗聴できますがビューフォンでは駄目なんです。全国にあるビューフォンの台数と同じだけのモニター・ブラウン管を局へ置けばいいわけでしょうが、たいへんな数ですからそんな場所はないし、だいいち見てまわるのが大変です。偶然ビューフォン・ナンバーを間違えてそのショーを見てしまった人の報告を待つより他に方法がありません。ところがたいていの人は喜んでしまって、報告をしてくれないのです」

「ふうん。なるほど」

「まだ悪い奴がいます」彼は身をのり出した。眼が輝いていて、額に汗をかいていた。唇を舐《な》め、喋り続けた。「有名女優だとか美人タレントのところへ、オナニーをしながらビューフォンをかける奴がいます。相手がスクリーンにあらわれるなり射精してザーメンをぶちまけ、ブラウン管をまっ白けにして喜ぶ奴がいます」彼自身が喜んでいた。

私はうなずいた。「悪質ないたずらですね」

「悪質ないたずらです。これも取り締まれないで困っています」彼は喋り終ってひと息つき、汗を拭《ぬぐ》った。「なんの話でしたっけ」

「精神分析医の診断書がいるというところまでです。それでは書類はそれだけでいいんですね」私は立ちあがりながらいった。「さっそく、貰《もら》ってきます」

「それだけでいいなんて、いつ言いました」受付係は薄笑いを浮かべながら私を見あげてそう言った。

「まだ何かいるのですか」

「いりますとも」彼は傍らの書類をぱらぱらとめくりながら小首を傾《かし》げた。「ええと。何だったかなあ」

「なぜ私だけ、そんなにたくさん書類がいるのですか」私はかっとなって大声を出した。「私の前にいた他の人たちは、収入証明だけでよかった筈ですよ」

「他の人は他の人、あなたはあなたです」彼ははっきりと嫌悪の情を浮かべ、吐き出すようにいった。「そんな大きな声を出すような人は、ビューフォン向きじゃないな」

「大きな声は地声だ。よろしい。ではいったい、どんな書類を貰ってきたらいいのか早く言いなさい。山ほどの書類の名を列挙しなさい。ちっともおどろかないよ。いくらでも貰ってきてやる。早く言いなさい。私はいそがしいのだ。さあ早く。さあ早く」私はあたりかまわずわめき立てた。

彼は肩をすくめるようにして、ぷいと横を向いた。「いくら書類を早く持ってきたって、すぐにビューフォンが引けると思ったら大まちがいだ」

「何ですと。一体、いつになるというんです」

「さあねえ。二年さきになるか、三年さきになるか……」

私はあきれて叫んだ。「どうしてそんなに長くかかるのです」

「長くかかるから長くかかるのです」

「理由になっていない。理由を言いなさい理由を」

彼は憎悪に眼をぎらぎら光らせ、私を睨《にら》みつけながら、唾《つば》をとばしていった。「申込者が多くてつっかえているんだ。こっちとしては、文句のつけようのない申込者を優先的に扱いますからね。まあ、あなたもひとつ、そのつもりで出直してくるんですな」

「この青二才め」私はとうとう彼を怒鳴りつけた。「役職をカサに着て、なんだその態度は」

「態度が気にくわなきゃ、帰ったらいいでしょう」彼はせせら笑った。「そのかわり、ビューフォンは永久につきませんよ。こっちはあなたの名前を憶《おぼ》えましたからね。だいたいあんたみたいな人に、ビューフォンを許可したらたいへんだ」

「ご立派なことだな。それで顔テレ文明をひとりで背負って立ってるつもりか。思いあがりもはなはだしい。さっきから貴様のいってることは内政干渉だ」

「まあ、こっちには責任があるんだからね。あんたみたいな性格破綻《はたん》者にビューフォンを許可したら、私は公務員としてその責任を問われることになる」

「貴様みたいな木《こ》っ端《ぱ》公務員に、家庭や人格をうんぬんされてたまるか。出歯亀は貴様じゃないか。貴様なんか死ね。死ね死ね死ね死んでしまえ。顔テレなんかいらん。あんなもの欲しいものか。いらんぞいらんぞ」

「結構ですな。では帰ってください。申込者がつかえてるんだ。こっちはいそがしいんだ」

「帰ってやる。だがその前に訊《き》きたいことがある。貴様の名前は何というんだ。名前をいえ名前を」

「名前を聞いてどうするんだい」

「どうしようとこっちの勝手だ。お前はおれの名前を知っている。だからお前も自分の名を名のれ」

彼は唇を歪《ゆが》めて笑いながら答えた。「わたしの名は電話局ビューフォン加入申込受付係だ」

「こいつめ。ふざけるな」私は腕をのばし、力まかせに彼の胸を突いた。

「うわ」彼は椅子ごと、背後へ仰向けにひっくり返った。

「顔テレはあきらめろ」そのまま家に帰ってきて、私は妻にそういった。

「あら。どうして」

「受付の役人と喧嘩《けんか》した。おれはもう、二度とあそこへは行かんぞ」

「行かないんじゃなく、行けないんでしょう。駄目ねえ。やっぱり男は」妻は嘆息した。

「それは、どういう意味だい」

「男はすぐ喧嘩するから駄目だってことよ。さっき、お向かいの奥さんから聞いたんだけど、お向かいもやっぱり、最初ご主人が電話局へ行って、喧嘩して帰ってきたんだって。あそこは女が行かなきゃ駄目なんだって。その次の日、奥さんが行って頼んだら、すぐつけてくれたそうよ」

「そういえば、顔テレのなかった頃から、電話局にはそういう評判があったな。しかし、いくら何でも今度はだめだろう。名前を憶えられてしまったからな」

「とにかくわたし、明日行ってくるわ」

考えてみれば、露出癖というものはどちらかといえば女性心理に属するものである。だから昔、女性の長電話が有名だったのと同様、顔テレの使用度も使用時間も、男性に比べて女性の方が多い。それに第一、現代は文明の女性化時代だ。顔テレ文明を促進させるのは女性の役割だ。そう考えると、なるほど妻のいう通り、私が行くより妻が行った方が、話が早いかもしれない。

妻は翌日、書類をひとつも持たないで電話局へ出かけていき、たった一日で申込みの手続きをぜんぶ済ませてきた。

顔テレは、次の日についた。

その日から妻は、一日中顔テレの前に腰を据えたきり、友人とのおしゃべりに熱中しはじめた。私が声をかけても返事をしない。あまり横でうるさく言うと、スクリーンの中の妻の友人からぎゅっと睨みつけられる始末だ。

いそぎの仕事で使おうとしても、妻の会話はえんえんと続く。結局出かけて行くか、電話を使った方が手っとり早いということになる。

ところが妻の方では、世間話をするだけでなく、買物まで顔テレですませてしまう。結局彼女の外出は、週に一度、美容院へ行く数時間だけということになってしまった。

おれにとって――つまり男にとって、世の中にまたひとつ悩みの種ができたんだなあ――私はそう思った。こういう調子で、次第しだいに女の住みやすい――つまり男の住みにくい世の中になっていくのだ。

知らないぞしらないぞ。

人類よさらば

あらゆる非人道的な破壊行為が終りをつげたとき、地球上のあらゆる生物も死滅した。焼けただれた黒い土や砂の上にはどす黒くよごれた雨が、何日も何日も降りつづけた。

だが、最後の水爆戦が始まる直前、地球の大気圏外へ逃げだした宇宙船が一隻だけあった。その船は金星目ざして航行しつづけた。

船には、二人の男が乗っていた。

生化学博士のドラ教授と、博士のオイでパイロットのムルである。

出発したときからずっと、ムルはぶつぶつと、つぶやきつづけていた。

「バカバカしい。たった二人だけで金星へ逃げたところで、いったいどうなるんだ。博士が逃げてくれというから、軍を脱走して、ロケットを盗んで逃げだしたけど、金星へ行ったって餓死するか、炭酸ガスで窒息死するのがおちだ。ママや恋人たちといっしょに、地球で死んだ方がずっとよかった。それに第一、船の後部倉庫にいっぱい押しこんで氷づめにしてあるたくさんのカプセルは、いったい何だろう？　博士は金星で、自分の研究を完成させようっていうんだろうか？　チェッ！　まったくお笑い草だ。ナンセンスだ」

いつのまにか、ムルの操縦席のうしろでこのつぶやきを聞いていた博士は、クスクス笑ってムルの肩をたたいていった。

「心配することはないよ、ムル。我々は二人だけではないのだ」

ムルは、おどろいてふりむいた。

「なんですって？」

「君のママや恋人はもちろん、わしが選んだ優秀な人々、学者や知識人、宗教家や芸術家までが、我々といっしょに金星へ行くのだ。女性も含めて、二千五百人のえらばれた地球最後の人類がな。そして金星で、再び人類文明を繁栄させるのだ」

「――しかし……しかし、その人たちは、いったいどこにいるのですか？」

「この船に乗っている。後部倉庫のカプセルが全部そうだ」

「じゃあ、あの氷詰めのカプセルの中に！　でも、あんな小さなカプセルに、どうやって人間を入れたのです！」

「わしは以前から、今日のことを考えて、ずっと研究しつづけてきたのだ。研究の結果、人体の九八・五パーセントが、単なる水であることがわかった。わしは人体のあらゆる組織を死滅させることなく、質量を一パーセント強にすることができたのだ。つまり水分を取り去ったのだ。それに殺菌光線をあててから、リンゲルに似た、ある種の液に浸し、カプセルに詰めた。あの二千五百個のカプセルの中には、君のママや恋人をふくむ二千五百人たちが、仮死状態になって眠っているのだよ」

「するとつまり、インスタント人間……」

「まあ、早くいえばそうだ。それに、あらゆる方面の優秀な専門家や技術者もいるんだから、金星へ行っても、すぐ我々の町を建設し、安定した生活を送ることができるだろう」

博士は、ぼう然としてあきれているムルの肩をたたき、楽天的な高笑いをしたのである。

二カ月半ののち、宇宙船は金星に到着した。衝撃はひどかった。ムルは腕を脱臼《だっきゅう》し、博士は、はげた頭のいただきをすりむいた。宇宙船の前部は破損し、二度と飛べなくなったが、カプセルはすべて無事だった。

博士は宇宙服を着て、気密室を通り、金星上に降り立った。そして周囲をながめた。あたりは砂塵《さじん》の修羅場《しゅらば》だった。空はもうろうとして雲がたれこめ、風にのった砂塵に削られて岩石は奇妙な形にくねり立っていた。しばらくの間、人体を復元するのに適当な場所を物色していた博士は、やがて大きな悲鳴をあげた。そして両手を頭上にさしあげた。「金星に水がないのを忘れていた」

旗色不鮮明

　大滋《だいじ》県助駒《すけこま》市の高台にあるマンションへ引越したばかりのおれのところに、ある日「助駒市政に発言する文化人の会」というところから封書が届いた。中身はちらし様《よう》の印刷物一枚と返信用のはがきである。印刷物の方は、固苦しい文句が連なっているものの、くだいて書けばほぼ次のような意味になる一種の趣意書だ。

「このまま抛《ほう》っておけば助駒市は滅茶苦茶になってしまう。市政が悪いからだ。そこで今度、助駒市在住の文化人が結集し、助駒市政にどんどん文句をつける会を作ろうと思うのであるが、どうであるか」

　趣意書の最後には、発起人として十人の助駒市文化人が名を連ねていた。

須根《すね》　河尻《かじり》（詩人）
星辰井《せいしんい》　譲《じょう》（助駒市交響楽団指揮者）

又仏《またふつ》　可酔《かよい》（歌人）
清戸《せいと》　剛干《ごうかん》（大学教授）
免条《めんじょう》　没秀《ぼっしゅう》（華道家）
曾勢《そせい》　蘭造《らんぞう》（洋画家）
前部《ぜんぶ》　桐作《とうさく》（作家）
霞木《かき》　名栗《なぐり》（日本画家）
美々津《みみずの》　芦後《あしあと》（書道家）
可々野《かかあの》　言成《いいなり》（彫刻家）

むろんいずれも地方文化人であって、全国的に名の通った、ぼくがちらとでも耳にした記憶のある人物の名は、二、三しか見出せない。

趣旨については、反対するべき理由が何もなかった。むしろ結構なことである、と、その時はそう思った。

だいたい文化人というものは、作家であるおれ自身も含めて、たいへんわがままなものである。殊に自分が住んだり仕事をしたりしている区域の環境については、神経過敏と思えるほどに文句の多いものだ。地方の文化人ほどその傾向が強く、これは自分がその地域でどの程度重要人物とされていて知名度が高いかを自分で知りたいためもあるだろうが、やたら役所関係のあちこちへ文句をつける。役所の方ではうるさいと思うものの何しろその地方ではいちばん発言力を持っている連中であるから無視することはできない。そして実際その文句というのはその地域の住民としての至極正当な文句が多いのである。ノーベル賞学者や流行作家が国の政治を非難する場合と違って、その文句というのはその地域の住民ほとんどの声を代表している場合が多い。地方文化人というのは庶民生活から遊離したブルジョア文化人ではなく、へたをすると一般庶民より貧乏しているかもしれないぐらいだから、その発言には比較的さしせまったものがあるわけだ。

ま、市政に文句をつけることによって環境をよくしようというのだから、賛意を表明しておけばいずれおれ自身に何か環境上の不都合が起った時、この組織を利用して解決することもできる筈《はず》だ。いささかの助兵衛心もあっておれは安易にそう考え、返信用のはがきに書かれている「賛」「否」の二文字のうち「賛」の方に丸をし、「否」の字を消し、署名して投函した。

一カ月以上経ち、そんなはがきを出したことなどとうに忘れてしまっていたある日、ふたたび「助駒市政に発言する文化人の会」から、今度は小包ほどの大きさの封筒が届いた。開けてみるとどうやら「助駒市政に発言する文化人の会」の機関誌の第一号らしい「発言」という八ページの印刷物が二十部ばかり入っている。署名用紙と思えるガリ版刷りの紙も同封されていて、それにはこんな意味のことが書かれていた。「本会の趣旨に賛成してくださってありがとうございます。この用紙に、あなたの知人の署名をできるだけたくさん貰《もら》ってください。そのひとたちの住所を書きこんでくだされば、以後は当本部から直接送るようにします。また、同封の機関誌を適当と思われるかたにお送りください」そして二十円切手が二十枚入っていた。

どうもおかしいな、と、おれは思った。こうなってくると一種の運動に近いものだが、こんな印刷物を大量に作ったり郵送料までばら撒《ま》いたりする金がいったいどこから出ているのだろう。おれは賛意を表明しただけであって、まだ一銭の寄付金も送ったおぼえはない。とするとあの発起人の十人の文化人が金を出したということになるが、だいたい文化人というものはこういった運動のためには名前を貸すだけであって、あまり金は出したがらないものである。はてさてそれではここに書かれているこの会の「本部」というのは誰がやっているのか。そんなことを考えながらおれは機関誌の内容をよく読んでみた。

あいかわらず固苦しい文句が連なっているので苦労しながら読み進むうち、こんな文章にぶつかった。「わたくしたちは、反痔《じ》民党の立場から斜会党をより強力にするため」

「斜会党の支持団体だ」おれはとびあがった。

そういえば、現助駒市長は保守系の人物だったことを、おれは思い出した。しかし、だからといって現在の市政に文句をつけたい人間が即ち全部反痔民党であると勝手に決めてしまうなどとは何たる早合点《がてん》何たる独断思考の短絡《たんらく》論理の飛躍なぜに便所に散る花よ、押収した猥褻《わいせつ》文書の図書館を建てろおれの家の前の道路の幅を拡げろおれの散歩道に便所を増設しろ近所の犬を叩《たた》き殺せおれの家の隣りに女子大を建てろなどの文句はこっちの思想的立場が保守であろうが革新であろうが関係なく出てくるのであって、そういったことを比較的あっさりやってくれそうな政党を選び、それに肩入れすることとはまた話が別なのである。その上おれは現在まで対社会的な立場において、ある特定の政党に味方することを厳《げん》に自分に戒《いまし》めているのである。それはエンターテインメントの作家としての自由な活動を自分で束縛することになるからだ。むろん小説の中で特定の政党の悪口を書いたことはある。公迷党のことを恍冥《こうめい》党とし、創禍《そうか》学会のことを総花学会としてあげつらい、さんざやっつけ、この時にはやたらと脅迫電話を貰ったものだが、これにしたところがおれとしては、何も公迷党と仲の悪い兇産《きょうさん》党に味方して書いたわけではなく、宗教団体を母体とする政党であることにいささかの嫌悪感があったので書いたというだけのことだ。つまりおれは、特定の政党に対する悪口なら自分の政治的立場を示したことにはならず、特定の政党への言論的肩入れは自己の政治思想の表明であるというおれなりの信念を持っているのである。

「ええいしまった。だ、だまされた」

自分の軽率さに腹を立てながらさらに機関誌を見るうち、その第一面に、おれは「当会の趣旨に賛意を表してくださった人びと」として十数人の文化人の名が列挙されている中におれの名前が載っていることを発見した。

「やられた。名前を出されてしまった」おれは頭をかかえた。

小さな四文字の活字ではあるが、この機関誌が千部単位、いやおそらくは万単位、悪くして十万単位で印刷されればばら撒かれているとするとその情報量は決して小さい方ではない。おれはさっそく「本部」へ賛意撤回と抗議のはがきを出すことにした。抗議といっても、こっちにだって早とちりの罪はある。その上、最初にきた趣意書のどこかに「反痔民党」の文字が記載されていて、それをおれが見逃していたかも知れないのである。確かめようにも趣意書はすでに捨ててしまっている。あまり強い文章で抗議してあげ足をとられたり嚙《か》みつかれたりしても癪《しゃく》だから、おれはなるべくおだやかに抗議することにした。

「機関誌を拝見。以前いただいた趣意書の限りでは反痔民党の立場から斜会党をより強力にするといった政党色の強い会であるとは読み取れず、軽い気持で賛意を表してしまったことを残念に思います。ここに賛意を撤回したいと存じますのでよろしくお取り計らいください。なお、出来ることなら機関誌第一号に掲載された小生の氏名を次号にてお取り消し願います」

一週間経たぬうちに「本部」から部厚い封書の返事がきた。便箋《びんせん》数枚に達筆なペン字で書き連ねてあるその返事の内容は、たいへん丁重な文章ではあるものの自分たちの非はまったく認めていず、逆にそこにはあきらかにおれのはがきに対する不満の意がこめられていた。

「反痔民党の立場から斜会党をより強力にすることが、即ち政党色が強いということにはならないと思います。現在の痔民党による市政を、われわれの発言できる市政に改めるため、とりあえず斜会党を支持するということなのです。発起人や、賛意をお示しくださった方の中には反斜会党の方もおられます」

さらに、おれの心得違いをたしなめるかのような説教調の文章が続いていた。おれは途中を読みとばし、最後の方を見た。

「いずれ原稿をお願いします」

「なめられたな」もうひとつすっきりしない気分で、おれは便箋を屑籠《くずかご》へ投げこんだ。

こういった議論は、おれは苦手なのだ。説得されてしまうことはないが、混乱して反論できなくなってしまい、結果として相手に、説得してやったと思い込ませてしまう。頭が論理的にできていないからであろう。そして、この文章の内容はどことなくおかしいという気分だけがいつまでも続いた。むろん、頼まれたところで原稿を書く気などまったくなかった。だが、抛《ほう》っておけば「本部」はおれを説得したと思いこみ、いずれ原稿を頼んでくるだろう。おれはまだ納得していないぞという意思表示を何らかの形でしておくに越したことはない。ちょうど助駒新聞社から随筆を頼まれていたので、おれはこのいきさつを原稿三、四枚に書き、最後に「実際にそうであるかないかはともかく、もしおれが賛痔民党であればどうするつもりだったのだろう。どうもすっきりしない気分である」と、正直に現在の自分の気持を書き記しておいた。新聞に載れば当然おれの気持が「本部」にも通じるだろうと思ったからである。

その原稿が新聞の学芸欄に掲載されてからの数日間、おれは「本部」から何か言ってくるのではないかとなかばそれを待ち望むような気分で過した。だが、そのことに関して最初に電話をかけてきたのは「本部」ではなかった。

「月刊論潮の大前田と申しますが」と、その男の声がいった。「コメントをいただきたいのです」

「月刊論潮」という評論誌らしい雑誌は、書店の本棚で背表紙だけを見たことが何度かある。

「なんのコメントですか」

「あなたがこのあいだ助駒新聞に書かれていた、斜会党の支援団体のことについてです。最近、痔民党の援助で作っている雑誌がある作家の談話を無断で議員の広報活動に流用した事件がありました。あなたもやはりその事件を、一杯食わされたとか、ペテンにかけられたとか、まあ、そういう風にお考えですか」

「少しことばが強いようですが、それに似た気分です」

「なるほど。なるほど。それをもう少しお話し願えますか」

おれは新聞に書いたよりも少し詳《くわ》しく喋《しゃべ》ってから、だいたいおれの名前を利用しようなどというやつは、おれの小説がいかにでたらめでいい加減なものであるかをよく知らないやつではないか、おれの名前など出せばかえって信用を失う筈《はず》だからであるなどといささかの謙遜《けんそん》をつけ加えておいた。

「面白いお話をどうもありがとうございました」男はていねいにそう言って電話を切った。

　数日後、コメント料としてはいささか多額の謝礼が送られてきた。さらに数日後、おれのコメントの載っている号の「月刊論潮」が送られてきた。自分のコメントをどういう具合に扱っているか、いずれゆっくり読もうと思いながら、原稿に追われてそのままにしていたある日、また電話がかかってきた。

「先生の愛読者ですが」

「ぼくの小説の愛読者なんでしょう」

「もちろんそうです」

「ご愁傷《しゅうしょう》さまです」

「月刊論潮を拝見しました。わたしは以前から先生の作家としての姿勢をよく存じあげているので少しおかしいなと思ったのですが、先生はあの雑誌に金を出しているのが痔民党であるということを前からご存じだったのですか」

「ぎゃっ」おれはとびあがった。「本当ですか」

「本当です。ではやっぱり、ご存じではなくてコメントに応じられたわけですね」

「知りませんでした知りませんでした。畜生まただまされた」ひとしきり口惜《くや》しがってから、おれは首をかしげた。「でも、おかしいな。あの編集者はこのあいだの猿籐週作の対談流用事件のことで、痔民党の悪口を言っていたが」

「そんなこと、雑誌にはぜんぜん出ていませんよ」

「ちょっと待ってください」

おれはいそいで雑誌類を山積みにしてある机の下から「月刊論潮」をさがし出し、おれのコメントの載っているページを開いた。コメントをつなぎあわせて作られたその記事は見出しが「ここまできた！　斜会党の悪あがき」となっていて、右翼文化人が数多く斜会党の悪口を述べている中におれの発言もあった。これではおれまでが右翼文化人のひとりのようである。痔民党のことや、例の対談流用事件のことは何ひとつ出ていず、だからつまり文化人の発言や名前をやたら政治活動に利用しようとする政党の悪い傾向を指摘しようとする記事ではなくて、単に斜会党の悪口をいうだけの記事なのである。おれが謙遜した部分もなくなっていて、知らぬ人がこの記事だけ読めばおれが斜会党から大変な被害を受けたといってかんかんに怒り、罵倒《ばとう》した末、反斜会党に傾いてしまったかのように思うに違いなかった。

「ひどいものですな」と、おれは電話の男にいった。「わざわざ知らせてくださって、ありがとうございます」

「それはいいのですが」と、男はいった。「これを、どうなさるおつもりですか」

「そうですな。とりあえず抗議の手紙を出しましょう。そんなことをしたってどうせなんにもならないでしょうがね」

「そうですね。あっちの反応はだいたい予想できます。それよりむしろ先生としては、ご自分の立場をはっきりさせるため、このことを何かにお書きになってはいかがですか」

「ええ。機会がありさえすれば書きましょう」

「あっ。それでしたら」男の声が急にはねあがった。「斜会党のことも含めてうちへお書き願えませんか。わたくしじつは日刊紙『垢旗《あかはた》』の野村と申しますが」

「えっ。あんたは、きょ、兇産党」おれはあわてふためいて電話を切った。「垢旗」なんぞに痔民党の悪口を書こうものなら、これは当然左翼文化人と思われてしまう。

「まったく油断も隙《すき》もないな」おれはあきれてしまった。

原稿を書く気がしなくなったので、おれはふらりと散歩に出た。駅の近くにはうまいコーヒーを飲ませる店があり、おれはその店のマスターとつい最近親しくなったばかりだ。「鈴懸」というその店は、カウンター式の小さな店だが雰囲気があり、ストレート・コーヒーが揃っている。

「やあ」

ドアを開けてマスターにうなずきかけると、彼はなぜかちょっと渋い顔でうなずき返した。他の客が全部いなくなるまでおれに話しかけるつもりはないようだった。黙っていてもおれがいつも飲むやつを淹《い》れてくれることはわかっているのでぼんやり煙草をふかしていると、彼はやがてウガンダ・ロブスターの入ったカップをカウンターに置きながら、声を低くしてささやきかけてきた。他の客はもういなくなっていた。

「助駒新聞に書いてたね。それから、月刊論潮も読んだよ」彼はうなずきかけた。

「あんた痔民党支持なんだね」

「それは違う」おれはいそいで弁解した。「月刊論潮が痔民党の雑誌だということを知らなかったんだ。あれはだまされたんだ」

「それにしたって、反斜会党であることは確かだろう」

おれはじっとマスターを見つめた。「それだと、何か具合の悪いことがあるのかい」

「あるんだよ、それが」彼は悲しそうな表情をしておれを見つめ返した。「いいかね。おれは須根河尻先生の弟子なんだ。詩を教えてもらっている。その先生が発起人をやっている会の悪口を書かれたんじゃ困るんだ。つまり先生に、あんたがこの店へいつも来ているってことを知られると、おれは先生から睨《にら》まれる。この店へは詩の雑誌の同人がよく来るのでね。先生も二、三度来たことがある」

「ははあ」おれはぼんやりと、一見文化人風のマスターを見つめながらいった。「あんた、おれにこの店へくるなっていうのか」

マスターは気の毒そうな顔をした。「痔民党支持のマスターがやっている喫茶店なら、駅の向こう側の」

「おれは痔民党じゃないったら」いらいらした。

「じゃ、何党だい」

「コーヒーを飲むのに、支持党は関係ないだろう」ロブスターを飲み乾し、おれは立ちあがった。「もう来ないよ」

「悪いな」マスターが、そっぽを向いたままでいった。

おれはあまり驚かなかった。書いたことでひとと仲違いすることは今までにもよくあったし、地方都市ともなれば、これくらいのことはあって当然なのだろうと思い、気にしないことにした。それでも二、三日は気分が悪かった。

新しく出るおれの本の打ちあわせで上京して帰ってきた日の午後、マンションの玄関でおれは初老の管理人と顔をあわせた。この管理人には、おれが独身である関係上、いろいろな雑用で厄介《やっかい》になっていた。

「やあ」いつも無愛想な管理人が、にこにこしておれに会釈した。「あなたの名前が昨日の垢旗に出ていましたね」

「えっ」おれは立ちすくんだ。「畜生。兇産党め。無断であのことを記事にしやがったな」

「ほほう。あれは無断だったのですか」管理人はあいかわらずにこにこしたままである。「それは怪《け》しからんことで」

おれは管理人に訊《たず》ねた。「あんた、兇産党だったのか」

「いいえ。どうしてですか」彼はにこやかにかぶりを振った。「わたしは兇産党員でも、兇産党支持でもありませんよ」

「じゃ、どうして垢旗なんか読んでるんだい」

彼は少し口ごもった。「わたしの知人が、ここに出ているのはこのマンションにいる作家じゃないのかといって、心配して持ってきてくれたんです」

「ほう。おれの載った号を持ってるのか。見せてほしいな」

「あとで、お部屋の方へ届けましょう」

部屋に戻ってヴェランダのガラス戸を開け、空気を入れかえていると、「垢旗」を手にして管理人が入ってきた。

「お邪魔します」彼はおれが何も言わないのに勝手にあがりこみ、ソファに腰かけてしまった。

「あなたが兇産党を支持していらっしゃるのでないと知って、安心しましたよ。じつはこのマンションの他の部屋のひとたちが、自分の住んでいるマンションに兇産党支持のひとがいては困るといってわたしの方へ苦情やら愚痴やら」

「他人の支持政党がどこであろうと、ほっときゃいいじゃないか。おせっかいな連中だな」おれはそういって手を出した。「垢旗を見せてくれ」

「垢旗」をおれにさし出しながら、管理人は哀れむような眼でおれを見た。「ところがあなた、この助駒市ではそうもいかんのです。いや、本当は助駒市に限らず、ある程度はどこでもそうであり、また、そうでなきゃいかんのだが、誰もが自分の支持政党とか支持団体をはっきりさせないことには生活できないんです。特にあなたのような文化人の場合ですと、周囲によけいな混乱を起さぬ為にも尚さらご自分の旗色を鮮明にしてもらう必要がある」

「こんな日本の地方都市では、あるいはそうでなきゃいかんのかもしれないな」おれはうわのそらで管理人に相槌《あいづち》を打ちながら「垢旗」を拡げた。

痔民党に対するおれの罵倒が記事になっているのを見つけ、読もうとした時、開いたままになっているドアから、留守中に局で保管してもらった大量の郵便物をかかえ、郵便配達の男が部屋に入ってきた。

「や」若い郵便配達は封筒の束や小包をどさっと床におろすと、ソファに腰かけている管理人を睨みつけ、鼻息を荒くしておれに訊ねた。「このひとは、なぜ、こんなところに来ているのですか」

「なぜってことはないだろう」おれは郵便配達の勢いに驚き、眼を丸くした。「このひとはこのマンションの管理人だ。おれの部屋にいたって不思議はないよ」

「管理人としてなら許せます。しかしおそらく、そうではないでしょう。あなたはこの男が創禍学会員であり、したがって当然のことながら公迷党支持だということをご存じなのですか」鼻孔をおっ拡げた郵便配達の声はますます大きくなった。「この男はあなたが昨日の垢旗の記事のことで怒っておられることを利用し、あなたに兇産党の悪口を言わせ、それをきっかけにあなたを公迷党支持団体へひきずりこみ、さらにはあなたを折伏《しゃくぶく》して学会員にしようとしているんですよ」

管理人がさっと立ちあがり、郵便配達に指をつきつけ、おれに向かって叫んだ。「この男はBL教団の、この町の支部長です。あなたが以前公迷党や創禍学会の悪口を書いたことを助駒新聞のあなたの随筆を読んで知り、なんとかしてあなたを教団へひきずりこもうとしているんです。気をつけてください。BL教団なんて、この助駒市では小さな組織です。そんなところへ入ったら大変だ。たいていの喫茶店ではことわれ、駅前のスーパー・マーケットでは買物ができない」

「創禍学会へ入ったら、この町のほとんどの理髪店では散髪をしてもらえません」郵便配達は身もだえるような仕草をした。「ああ。わたしの配達区域から新しい学会員など出してなるものか。そんなことになったら、わたしは支部長をくびになってしまう」

「このマンションはわたしの縄張りだ」そう叫び、管理人が床を強くどんと踏んだ。その音にショックを受け、郵便配達はくるくるとその場でコマネズミのように四、五回まわってから、ぴょんと踊りあがって部屋の隅に立ち、招き猫のような恰好《かっこう》をした。「外道《げどう》め」と、彼は叫んだ。「よくもお前はおれの子供を幼稚園から追い出したな」

「だまれ」管理人が郵便配達にとびかかった。「この魔にたぼらかされた人非人《にんぴにん》め。郵便局前の魚屋で、おれの好きなタコとアワビを売ってもらえなかった恨みは、まだ忘れていないぞ」

「ひゃあああ」怪鳥のような声を出し、郵便配達が前蹴《げ》りで管理人をつきとばしてから飛燕《ひえん》一文字踊りで彼の顔を狙《ねら》った。

「きえええええ」管理人がヌンチャク(鎖棒)を出して振りかざした。

空中回転蹴り、急降下蹴り、必殺ひじ打ちとさらに秘術を尽してわたりあう二人をそのままにしておき、おれは郵便物の整理をはじめた。最初に小包を開けてみると、中は正方形のダンボールの紙箱で、その蓋《ふた》をあけるとでかい不透明プラスチックの球がひとつ、電池のようなものが二本、それにコイルやビニール線などがうじゃうじゃと詰っていた。差出人の名が書かれていないことに、おれははじめて気がついた。

「爆弾だ」おれは紙箱をテーブルの上に置き、あわてて電話にとびついた。

一一〇番をダイヤルし、おれは叫んだ。「爆弾が配達されてきました」

「はあ。そうですか」気乗りせぬ様子で若い男の声がいった。「で、そちらの住所とお名前は」

おれはマンションの場所を教え、自分の名を名乗った。

「そうら。やっぱりかかってきたぞ」若い警官がくすくす笑った。「きっと何かが起るだろうと思っていましたよ」

「どういう意味ですか」

「あなたねえ、有名な作家の癖に自分の立場もあきらかにしないであちこちの政党や支持団体の悪口を喋《しゃべ》りまくったでしょう。いけませんよ」ねちっこい口調で警官はいった。「その爆弾はおそらく、あなたが痔民党の悪口を言ったために右翼のやつが送ってきたか、あるいはあなたがいずれ悪口を書くであろうと予想して極左のやつが送ってきたかどちらかでしょうな」

「それは今、どちらでもいいことでしょう」おれは怒鳴った。「早く処理班を寄越してください」

「ところがねえ」警官はちょっと口ごもった。「弱ったな。うちの爆弾処理班は全員が斜会党支持なんですよ」

おれは驚いて眼を白黒させた。しばらくは二の句がつげなかった。「じゃあ、ど、ど、どうすればいいんですか」

「そうですなあ」警官は嬲《なぶ》っているような口調で浮きうきと答えた。「環境局の連中でしたらたいてい兇産党です。ああ、それから税務署の連中ですと、ほとんど全員が痔民党で残りは民射党」

「税務署へ電話したって、しかたないじゃないか」

おれが送話口へ絶叫を送りこんだ時、開いたままのヴェランダからどやどやと数人の自衛隊員が入ってきた。

隊長らしい若い男がいった。「自衛隊助駒基地、爆発物処理サービス部隊のものであります」

「もういい」おれは受話器に向かっていった。「自衛隊が来てくれた」

「自衛隊ですと」一一〇番の警官はうろたえた声を出し、あわてた様子で叫んだ。

「待った。自衛隊なんかに処理させちゃいけません。こっちの処理班がすぐ急行します、そ、そいつらは」

「うるさい。今までさんざ厭味《いやみ》を並べ立てておいて、今さら何を言ってやがる」おれは受話器を強く架台にたたきつけ、自衛隊員たちに小包の紙箱を指し示した。「あれです。あれがそうです。爆発しないうちに早くなんとかしてください」

「その前に、うかがっておきたいことがあります」隊長らしい男がかちりと靴の踵《かかと》を揃えて直立不動の姿勢をとり、切口上でおれを睨《にら》み据えた。「あなたは自衛隊を合憲とお考えでしょうか。それとも違憲とお考えでしょうか。ご自分の意見がおありの筈《はず》です。それを承りたい」

おれはまた、一瞬唖然《あぜん》とした。「あの。それを言わないとあの、爆弾を処理して貰えませんか」

「言わなくてもよろしい」ヴェランダから、警察の連中がなだれこんできた。「わたしたちが処理します」

「や。こいつら。おれたちの縄張りを」

「何をお前らこそ」

自衛隊員と警官が部屋の両側に陣取って撃ちあいをはじめた。銃弾が部屋の中央の爆弾入り紙箱をかすめ、ひゅんひゅんと飛び交《か》った。まだ死闘を続けていた管理人と郵便配達はたちまち弾丸で穴だらけになり、朱《あけ》に染まって倒れた。こんなところに長居は無用とばかり部屋から逃げ出したおれがヴェランダからマンションの前庭へ降りた時、ついに銃弾の一発が爆弾に命中したらしく、轟然《ごうぜん》たる爆裂音が頭上で起り、ガラスの破片がばらばらとおれの上へ落ちてきた。

これをきっかけにして助駒全市内に三つ巴《どもえ》四つ巴、いや七つ巴八つ巴、いったい誰と誰が戦っているかさえしかとはわからぬ大きな争いがまき起り、町は阿鼻叫喚《あびきようかん》の巷《ちまた》と化してしまった。うろうろと逃げまわるおれはそれまでの旗色不鮮明が災いしてどこへ行っても攻撃目標にされ、隠れる場所とてなく、イソップに出てくる蝙蝠《こうもり》そこのけの哀れをとどめた。

「もうこんな町はいやだ」と、おれは思った。「逃げ出そう」

だが、逃げ出せなかった。なにしろこの町にある三つのタクシー会社たるや、ひとつは運転手全員が創禍学会、ひとつは全員BL教団、残るひとつは全員天狸《てんり》教であって、町中が戦火に包まれ、それまでの陰湿な反目が大っぴらに表面化した今となっては、どれかひとつを選んで信仰の道に入らなければ乗せてもらえないのである。頼みとするは鉄道であるが、これは国鉄がカソリックで私鉄がプロテスタント、互いに敵意の火花を散らしている。おれはこの町からどこへも出られないのだ。誰か助けにきてくれ。

ウィークエンド・シャッフル

「今日はご近所、みなお留守なのよ」

コーヒーを飲みながら朝刊を読んでいる夫の章に、暢子《のぶこ》はそういった。「岩波さんも角川さんも、河出さんも徳間さんも、潮《うしお》さんも早川さんも、みんなみんなお留守」くすくす笑った。「お郷里《さと》へ帰ったり、香港へ買物に行ったり、温泉へ行ったり、学会へ行ったり、会社の海の家へ行ったり」よく陽のあたるヴェランダの椅子《いす》の上で、彼女は背伸びをした。「静かでいいわ。へたくそなピアノも聞こえてこないし」くすくす笑った。

「南無妙法蓮華経《なむみょうほうれんげきょう》も聞こえないしな」と、章が調子をあわせた。

「あの猛烈な嗽《うがい》の音も聞こえないし」

「怒鳴りあいの声も聞こえないし」

「モダン・ジャズのレコードも聞こえないし」

「子供の声も聞こえないし」

「えっ」章のことばに、暢子は一瞬はっとして耳をそばだてた。「あら。本当だわ。茂の声が聞こえないわ。またどこかへ出て行ったんじゃないかしら」不安そうに、彼女は立ちあがった。

「ひとりで遊んでるんだろ」章が新聞から眼をはなした。「声が聞こえないのはあたり前さ」

「ううん。あの子、ひとりごとを言って遊ぶの」ヴェランダのガラス戸を開き、暢子は庭を見まわした。「いつも何か喋《しゃべ》りながら遊んでるわ。はいはいわたしはイヌのおまわりさんです。工事中ですから電柱の下を歩かないでください。あの子はもう学校から帰りましたか。学校では今何をやってますか。学校は今、火事です。先生は何してるんですか。先生は死んでいます。もうじきガスが爆発します。こっちへこないでください」

「そういえばそうだな。それはおれもよく聞く」章は立ちあがった。「玄関の方にいるんじゃないか」

「見てくるわ」茂、茂と叫びながら暢子は玄関から出て行き、すぐヴェランダから入ってきた。「いないわ。家の前の道路にも、家の横手にも」

「おれが捜してくる」テーブルの上の煙草とライターをポケットへ入れながら章はいった。「いつも、どこまで行くんだ」

「上の公園へ行ったんだわ。きっとそうよ」暢子は自分のことばに自分でうなずいた。「お願い。捜してきて。わたしそろそろ、掃除しなきゃいけないの。今日、女子大時代の友達が三人くるから」

「気をつけとかなきゃだめじゃないか」章はぶつぶつ言いながら、玄関から出て行った。「まだ五歳なんだぞ」

コーヒー茶碗《ぢゃわん》を片づけてから、暢子は掃除をはじめた。台所、食堂兼用のヴェランダ、ヴェランダから玄関に続く廊下、廊下の右側の寝室、廊下の左側の応接室兼用の書斎、若いサラリーマンの家としては恵まれすぎているほどの広さで、だから掃除には時間がかかるが、暢子はさほど面倒と思わない。やさしい家庭的な夫、利口で可愛いひとり息子、新しいモダンな一戸建ち住宅、誰もが羨《うらや》む幸福な家庭であって、これで不服を言っては罰があたる。

一階の掃除を終え、二階の四畳半と六畳の日本間へ電気掃除機を運ぼうとした時、応接室の電話が鳴った。昼ごろ来ることになっている女子大時代の友人の誰かからだろうと思いながら、暢子は応接室に入り、章の机の上の受話器をとった。

「もしもし。斑猫《はんみょう》でございますが」

「ああ。奥さんかね」突然、黝《くろ》い男の声が不吉感とともに暢子を襲った。「旦那《だんな》はいないの」

上品で暖かい平和な家庭とはまるで無縁な、乱暴で卑しい口調の男の声は、暢子に覆いかぶさってこようとしている不幸の影を濃く背負っているように思えた。

「主人は今ちょっと、出かけておりますが」強い精神的打撃の予感が、すでに暢子の下半身を痺《しび》れさせていた。「どちらさまで。あの、ご用件は」

「じゃ、しかたがないな。奥さんでもいいや。そのかわり、よく聞いてくれないと困るよ。実はね、あんたの子供を預ってるんだ。誘拐《ゆうかい》だよ。わかるかい。おれ、あんたの子供を誘拐したんだよ」

瞬間、暢子はデジャ・ヴュを起した。こんなことがいつか前にもあった。あの時わたしはどうしただろう。あの時はどんな結果になっただろう。その結果をわたしは知っている。だが、思い出せない。

悪質な冗談だと思おうとした。だが男の声の調子から、暢子は直感でそうではないことがわかっていたし、そう思って瞬時己れを胡麻化《ごまか》したところで、やがて次つぎとやってくるであろうさらに強烈な打撃のクッションにはならない。

「どうした。気絶したのか。気絶なんかしないでくれよ。まだ話は終ってないんだからな。外へ見に行っても無駄だよ。捜しまわったってだめだ。ここはお宅からだいぶ離れているし。おい。どうした。なぜ黙っているんだ」勦い声に苛立《いらだ》たしさが加わった。「そこにいるのか。返事しろ」

「聞いています」掠《かす》れた声で、暢子は押し出すように答えた。

受話器の中で、ぶうんという低い機械的な音がしていたが、それが暢子自身の耳鳴りなのかどうか、彼女にはわからなかった。

「落ちついているな。よし。じゃ、言うぞ。三百万円用意しろ。三百万円だ。警察に電話しちゃいかん。親戚《しんせき》にもだ。近所のやつらにも喋っちゃいかん。騒いじゃいかん。わかったか」声が次第に早口になった。「今日は近所のやつらが誰もいないことはわかっている。旦那は今日は休みの筈《はず》だが、どこへ出かけたんだ」

「あの、茂は」涙がこみあげてきて、鼻がつまった。「茂はそこにいるんですか」

男は舌打ちした。「女はこれだからいやだ。泣くな。泣いているやつと話はできん。電話を切るぞ」

「主人は子供を捜しに出たんです」暢子の声はヒステリックにはねあがった。「もう、だいぶ前に出かけたんです。それよりも茂の声を聞かせてください。そこにいるんでしょう」

「そうか。本当におれが誘拐したのかどうかを知りたいわけだな。よし。聞かせてやる」

男の掌《て》が送話口を塞《ふさ》いだらしく、しばらく、あのぶうんという唸《うな》りは聞こえなくなった。暢子の耳鳴りではなかったらしい。

やがて小きざみな息遣いとともに、まぎれもない彼女のひとり息子の声がはっきりと聞こえた。「ママ」

「茂」と、暢子は叫んだ。胸がいっぱいになった。膝《ひざ》が、がくがくした。

「あ。ママ。ママ」茂があわてて何か言おうとしている気配だった。

だが、また男の掌が送話口を塞いだ。受話器を耳に押しあてたまま膝を折り、暢子はカーペットの上に坐《すわ》りこんでしまった。何も考えられず、彼女の頭の中にはいつもの茂のひとりごとが意味なくくり返され続けているだけだった。「はいはいわたしはイヌのおまわりさんです。はいはいわたしはイヌのおまわりさんです」

「おい。聞いてるのか。おい」

男の声が怒鳴り続けていることに気がつき、暢子ははっとして身をのけぞらせた。

「はい。はい。聞いています」聞かなきゃいけないわ、と、暢子は思った。この男の言うことを一言一句洩《も》らさず聞かなければ。わたしは落ちついているかしら。落ちつかなきゃいけないのだわ。ええ。わたしは落ちついてるわ。落ちつけ、落ちつけって、自分に言い聞かしているくらいだもの。そう。わたしは落ちついてるわ。

「子供が見つからないから、旦那はすぐに帰ってくる筈だ」男がゆっくりと喋りはじめた。「そしたらすぐ、おれから電話があったことを言うんだ。そして三百万円、いそいで用意させろ」

「三百万円」はじめて金額の非現実性に気がつき、暢子は思わず叫んだ。「三百万円なんてお金、そんなお金、ありません。ありません」彼女の声は次第に悲鳴に近づいた。「わたしの家はただのサラリーマンなんです。そんな、三百万円なんてお金」

「嘘をつけ」男が大声で怒鳴り返した。

「あ」暢子の耳がじいんと鳴った。

「出たらめを言うな。そんなでかい家に住んでいて、三百万円ぐらいの金、ないわけがあるか。だいたいサラリーマン風情がそんな家に住めるもんか」狙うべき家庭を間違えたとは認めたくないらしく、男はむきになって叫び続けた。「はじめは一千万円吹きかけようかと思ったんだが、身代金が高すぎてもし払うあてがないと警察に連絡されるおそれがあるから、三百万円に負けといてやったんだ。亭主にそう言え。何がなんでも三百万円用意しろとな。受取る方法はあとでまた連絡する」

「あああ」すすり泣きと同時に暢子の咽喉《のど》から絶望の呻《うめ》き声が洩れた。

「なんだ。どうした。今の声は何だ」

「お金、ありません。お金、ありません」狂気のように髪を振り乱し、暢子ははげしくかぶりを振った。「銀行には四十万円足らずしかありません。本当です。この家はこのあいだ建てたばかりで、お金はほとんど使ってしまったんです。本当です。本当です。ああああああ」暢子は泣き崩れ、カーペットに顔を伏せた。

男がまた舌打ちした。「泣くな。泣くと電話を切るぞ。子供がどうなってもいいのか」

「やめて」暢子は悲鳴まじりに叫んで、また背をのけぞらせた。「茂に何もしないでください」

「黙れ。うるさい。おれに命令するな。おれは人から命令されるのが大嫌いなんだ」男はそう吠《ほ》えてから、呟《つぶや》くようにいった。「商売で儲《もう》けている家だとばかり思っていたんだが」いささか途方に暮れているようでもあった。「サラリーマンが、なぜそんなでかい家に住んでいるんだ」

「泣いてはいませんか」

「茂はどうしていますか」暢子は手の甲で頬の涙を拭《ぬぐ》いながら訊《たず》ねた。「泣いてはいませんか」

「とにかく、亭主が戻ったら三百万円用意しろといえ。わかったか」男は気をとりなおした様子で、決然とそういった。「さもなければ子供を絞め殺す」

「やめて」と暢子は叫んだ。「お願いです。お慈悲です。それだけはやめてください」

「おれの言うことを聞け」男がまた怒鳴った。「金を都合するのは男の役目だ。あんたが心配することはない。旦那は、なんとか掻《か》き集めてくるだろうさ」男は考えながら、自分を納得させるようにいった。「若いサラリーマンのくせに、そんなでかい家を建てるほど甲斐性《かいしょう》のある旦那だものな。銀行へ行って借りるなりなんなり、するだろうさ」

週末だ、ということに気がつき、暢子はあわてて言った。「でも、あの、今日は土曜日であの、銀行は」

「昼までだ」男が声をおっかぶせた。「そんなことぐらい、教えてもらわなくてもわかっている。しかし、まだ十一時だ。時間はある」男の声は急に陽気になった「こっちはちっともいそがないんだぜ。月曜日まで待ったっていいんだ」わざとらしく笑った。笑い声も黝かった。「その間、子供を充分可愛がってやるからな」

「子供を返して。子供を返して」暢子は泣きじゃくりながらそうくり返した。自我が崩壊しそうになっていた。

「よしよし。泣きなさんな。泣きなさんな」嬲《なぶ》るような口調で男がいった。「おれは子供の扱いかたはうまいんだ。心配するな」笑っていた。

男のサディスティックな眼つきが暢子には想像できた。

「また電話する」と、男がいった。

「あっ。ちょっと待って」しがみつくように暢子は両手で受話器を握りしめた。男と話し続けていなければいけないような気がした。「待ってください」

「なんだね」男は落ちつきはらっていた。

「あの、あの」言うべきことが、暢子には思いつかなかった。「あの、そこはあの、どこですか」

「馬鹿」がしゃ、と、男が電話を切った。

受話器を架台へ置くなり、ふらりとした。今、貧血を起したりしてはいけない、と、暢子は思った。そんなこと、している暇はないんだわ。考えなければ。どうしたらいいかを考えなければ。

うずくまるような姿勢で彼女はソファに腰をおろした。警察へ電話をしなくていいのだろうか。彼女はそう思い、章ならどうするだろうと考えた。とにかくあの人に相談しなくては。とにかくあの人に。ああ。なぜ早く帰ってこないの。何してるの。茂が見つからないのなら、すぐ戻ってくればいいのに。どこまで捜しに行ったのかしら。ああ。あなた。早く戻って。早く戻って。早く戻って。

「早く戻って。早く戻って」いつの間にか大声でそうくり返している自分に気がつき、暢子はどきりとした。わたし、気が違うのかしら。このまま、少しずつ狂いはじめるのかしら。

のろのろと、暢子は部屋の中を見まわした。大きな部屋。落ちついた建材。凝った内装。高価な家具。あの人の家とわたしの実家がお金持ちだったからいけないんだわ。だからこんな分不相応な家を建ててしまったのよ。だから憎まれて、嫉《ねた》まれて、それで茂を誘拐されてしまったのよ。

実家のことを思い出し、暢子は両手を膝の上で握りしめた。駄目。電話しちゃ駄目。いくら淋《さび》しくても耐えなきゃいけないんだわ。電話で父や母に泣きつくことはできないんだわ。親戚《しんせき》に電話するなって、犯人が言ってたじゃないの。電話したりしたら、父と母が驚いてとんでくるわ。そしたらたちまち犯人にわかってしまう。そして犯人は茂を。

「茂」声に出してそうつぶやき、暢子ははじめて本格的に泣いた。夢だったらいいのに。彼女は切実にそう思った。ぱっと眼が醒《さ》めてほしい、彼女は切実にそう願った。家の中はしんとしていた。家の近所もしんとしていた。ちょっと泣きやんで耳をすましたが、章が帰ってきたような気配はなかった。暢子はまた改めて泣こうとし、すぐにはっとして眼を見ひらいた。実家に電話しちゃいけないのなら、いったいどうやって三百万円もの大金を用意できるのだろう。犯人にわからないようにこっそり電話したところで、そんなにたくさんの現金、実家にだってないに決っている。ではあの人の両親の家には。

駄目。とても電話なんかできないわ。暢子は一瞬身をふるわせ、かぶりを振った。茂を舐《な》めるように可愛がっていた章の父と、暢子には意地の悪い章の母が、憎悪に燃えて自分を睨《にら》みつけるその恐ろしい顔が想像できた。

「暢子さん。これはあんたの責任だ」

「まあ気楽なひと。子供をひとり外へ出して、あなたはいったい何をしてらしたの」

駄目よ。駄目よ。どこへも電話しては駄目。そう。どこへも電話するなって、犯人が言っていたじゃないの。だいいちあの人の両親なんて、三百万円もの大金、とても用意できそうにないわ。いつだって、お金がない、お金がないって口癖のように。

暢子はまた室内を見まわした。この家を建てたお金が千二百万円。あのお金が今あったら。ああ。あのお金が今あったら、少くともお金の心配だけはしなくてすんだのに。でもおかしいわ。それならこの家を建てる時、どうしてあんなにお金があったのかしら。わたしの実家からは五百万円もらっただけなのに。あと七百万円のお金、あの人いったい、どうやって、どこから工面してきたのかしら。貯金はそんなになかった筈《はず》だし。

暢子はふらふらと立ちあがり、章の机の抽出《ひきだ》しから預金通帳を出した。ほうら。あの頃やっぱり百五十万円しか預金していなかったんだわ。あとの五百五十万円はどうしたのかしら。あの人はお父さんから貰《もら》ったなんて言ってたけど、よく考えたらあの人のお父さんはサラリーマンだし、商売をやってるわたしの実家と違って、そんなにお金を持ってるわけないんだわ。じゃ、会社から借りたのかしら。わたしの実家がたくさんお金を出したものだから、わたしが威張るといけないと思って、会社から借りておきながら、お父さんから貰ったなんて言ったのかしら。それにしても、あの人の会社がそんなにたくさんのお金を貸してくれるかしら。

たしかにあの人のお給料は、平均よりずっといいわ。暢子はそう思いながら応接間を出て寝室に入り、三面鏡の前に腰かけ、丹念に化粧をはじめた。彼女は鼻歌をうたっていた。そりゃそうよ。だってあの人、秀才だもの。総務部一のエリート社員だもの。ただのサラリーマンとはわけが違うわ。それにあの人の会社は一流企業だし、それくらいのお金、貸してくれて当然なんだわ。あたしって本当にしあわせ。大きいモダンな家。エリート社員で家庭的な夫。健康で可愛らしくて頭のいい茂。

「茂」暢子は悲鳴をあげて勢いよく立ちあがった。膝が鏡台にぶつかり、ファンデーションとオキソトーナーとアイライナーが床にころがり落ちた。「茂。どこにいるの。茂」

暢子はいそいで寝室を出ようとした。なぜかさっきからちっとも姿を見せない茂を外へ捜しに出かけるつもりだった。だが彼女は寝室から廊下へ出るなり、玄関の方からやってきた誰かと激しくぶつかった。

「あっ。あなた」瞬間、夫が戻ってきたのだとばかり思って暢子はそう叫んだ。しかしそれは章ではなかった。

「や。家に居やがったのか畜生。今日はこのあたりの家はみんな留守と聞いたのに」

腹立たしげにそう叫んだ色黒の若い男が、あわてきった仕草でセーターをまくりあげ、ズボンの中へさしこんでいた短刀を引っこ抜いて暢子に突きつけた。「声を立てるな。声を立てるとこいつであんたの顔にたくさん赤い筋をつける。死ぬまで消えない筋だ。

もうわかっただろうがおれは泥棒で、本当はこそ泥なんだが、狙った家に人がいた場合はいつでも強盗に早変りすることにしている泥棒で、前科は四犯、人間もひとり殺しているから、とにかく金を出せ。ほんとはこういうでかい家へ空巣に入ると金のあり場所を捜すのに手間がかかるから、おれはなるべくアパート専門に入っているんだが、今日は町で偶然出会った仲間のひとりから、この辺の家がみんな遊びに出かけて留守と聞いたもので、ゆっくり仕事するつもりでやってきたんだ。留守番がいたとは知らなかった。ばったり出会ったのでしかたがないから今はまあこうやって脅《おど》しているが、騒ぎさえしなければ殺しもしない怪我もさせない、あんたの貞操も保証する。ほしいのは金だけだ」

泥棒がまくし立てている間に、暢子はゆっくりと廊下に尻《しり》を落し、正座した。「ではあなたは、ただの泥棒だったのですね」暢子はうなずいた。「お金がいるのですね」すすり泣いた。「そのお金が、ないんです。今日中に三百万円いるんですけど」首を傾《かし》げた。「おかしいわ。なぜ三百万円もいるのか、今ちょっと思い出せないんだけど」

「ふん。金持ちってものは、とかくそういうものなんだ」泥棒がにくにくしげにいった。「現金はあまりあてにしていない。洗いざらい持って遊びに出ているだろうと思ってな。だから宝石類を狙ってやってきた。宝石から足がつくおそれはまったくないんだ。おれ、いい故買屋を知っていてね。しかし留守番がいる限り、現金だって少しはあるだろう」

「三百万円なんて、とてもありません」暢子はかぶりを振って泣きじゃくった。金のないことが、なぜか無性に悲しく、腹立たしかった。「そんなお金、とても」

「いいかね。あんた」泥棒がしゃがみこんで暢子の顔をのぞいた。「三百万円ってのは、さっきあんたが口にした金額だ。おれは別にそんな大金を寄越せなんて言っちゃいない。わかるかね。あるだけの金でいいんだ。それと宝石類だ。こんないい家に住んでるくらいだ。宝石、貴金属類もたくさんあるだろう」

「あああああああ」暢子はだしぬけに両手を天井に差しのべ、髪振り乱して嘆き悲しんだ。「わたし、しあわせだと思っていたのに。こんなに大きいモダンな家。エリート社員で家庭的な夫。可愛くて頭のいい息子。みんなみんな恨めしいわ。今となってはこのしあわせが恨めしい」

泥棒は一瞬ぎくとして床にうしろ手をついてから、尻を据《す》え暢子と向かいあって正座した。「泥棒に入られたぐらいでそんなに嘆き悲しむことはないだろう。一度や二度泥棒に入られたからって、しあわせが全部まとめてぶち壊れるわけでもないだろうに。なぜしあわせがそんなに恨めしいんだ」

暢子はじっと泥棒の顔を見つめた。「なぜだか、とっても悲しいの」

泥棒はつくづくと暢子の顔を眺めていたが、やがてほっと溜息《ためいき》をつき、彼女を凝視し続けながらいった。「おれ、あんたみたいな美人、初めて見たなあ」

暢子は頰を引き攣《つ》らせ、あわてて立ちあがった。「何ですって」

泥棒もあわてて立ちあがり、弁解した。「いや。心配しなくていい。な、な、何もしないから。何もしないから」

泥棒が肩にかけようとした手を、暢子はひいっと咽喉《のど》の奥を鳴らして払いのけた。

「何するんですか。やめて。やめて。やめてください」声うわずらせてあと退《ずさ》り、彼女は寝室へ入った。

泥棒も入ってきた。「なんだよう。おれは心外だ。なぜそんなに警戒するんだよう。そんな妙な声出したら、ほんとに何かしたくなっちゃうじゃないか」彼は部屋を見まわし、ぎょっとして立ちすくんだ。「あ。こ、ここは寝室」

その声ではじめて自分が寝室へ追いつめられたことを知り、暢子は悲鳴をあげ、さらに部屋の奥へあと退ろうとし、ベッドに足をとられ、掛布団の上へ仰向きに引っくり返った。スカートがまくれあがり、彼女の白い太腿《ふともも》は泥棒の眼を射た。

「やめろ。おれを誘惑する気か」眼前の妖気《ようき》を払いのけようとするかのように、泥棒はげしく両手で宙を引っ掻《か》いた。しかし彼は自分の視線を、寝室のほのかな明るみに浮かびあがっている暢子の太腿から引っぺがすことができなかった。「お、おれは仕事熱心な泥棒だ」一歩進んだ。「そ、そんなことはしたくない。そんなことはしたくない」

暢子はいそいで立ちあがろうとし、同時に、スカートの乱れた裾《すそ》をもとへ戻そうとしたが、一度に両方をやろうとしたためベッドから床へ俯伏《うつぶ》せに転落した。スカートが完全にまくれあがって尻が剝《む》き出しになり、純白のパンティが丸見えになった。

「あは」泥棒は眼を見開き、胸を掻きむしった。「やめてくれ」一歩前進した。「やめてくれ、おれは女房を愛している。今まで一度も浮気をしたことはないのだ」さらに一歩前進した。

立ちあがった暢子の鼻さきに、眼を充血させて激しく息をはずませている泥棒の顔があった。

「あ。やめて」と暢子は叫び、ほんの一瞬貧血を起してふらりとし、色黒で若い泥棒の頑丈な部厚い胸の中へ倒れこんだ。

「あい子。あい子。許してくれ」泥棒は妻の名を連呼しながら暢子の華奢《きゃしゃ》なからだを力いっぱい抱きすくめた。

作者が二十八行削除した時、泥棒はすでに自分のズボンをはき終っていた。

「すまなかったな」と、彼はいった。「こんなことになるなんて、夢にも思っていなかった。もちろんあんただってそうだろうがね。責任をとる、といいたいところだが、おれはもともと泥棒だから責任をとれる立場にはないわけで、これはどうにもならん。せめて金品を奪うのをやめることで誠意を示しておきたい。だけどあんたも少しはおれを誘惑したわけであって、今のことに関してはお互い様ということになると思う」

のろのろとパンティをはいている暢子を横眼で見ながら、泥棒は寝室内を歩きまわった。

「これはほんとに運命のいたずらで、そして偶然のなせる業《わざ》だ。だってあんたは途中で旦那《だんな》の名を叫んだし、おれも妻の名を呼んだ。そのことであんたとおれの精神的純潔は証明できる。そうだろ。はははははは」泥棒は、なぜか一瞬照れて頭を掻いた。

「おれの喋《しゃべ》りかた、ちょっと変だろ。よくひとからもそう言われるんだ。お前のものの言いかたはまわりくどくってわかりにくいってね。何、おれは自慢するわけじゃないが、大学の文学部出てるんだ。友達に文学青年が多かったもんで、それでこんなインテリ臭い単語を好んで使うんだ。もっとも最近は大学出てることが必ずしもインテリってことにはならないし、その証拠におれなんか泥棒やってるもんね。しかしね、おれはつくづく思うんだが、誰でも彼でも大学に入れるという今の傾向はよくないね。大学出といっても実質的にはピンからキリまであるんだが、キリの方から見りゃあピンと自分との実質的な差はわからず、エリートであるピンの社会的成功をわが身の不遇と比べてはまことに不公平であると思って羨《うらや》むわけだな。ピンがマイホームを建てたからというんで自分もマイホームを建てようと不自然な努力をして失敗し、ますます世を拗《す》ねる。いや何これは実をいうとおれのことなんだ。ピンというのはたとえばあんたの旦那みたいに若くしてこんなでかい家を建てた人のことをいうんだ。あんたの旦那を見たことはないが、きっと大学出だろ。もちろん若いんだろ。そしてエリート社員か何かだろう。そうだろうともさ。おれは今になってそういう連中と自分との差にやっと気がついたんだが、たとえおれがそれに気がついても、たとえば大学出ということに過剰な期待をかけておれと結婚したおれのデブの女房なんてものにはそんなことはわからないわけで、エリートの家庭を見てそれが世間並みの暮しだと思いこみ、おれの甲斐性《かいしょう》なさにいらいらしておれに能力以上の収入を求める。大学出のキリがエリート並みの収入を得て分不相応なマイホームを建ててそれを維持していこうとすれば何をすればよいかというとこれはもう悪事をするより他に方法がないわけで、だからこうやって泥棒をしているわけだが、泥棒に入るのにこの家を選んだのは別にあんたの旦那の身分やこの家庭のいい暮しを嫉《ねた》んだり羨んだりしたからじゃない。あんたの旦那はおそらくピンの方の大学をピンの成績で卒業したんじゃないかと思うよ。たとえそうでなくても、あんたの旦那の才覚でもって正当に金を儲《もう》けてこんな立派な家を建てたんだろうから、それを嫉んだり羨んだりするのが間違いだってことは、おれにはよくわかっている。おれだって大学を出て以来八年、何度も仕事をしくじったり勤め先を馘首《くび》になったりしてそれなりに苦労してきたんだものな。最初は僻《ひが》んでいたが、今じゃそれくらいはわかる年齢になったんだ。もっともおれの年齢になってもまだいろんなことを知らない馬鹿はいるがね」泥棒はひとりうなずきながら暢子に訊《たず》ねた。「煙草あるかい」

「応接室にあるわ」暢子は先に立って泥棒を応接室に入れた。

彼女は今、まとまったことを何ひとつ考えられない状態にあり、ぼんやりとさっきの泥棒との行為を反芻《はんすう》し、夫の章とのそれと比較していた。

「なんだか、とてもむずかしい問題があるのよ」泥棒がくわえた煙草に卓上ライターで火をつけてやりながら、暢子はいった。「あった筈《はず》なのよ。あなたがいるから思い出せないんだわ。早く帰ってよ」

「うん。あまりながく邪魔しても悪いな」泥棒は腕時計を見た。「そろそろ失礼するか」

　いったんソファに落ちついた泥棒が、くわえ煙草のまま立ちあがった時、ドア・チャイムが鳴った。

「ん。誰だ。誰だ。誰だ」泥棒は急にあわてふためき、あたりをうろうろと歩きまわった。「短刀がない。おれの短刀をどこへやった」

「寝室でしょ」

　泥棒は寝室に置き忘れた短刀をとってあたふたと戻ってくると、尖端《せんたん》を暢子の腰に突きつけた。「たとえ誰であっても絶対に中へ入れちゃいかん。帰ってもらうんだ。いいな」

　泥棒に背後から尻《しり》の割れめあたりへ短刀の切っ先を突きつけられたまま、暢子は玄関の方へ歩き出した。「でも、主人かもしれないわ」

「旦那がどうしてドア・チャイムなんか鳴らすんだ」

「鍵《かぎ》を持たずに出たの」

「おれは玄関のドアの鍵をこじあけたが、中からロックした憶《おぼ》えはないぞ」

「玄関のドアは、閉まると勝手に鍵がかかるのよ」暢子は三和土《たたき》へおり、ドアの手前で、ぴったりと自分の背中にへばりついている泥棒を振り返った。「もし主人ならうするの」

「その場合はしかたがないな。中へ入れろ」泥棒が身構えた。

　暢子が把手《とって》をまわした途端、外側から強い力でぐいとドアが押され、歓声をあげて三人の女が否応《いやおう》なしに三和土へ雪崩《なだ》れこんできた。

「こんにちわあ。まああ。すばらしいお宅じゃないの」

「立派だわあ」

「うわあ。暢子、ずいぶん痩《や》せたわねえ」

　玄関ホールのあちこちを好奇に満ちた視線で無遠慮に眺めまわしながら、三人の若い女は口ぐちに暢子へ話しかけた。

「ご免なさいね。遅かったでしょう。由香がいけないのよ。待ちあわせた喫茶店へ二十分も遅れてやってくるんだもの」

「ああら。だから説明したでしょ。主人が離してくれないのよう」

「ほうらね。これなんだから」

　茫然《ぼうぜん》として立ちすくんでいる暢子にはおかまいなく、三人は野鳥の群れの如くけたたましく笑った。

「ううん。そうじゃないのよ。せっかくの週末なのに亭主を抛《ほう》っといてどこへ行くんだって、大変なおかんむりでさあ。あらっ」由香と呼ばれた和服の女が暢子の背後で凝固している泥棒に気がつき、あわてて一礼しながら急にしとやかな声を出した。

「まあ。ご主人ですか。初めまして。わたくし木谷でございます。奥さまとは短大時代にテニス部でずっとご一緒させていただきましたの」

「あっ。あのう、わたくし三宅とも子と申します」色の黒さを胡麻化《ごまか》すため白塗りに近い化粧をした、やはり和服の女がしゃしゃり出て、がらがら声を出した。「ご主人さまのことはいつも電話でおノブから、いえ、暢子さんから」

「いえあの。は。そうですか」泥棒は短刀を背にまわし、ズボンのベルトへはさみこもうとしながらぺこぺこ頭を下げた。「こちらこそよろしく。はい。わたしもあなたがたのことはその、いつもこのひとから。いえあの、奥さんから。いえ、妻からその」

「住之江淑《よし》でございます」やたらに背の高い地味なツーピースの女が、じっと泥棒を見つめて言葉少なにそう挨拶《あいさつ》した。

「まあ。広いのねえ。わたしの家とは大変な違いだわ」勝手にあがりこんで廊下に立ちはだかり、あたりを見まわしながら由香が大声を出した。「うちはマンションなのよ」

「お、おい。何ぼんやりしてるんだ。早く応接室へお通しせんか」突っ立ったままの暢子を、おろおろ声で泥棒が叱りつけた。「さあさあ。どうぞおあがりください。汚いところですが。さあどうぞ」

「あがって頂戴《ちょうだい》」暢子はやっとそう言ってうなずき、無表情なままで三人の同窓生を応接室へ案内した。「こちらへどうぞ」

「愛想のいい、やさしそうなご主人じゃないの」廊下を歩きながら、とも子が暢子の尻を小突いた。「あなた、お尻に敷いているんでしょう」

応接室に入った三人の女がひとしきり誇大な表現と声色で家具調度を褒《ほ》めちぎり、それぞれソファに腰を落ちつけた時、泥棒がいらいらしながら暢子に命じた。「おい。お前。どうかしてるぞ今日は。お客様にお茶を出さんか。お茶を」

「あ。そうね」

機械的に立ちあがろうとした瞬間、暢子は突然、何もかもが面倒臭くなってしまった。わたしはいったい何をしているのだろう。おいお前。早くお茶。早く掃除しろ。おいお茶。お客様。お客様。そんなことが何になるんだろう。世間とのおつきあいに過ぎないんだわ。世間とのおつきあいって、いったい何。何のために今まで、そんなことをしてきたのかしら。そんなものが家庭の平和や幸福を維持してくれるなんて幻想だわ。家庭の平和や幸福なんてそんなものとは何の関係もなく、崩れる時には勝手に崩れてしまうものなのに。いつもいつも世間とのおつきあいのために主人から命令され、こき使われて。それがいったいわたしにとって何になったというの。しかもこの男は何。この男はわたしの主人ですらないじゃないの。なんのためにこんな男にまで命令されなきゃならないの。そうだわ。よく考えてみればこの男、ただの泥棒だったんだわ。わたしと肉体関係を結んだという点が他の泥棒とちょっと違うだけで、本質的には単にひとりの泥棒よ。その泥棒までがどうしてわたしに命令するの。

「おい。どうかしたのか」考えこんでしまっていつまでたっても台所へ行こうとしない暢子に不安そうな眼を向けて、泥棒が訊《たず》ねた。「なぜ行かない」

三人の女も、不審の眼で暢子の様子を観察した。

「わたし、行かないわ」暢子は投げやりにそう答え、ソファに身を沈めた。「あんた、行ってきてよ」

女たちが驚きの眼で暢子と泥棒を見くらべた。

「な、何いってるんだ」泥棒が暢子の突然の開きなおりに驚き、どぎまぎした。

暢子は泥棒を一瞥《いちべつ》した。「あなた、わたしがひとりで台所へ行ってもいいの」

「む」泥棒はすぐ、暢子を彼の眼の届かない台所へ行かせる危険性に思いあたって、彼女を睨《にら》みつけた。この女は勝手口から抜け出て交番へ駈《か》けつけるかもしれない、彼はそう考えた。だからといって、彼がひとりで台所へ行き、茶の用意をしたりなどするのはもっと危険である。せっかく三人の女から、この家の主人だと思われているのに、この女は彼の正体を彼女たちに話してしまうかもしれないのだ。

「そうだね。では。ではつまりその」泥棒はしらけた場を取り繕《つくろ》おうとして部屋中に視線を走らせた。「では、お茶はやめましょう」洋酒のキャビネットに眼をとめ、彼は躍りあがった。「酒だ。酒があった。酒を飲みましょう」

「まあ。こんなお昼間から、お酒を」泥棒のあわてかたをじっと見つめながら、淑がいった。

「いいじゃないの」なぜかぶっきら棒で不機嫌な暢子の態度に困り果てている泥棒の様子にいささか同情したらしく、由香がいった。「欧米式の接待法だわ。そういえばご主人、外国旅行をまだなさってないんですってね。わたしの主人は去年会社の用事でアメリカとヨーロッパをまわって参りましたのよ」

「外国旅行なんかしたって、なんにもならないわよ」と暢子がいった。「何の役にも立たないわ」

気を悪くして黙りこんだ由香に、とも子が耳打ちした。「悪いところへ来てしまったらしいわね」

「夫婦喧嘩《げんか》でもしたんでしょ」と、由香がややきこえよがしにささやき返した。

「さあさあ皆さん。何になさいますか」キャビネットから出した各種のグラスを見さかいなしにテーブルへ並べながら、泥棒が訊《たず》ねた。「ブランデーがありますよ」

「ブランデーをいただくわ」由香が無邪気を装っていった。「だって氷も水もないんだもの、ブランデーしかいただけないわ」

「あら。氷と水ぐらいなら、わたしがとってきてあげるわよ」とも子が気さくに立ちあがった。

「すみませんねえ」ほっとした口調で、泥棒はとも子に感謝の眼を向けた。

とも子が出ていくと、淑がたしなめるように由香にいった。「あなたったら、結婚してもあい変らずね、ずけずけとものを言って」

「あら。そうかしら」由香は心外そうな顔をした。

そう。あなたはいつもそうなのよ。由香の間のびした顔をぼんやり眺めながら暢子は思った。自分のことや自分の家庭のことを自慢したいために、やたらにひとにけちをつけて、しかも自分ではそれをさほどとも思っていないのよ。つまり馬鹿なのよ。京都生まれの女は客の前へ出すなっていうのは本当ね。何を言い出すかわからないもの。あなたはきっと、よそのご主人の仕事にまで、ご当人を前にして、無邪気さを装いながらけちをつけたりもしている筈《はず》だわ。あなたはきっと、ご主人の出世の大きな妨《さまた》げになるでしょう。でもね、いくら人を馬鹿にしようと試みたところで、あなたは安心してしまうことはできないのよ。今に思い知るわ。人を馬鹿にしたって、まったく、何にもならないんだから。

「さあ。ブランデーをどうぞ」泥棒が由香のグラスにだぼだぼとブランデーを注ぎ込んだ。

グラスの半分を越す量のブランデーに眼を丸くし、由香がまた何か言いかけたが、今度は暢子に皮肉な眼を向けただけで黙っていた。

「いやあ皆さん、まったくお美しい」自分のグラスにもウイスキーを注ぎ、それをひと口すすってソファに腰をおろした泥棒が、座をとりもとうとしてお愛想をいった。

「お綺麗《きれい》ですなあ」

「そんなことおっしゃると、暢子さんに叱られますわよ」

その淑のことばで、不意に暢子が固い声を出した。「こんなひととは、何でもないの」

「まあっ。なんでもないんですって」由香がわざとらしく頓狂《とんきょう》な声を出した。「そん

否定した。

「いえいえ。仲が悪いなんて、そんなことはちっともありません」泥棒が大いそぎで
なに仲がお悪いの」

「現に今だって、あなたがたがいらっしゃるちょっと前まで、その」

「やめて」さすがに暢子が顔を伏せた。

「や。これはどうも。とんでもないことを言っちまったな。あははは。は」泥棒は照れてグラスを乾した。

しばらくあきれていた由香が、ほっと溜息《ためいき》を混えていった。「どうもご馳走《ちそう》さま。やっぱりわたしたち、悪いところへ来たらしいわね」うなずいた。「それで玄関へ出てくるのが遅かったのね」暢子の顔をのぞきこんだ。「おノブのご機嫌が悪いのは、そのためなのね」

「いや。いやいやいや。それは違います」泥棒は立ちあがり、あわただしく室内を歩きまわりながらいった。「そうではありません。違いますとも。あなたたちが来た時には、すでにもう終っていて。その。はははは。は。ま、どうでもいいでしょう。ところであなたは何にします。ウイスキーですか。ベルモットもありますよ」

「まったくここのお宅ったら、独身者のくるところじゃないわね」淑は顔をまっ赤に

してそう言ってから、泥棒の顔をそっと見あげて答えた。「チンザノをいただきますわ」

「へいへい」泥棒はキャビネットのグラス類を派手にがちゃつかせてチンザノの瓶《びん》をとってくると、淑の前へ置いたワイン・グラスにまたしてもどぼどぼと赤黒い液体を大量に注ぎ込んだ。「そうですか。あなたはまだ独身ですか。その方がよろしい。ええ。その方がいいです。独身時代にこうやって結婚している人間の家庭をできるだけたくさん見てまわることは、いい勉強になりますよ。結婚に失敗する率がぐっと少なくなりますからね」

「はい。氷とお水」とも子がアイス・ペールと水差しを持って入ってきた。「立派なお台所ねえ。由香もお淑もちょっと見せて頂いたらいいわ。流し台がとても広くて、便利で」

「わたし、お台所にはあまり興味がないの」嘲笑《ちょうしょう》のようなものを頰に浮かべて由香がいった。「通いのお手伝いさんにまかせてあるから」

「あなたも、もうご結婚なさったのですか」泥棒がとも子に訊ねた。

「いいえ。売れ残ってます」とも子が世馴《よな》れた様子で笑った。「男性って、こんないい女をなぜ抛《ほう》っとくのかしら」

飲みます」

「まったくですな」がぶり、と泥棒はまたウイスキーを飲み乾した。「あなた、何を

「わたし、ウイスキーをいただくわ」とも子がはしゃぎながら全員のグラスに氷を投げ込みはじめた。「さあ。どんどん飲みましょうよ。あら。由香はなぜ飲まないの。暢子さんもウイスキー飲むでしょ」

「ええ」暢子は急に決然として頷《うなず》き、不安そうな表情の泥棒をじろりと横眼で睨《にら》んだ。「飲んじゃう。みんなも飲んで。今日は週末なのよ」

「そうね。では乾杯」

女たちが飲みはじめた。

琥珀《こはく》色の液体のウイスキー・グラスに半分以上をひと息で飲み乾した暢子は、全身から力を抜き、熱いものが胃を中心にじわじわとからだ中へ拡がっていく快い気分を動物的に味わった。緊張がほぐれ、急に気が楽になり、そのはずみで笑い出したいほどの昂揚《こうよう》した気持になってきた。動物的な快感のみに身を委《ゆだ》ねてさえいれば、いったい何を気にし、思い煩《わずら》うことがあろうか。わたしは馬鹿だったわ。今まで何をあくせくしていたのだろう。流行や評判に気を遣い、友人やご近所に気を遣い、親戚《しんせき》や主人に気を遣って。そんなこと、もうやめたっと。

「迷子の迷子の子猫《こねこ》ちゃん」暢子は大声で歌い出した。

「まあ。もう酔ったの」三人の女がけたたましく笑った。

「おいおい。大丈夫かよう」泥棒はいてもたってもいられぬ様子で、暢子に心配顔を向けた。「あんまり飲むなよ」

「そういえば、坊ちゃんがいらっしゃるんだったわね」暢子の歌った童謡でやっと気がついたらしく、淑がいった。

「お友達のおうちにでも遊びに行ってらっしゃるの」

そう。たしかにわたしには子供がひとりいた。暢子はウイスキーをがぶりと飲んでちょっと考えた。だいぶ以前にわたしの産道を通過したあの赤ん坊はどうしたのか。名はなんていったかしら。思い出せないわ。でも思い出すと不愉快になるから忘れましょう。大声を出せば忘れることができる筈よ。

けんめいの努力の末、暢子はまた大声をはりあげた。「はいはいわたしはイヌのおまわりさんです。はいはいわたしはイヌのおまわりさんです。学校は今、火事です。先生は死にました」

「ええと。あのう」肘掛椅子《ひじかけ》のひとつに腰をおろしていた泥棒は、うろたえてあわただしく立ちあがり、暢子にいった。「おいっ。何かおつまみがいるんじゃないかね。

そうだ。おつまみがいるよ。ね。お前」

暢子は反抗的にいった。「わたしはお前という名ではございません」

暢子が女友達からなんと呼ばれていたかを思い出そうとしながら泥棒はあたりをちょっとうろうろし、それから暢子の手を引っぱった。「ま。いいじゃないか。何かおつまみを取りに行こうよ。一緒に。台所へ。え。おい。お前。ちょっとこいよ」

「うるさいわねえ」暢子はしぶしぶ立ちあがり、泥棒と一緒に応接室を出た。

「ね。ね。ね。きっと大喧嘩《げんか》したあとなのよ。ね。そうでしょう」二人が出て行くなり、由香がそういった。「きっと、あれがうまくいかなかったもんだから、暢子がつんつんして、ご主人がおどおどしてるのよ。ね」

「そうね。それもきっと、朝早くから続いてる喧嘩よ」とも子もいった。「そのために暢子は、わたしたちが今日遊びにくるってことを完全に忘れてしまったんだと思うわ。だって、ご主人ったら、わたしたちがやってくることを暢子から、ぜんぜん聞かされてなかったみたいじゃないの」

「何も用意してないものね」と、由香が調子を合わせた。

淑もうなずいた。「そうね。それにわたし、あれはご主人じゃないと思うわ」

「え」とも子は淑のいった意味がわからず、茫然《ぼうぜん》とした。

「まあ」すぐにぴんときた由香が、からだをしゃちょこ張らせて淑を見つめた。「そういえば。でもねえ。まさか」半信半疑で、由香はゆっくりとかぶりを振った。

「暢子は忘れてるみたいだけど、わたし以前暢子と外で会って、その時ご主人の写真見せてもらったことがあるのよ」淑はうなずいて見せた。「今の人じゃなかったわ。ぜんぜん違うタイプの人だったわ」

「じゃあ、あれは誰なのよ」とも子は眼を丸くした。

「浮気の相手よ」淑はさらりと、そういってのけた。「そうでなければ、あの男のことを旦那《だんな》だといって胡麻化《ごまか》したりする必要はないわけだし、あのふたり、わたしたちがやってくる直前まで何かやってたに決ってるんだもの」

「ま、鋭いのね」と、由香がいった。「結婚もしてないくせに、あなた、よくそんなことがわかるのね。あなたきっと、経験してるんでしょう」

「今はそんなこと、どうでもいいじゃないの」淑はじろりと由香を睨みつけて、ぴしりとそう言った。「とにかく、おノブがわたしたちの来ることを忘れてたのは今朝からじゃなくて、おそらく二、三日前からなの。でなかったら、旦那と子供の留守中に男を家に引っぱりこもうなんてスケジュールは立てなかった筈《はず》よ」

「ご主人と子供は、どこへ追い出したの」淑に訊《たず》ねればなんでもわかると思いこんでいるような口調で、とも子が眼を丸くしたままそう訊ねた。

「旦那の両親の家よ」淑は断定的に答えた。「おノブは旦那の両親と仲が悪いの。お爺《じい》ちゃんお婆《ばあ》ちゃんに孫の顔を見せに行くのは、いつも旦那の役なのよ」

「名探偵の推理ね」由香が厭味《いやみ》を含めてそういった。しかし彼女も淑の論理的な推理には反対のしようがなく、とも子と顔を見あわせて、しばらく茫然とした。

「でも、おかしいわ」とも子が考えながら喋《しゃべ》りはじめた。「もしそうなら、おノブはわたしたちに、あの男の人が浮気の相手だということを隠そうとして、一生けんめい胡麻化そうとする筈でしょう。それなのに何よ。あの投げやりな態度は。あれじゃわたしたちにあやしまれてあたり前よ。事実、おノブの様子が変だったからこそ、わたしたち疑って、こうして推理しはじめたわけでしょ」

「いわゆる、うろがきてるのよ」と、淑がいった。

由香がわざとらしく笑った。「それはおかしいわよ。だって、うろがくるというのは、うろたえてうろうろすることでしょ。だけどおノブは、のんびり落ちついてしまってるじゃないの」

「のんびり落ちついてしまって、何もかも投げやりになってしまうという、うろのきかたもあるの」淑はまた、憐《あわ》れむような眼で由香を見た。「心理学ではゲシュタルト崩壊っていうそうだけど、一時的な精神異常よ」

「あっ。そういえば」とも子がひょいと身を浮かした。「おノブのあんな様子、わたし前にも見たことがあるわ。あれもやっぱり一時的な精神異常だったのね。学校時代にあの子、社会学概論の試験がある日、間違えて経済学概論の勉強ばかりしてきたのよ。おノブって、ほら、わりと気が小さくて生真面目じゃないの。それだけに、その反動ですっかりうろがきてしまって、ちょうどあんな具合に何もかも投げやりになってしまったの」

「へえ」由香が、ちょっと見なおしたという表情でとも子をじろじろ見た。「そんなことを、あなたよく憶《おぼ》えてたわね」

「そりゃ憶えてるわよ」とも子が少し憤然とした。「だってわたし、殺されかけたんだもの」

「えっ」淑が顔をあげた。「そんな事件があったの。ちっとも知らなかったわ」

「わたしとおノブだけの秘密よ。社会学概論の試験が終ってから、わたしプール・サイドへ行ったの。そしたら、答案を白紙のままで出したおノブがぼんやりしてたの。気の毒になって傍へ寄っていって話しかけようとしたら、おノブがだしぬけにわたしをプールへ突き落したの。わたし泳げないでしょ。もう少しで溺《おぼ》れるところだったのよ。前期の中間試験だったからよかったけど。あれがもし冬ならプールには水が入っていないから、わたしプールの底で頭を打って死んでたところよ」

「まあひどい」由香が胸に手をあてた。「それでどうしたの」

「おノブがわたしを助けあげてくれたわ」とも子は話し続けた。「わたしを突き落してすぐ正気に戻ったのね。急に話しかけられて驚いたからとかなんとか言いわけして、あやまったわ。プールのあたりには誰もいなかったから、わたし他の人には自分でうっかりしてプールへ落っこちたように言っといたけど」

「いやあねえ」由香が腰を浮かした。「わたし、殺されたくないわ。一時的な精神異常でもって飲みものか食べものに毒でも入れられたら大変よ。早く帰りましょう」

「帰ってどうするのよ」淑が声を大きくした。「わたしたち、おノブの親友でしょ。そうじゃなかった。ここでわたしたちが帰ってしまったら、おノブはわたしたちを騙《だま》せなかったと思って、自分の浮気がご主人に知られることをおそれるあまり、きっとノイローゼになっちまうわ。それより最後まで騙されたふりをして、おノブを安心させてやりましょうよ。わたしたちには学校時代からいろいろな、わたしたちだけの秘密があったわね。これからもずっと、仲間うちでの秘密はみんなで守るようにしましょ。わたしやとも子だって、結婚してから浮気をすることになるかもしれないんだし」

由香が聞き咎《とが》め、突っかかるようにいった。「あら。わたしは結婚してるけど、浮気なんかしていないわよ」

淑は、にやりと笑って由香に向きなおった。「由香。あなた、わたしが気づかないとでも思ってたの」

「おれが気づかないとでも思ってたのか」台所では泥棒が、ぼそぼそした声で暢子を脅《おど》し続けていた。「おれを台所に追いやっておいて、お前はあの三人に、おれの正体をばらすつもりだったんだ」

暢子はつきまとう泥棒にうるさそうな眼をちらと向け、あわただしくオードブルや茶菓の用意をしながらいった。「あんたの正体って何よ。泥棒ってこと。あんたは泥棒じゃないじゃないの。何も盗んでいないし、何も盗まないってわたしに約束したんじゃなかったの。ああちょっと、そのお湯のかかってるガスの火をとめて頂戴《ちょうだい》」

「あ。そうか。うん。うん」ガス焜炉《こんろ》の火をとめた泥棒は、すぐまた暢子の傍に引き返してきて凄《すご》みはじめた。「おい。どういうつもりなんだ。その、偉そうな態度は。あの女どもの前でも、つんつんしやがって」急に懇願の口調になった。「なんだってあんなに投げやりな態度をとるんだよう。おれのことがあの女たちにばれたら、あんただって無疵《むきず》ではすまないだろうが」包丁を出し、声を低くした。「もし勘づかれた場合はしかたがない。これであんたをぶすりとやらなきゃならないんだからな」

暢子はサラミ・ソーセージを切りながら、泥棒をじろりと横目で見た。「何よ。包丁ならわたしだって持ってるのよ」眼が真っ赤に充血していた。

暢子の眼つきの凄さに、泥棒はふるえあがった。「おい。落ちつけよ。やめろ。それは気ちがいの眼だ。あんたは今、まともな判断力を失ってるみたいに見えるぞ。どうしたっていうんだ」

「うるさいわね。今のわたしにはあなたのことなんかどうだっていいの。おつまみの用意をすること以外に何も考えたくないんだから。今のうちに裏口からさっさと逃げ出したらどうなの」

「そうだな」泥棒はヴェランダのガラス戸越しに庭をちょっとうかがい、すぐにかぶりを振った。「駄目だだめだ。うまいことをいって、おれが逃げるなり警察へ電話するんだろう」

その時、応接室で電話が鳴った。

泥棒はとびあがった。「わ。電話だ」暢子にすり寄った。「出ろ。お前出ろ。早く出てこい」

「あんたが出りゃいいでしょ」暢子は溜息《ためいき》とともに言った。「いちいち騒がないでよ。わたしはおつまみの用意でいそがしいんだから。あんたが出て、適当に胡麻化《ごまか》せばいいじゃないの」

「おれが電話に出てる間に、お前、逃げ出して交番へ行くんだろ」

「早く電話に出ないと、応接室にいる誰かが受話器をとっちゃうわよ。主人からかもしれないわ。そしたらあんたの正体がばれるわよ」

「し、しかし、しかし」泥棒はうろたえて、おろおろと台所を歩きまわった。

暢子は耳を傾けた。「あら。誰かが電話に出たらしいわ」

泥棒は応接室の方へ、廊下をすっとんだ。

「はいはい。ご主人ですね。はいあの。ご主人でしたらあの、一応はおられます。今、かわりますから」電話に出たとも子が、首を傾げながら、あたふたと応接室へとびこんできた泥棒に受話器をさし出した。「ええと、あの、ご主人。ずいぶんおかしな男の人からですわ。とても乱暴なことば遣いで。間違い電話じゃないかしら」

「そうですか。きっとそうでしょう。そんな礼儀知らずな男とは、わたしはつきあいがありませんからね。ははは。はは」泥棒は愛想笑いをしながら、とも子から受話器を受けとった。「もしもし。かわりました。わたしが間違いなくこの家の主人であります」

「礼儀知らずな男とは誰のことだ」受話器の中で男の声が吠《ほ》えた。

「や。聞こえたか」

「聞こえたかはないだろう。あんなでかい声で言っておきながら」急に男の声が低くなり、それと同時に黝《くろ》い色を帯びた。「ところで、今の女は誰だ。奥さんじゃなかったようだが」

その横柄な口調に泥棒は少しむっとして言い返した。「おいおい。あんた、礼儀知らずといわれたって怒れないぜ。まず自分が誰かを言えよ。あんたの名前は」

「馬鹿。名が名乗れるか」男がわめいた。

「ああ、そうかい。名が名乗れないようなやつは、おれの知りあいにはいないよ」泥棒はそういって、とも子にうなずきかけた。「やっぱり間違い電話のようです。ははは」

「間違いじゃないぞ」男の声がわめき散らした。「子供がどうなってもいいのか。まさかもう、警察に電話しやがったんじゃないだろうな」

「なな何。何だと。警察がどうしたと」泥棒は一瞬身をのけぞらせ、とり乱してそう叫んでから、女たちの手前をつくろい、へらへらと笑った。「はははは。いやいや。

ここは警察じゃない。電話をかけなおしたらどうだ」

「おれは警察に電話してるんじゃない」

「じゃ、何処《どこ》へ電話してるんだ。とにかくここは警察じゃない」

「そんなことはわかっている」

「わかっているなら早くかけなおしたらどうだ」

「おれは、あんたの子供を預っている男だ」

「ああ、そうかい」泥棒は女たちにうなずいた。「託児所の男でした」

男の声が悲鳴を混えて叫んだ。「馬鹿。ここは託児所じゃない」

「じゃ、どこだ」

「ここはその。馬鹿。そんなことが言えるか」

「それを言わなきゃ、あんたがどういう人かわからない。したがっておれも話のしようがない。そんなことぐらいわからんか。このうすら馬鹿め。抜け作め。他人の家へ電話しておきながら、名は名乗ることができない、どこの者かも言えないとは、何たることをおっしゃりまんこのちぢれっ毛」

「まあ、お下品」女たちがけらけらと笑いこけた。

受話器の中で男が胆《きも》をつぶしたような声をあげた。「な、何だなんだ。今の笑い声は」

「なあに。今ちょっと、パーティをやっていてね」

「パーティだと」男はあきれたようにしばらく黙りこみ、やがてやぶれかぶれの大声をはりあげた。「お前ら気ちがいだ。死ね死ね死ね死んでしまえ」

がちゃん、と、電話がきれた。

暢子がオードブルを盆にのせて部屋に入ってきた。

「さあ。おつまみがきました。もっと飲んでください。どんどん飲んでください」ほっとした顔の泥棒が、いささか狂躁《きようそう》的な陽気さで女たちのグラスに洋酒をついでまわった。

「もう、だいぶいただきましたのよ」数杯のブランデーで顔を赤くした由香が、苦しげに胸を押さえ、しなを作って見せた。

「何よ。それくらいで」と、ぶっきらぼうに暢子がいった。「わたしも飲むわ。あんた、ついでよ」

「はいはい」泥棒は暢子のウイスキー・グラスにジョニー赤を満たした。

「さっきの電話、誰からだったの」ウイスキーをぐいとひと飲みにして噎《む》せもせず、暢子が泥棒に訊《たず》ねた。

「ああ。託児所の男が、間違えてかけてきてね」

「坊ちゃん、託児所に預けてらっしゃるの」と、とも子が暢子に訊ねた。


暢子がまた歌いだした。「迷子の迷子の子猫ちゃん」

「およしなさいおよしなさい」淑がとも子の腰を小突いてささやいた。「おノブはさっきから、坊やの話になると必ず変になっちゃうのよ」

「あっ。ステレオがある」と、泥棒が叫んだ。「レコードをかけましょうか」

「ご自分のお家なのに、ステレオがあることを今まで忘れてらしたの」意地悪く、由香がそういった。

淑が由香を睨《にら》んだ。由香は知らん顔をした。

「ながいこと、かけなかったものでね」泥棒は気にせず、ジャケットの背を見て踊れそうなロックのレコードを抜き出した。「踊りましょう踊りましょう。ぱあっと陽気にやりましょう。ぱあっと陽気に」

馬鹿でかいサウンドが部屋を満たすと、泥棒は、すでに酔っぱらってふらふらしている由香を無理やり立たせた。

「この曲、踊りにくいわねえ」ぶつぶつ言いながら、由香も踊りはじめた。

「大変。わたし酔ってきたわ」とも子が額を押さえた。「のどがかわいたから、水割りをがぶがぶ飲んだのがいけなかったのね」

「わたしも、眼がまわってきた」淑が、かぶりを振った。「チンザノでも、たくさん飲まされると酔うのね」

「何さ。なさけない」暢子はぐびぐびとウイスキーをストレートでのどへ流しこみ続けた。胃が焼けるように熱かった。全身が焼けただれてしまえばいい、と、彼女は思った。

部屋が暢子を中心にぐるぐるまわっていた。暢子の主人らしい男が、暢子の友人らしい女と踊っていた。踊りながら暢子の周囲をぐるぐるまわっていた。わたしの主人の職業は何だったのかしら、と、暢子は思った。寿司《すし》屋さんかしら。外科医だったかしら。労組の委員長をしていたのかしら。全国理容師協会会報の編集をしていたのかしら。刑事だったかもね。それとも関東レバニラ炒《いた》め愛好者連盟東京本部長だったかもしれないわ。遠くでけたたましい物音がしていた。その物音が次第に近づいてきた。淑が暢子に、何故かけんめいな表情で何ごとかを告げていた。そして何かを指さしていた。その指さきがさし示す方向に電話があった。けたたましい物音は電話のベルだった。立ちあがろうとして立ちあがれず、暢子はソファの上を電話の方へといざり寄り、受話器をとった。女の声が遠くでわめいていた。

「はいはい。あの、こちらは」暢子は自分の姓を忘れてしまっていた。やっと思い出したのは旧姓だった。「はいはい。こちらは思い出せないのでございますが」

「ちょいと。音楽をとめてあげたらどう」とも子がろれつのまわらぬ舌で叫んだ。

「おノブが電話よ」

「かまうもんか」泥棒は由香とべったり抱きあい、チーク・ダンスをしていた。

由香は鬱血《うっけつ》して赤紫色の顔になり、鞴《ふいご》のような荒い鼻息をつき、ぐったりと泥棒にもたれかかっている。

「斑猫さん。斑猫さんですね」女が金切り声でそう叫んでいた。

暢子は受話器を耳にあてたまま、大きくうなずいた。「ああ。ああ。そうでしたわねえ」

「聞こえますか。聞こえますか。こちら浜田外科病院ですが」

そんな病院、知らないわ、と暢子は思った。きっと夫の勤め先か取引先であろう、そう思った。「毎度ありがとうございます。あの、主人に替わりましょうか」

「えっ。ご主人がそこにおられるのですか」

「はい。チーク・ダンスをしております」

「もしもし」

「あの、おたくのご主人という人がですね、お宅の近くの公園の前で、車にはねられて、こちらへ運びこまれて、今、あの、手あてをしておりますのですがね」

「はいはい」

「まあ。お気の毒に。痛かったでしょうねえ」暢子はけたけたと笑った。「どうぞおだいじにね」受話器をもとへ戻しながら、主人じゃないわ、と、暢子は思った。車にはねられていながら、どうしてチーク・ダンスなんかできるものか。

「もう駄目。もう駄目」と、由香がいった。「気分が悪いわ。寝かせて、どこかへ寝かせて頂戴《ちょうだい》」

「そうですか。そうですか」泥棒が赤く濁った眼を好色そうに細め、舌なめずりをした。「じゃ、寝室のベッドでちょっと休みなさい。つれてってあげますよ。ほら。しっかりつかまって」由香の腰に片手をまわし、泥棒は彼女を応接室からつれ出した。

「あのふたり、どこへ行くのかね」とろんとした眼で見送り、とも子がいった。

「ああ苦しい。心臓が苦しいわ」額に手をあて、淑《うめ》が呻くようにそういって肱掛椅子《ひじかけいす》の凭《もた》れに背を投げかけ、がくりと頭を前へ落した。

「だらしがないのねえ。誰も彼も」蒼白《あおじろ》い顔をした暢子だけが、ひとりでウイスキーを呷《あお》り続けた。

由香をベッドに寝かせた泥棒は、彼女の和服の乱れた裾《すそ》へ欲望にうるんだ眼をちらと向けてから、彼女の帯に手をのばした。「苦しいでしょう。ね。帯をゆるめましょう。ね。帯をゆるめましょう。ゆるめてあげましょう。しかしながら、はて、この和服の帯というものは、だいたいにおいてどういう具合になっているのか」ちらちらと上眼遣いに由香の顔をうかがった。

由香は眼を閉じ、口をだらしなく半開きにして、苦しげにうん、うんと唸《うな》っている。

「ええと。どこで結んであるのかな。ややこしいな。これは」ぶつぶつとそう呟《つぶや》きながら、泥棒はベッドの上にはいあがり、由香の足の上へ馬乗りになった。

「あ。痛いわ」由香が足を動かした。

彼女の和服の裾の乱れはますますはげしくなり、太腿《ふともも》が露出した。

「おっとっとっとっとっとっと」泥棒は重心を失ったふりをして上半身を倒し、由香のからだに抱きついた。

「うーん」うす眼をあけた由香が、いかにも苦しまぎれといった様子で、呻きながら泥棒のからだを抱き返した。

作者がまた二十八行削除しようとした時、ドア・チャイムが鳴った。だがその音は、情欲の疼《うず》きと血の滾《たぎ》りでずきんずきんと耳鳴りを起している泥棒と由香の耳には入らなかった。

「おノブったら。おノブ」とも子が睡魔と戦いながら、けんめいに力のない声を出した。「誰かいらしたわよ」

「わかってるんだけど」暢子はうるさそうにぼんやりとそういってから、突然決意したように勢いよく立ちあがった。そして二、三歩あるいた。歩くにつれ、彼女のからだが次第に横へ傾きはじめた。

とも子が悲鳴をあげた。「こっちへ倒れてこないで」

暢子はとも子の上に倒れた。暢子の額と、とも子の前頭部がはげしく鉢あわせをした。

「あいたたたたた」とも子は叫んだ。「倒れてこないでっていったのに」

「あなたが避ければいいじゃないの」

「からだがいうことをきかないんだもの」

淑は鼾《いびき》をかいていた。

暢子はとも子の顔を鷲《わし》づかみにして立ちあがり、ふらふらと歩きはじめ、しばしばドアや壁によりかかりながら玄関ホールに出た。

ドアを開けると、ポーチに立っていたのは地味な柄と仕立ての背広をきちんと着こなした中年の男だった。眼つきが鋭く、にこりとも笑わないので、私服刑事のように見えた。

「斑猫さんの奥さんですか」やせきこんだ口調で、男は暢子にいった。暢子はその声に聞き憶《おぼ》えがあった。「いつもお電話でばかり失礼しております。わたしは斑猫君の課の課長で、小池と申します」ていねいに一礼した。「早速ですが会社のことで、非常に重大な、且《か》つ急を要する問題が起ったものですから、こうして、休日にもかかわらずお邪魔を」小池課長はのびあがるようにして暢子の肩越しに家の中を、いらいらとのぞきこんだ。「ええと。あの、斑猫君いますか」

どう答えようか、と、暢子は考えた。まさか、自分の友人の女性と一緒に、もう十分以上も前から寝室に籠《こも》りっきりであるなどとはいえない。

「ちょっと、出かけておりますが」暢子は心配顔の小池課長にいった。「すぐ帰ってくると思います。どうぞおあがりください」

「そうですか。そうですか」あまりの不安に心ここにあらずといった様子で、小池課長はせかせかと何度もうなずいた。「では、待たせていただきます」

応接室へ通された小池課長は、室内の乱雑さや、とも子と淑が酔っぱらって眠りこけているのも眼に入らぬ様子で、肱掛椅子の上におろした尻《しり》を落ちつかなげにもぞもぞと動かし続け、暢子が大きなグラスになみなみと注いでさし出したストレートのウイスキーを夢中でぐいと飲み、はげしく噎《む》せ返った。「げほげほほげほげほ。ここ、これは酒」

「あら。お水の方がよろしゅうございましたかしら」暢子はけらけらと笑った。

「とても、じっと黙って斑猫君の帰りを待ってはいられない」小池課長は泣き出しそうに顔を歪《ゆが》め、からだをのり出して喋《しゃべ》りはじめた。「それにこれは、おそらく奥さんにもご協力いただかねばならない問題だと思うし、いずれはあなたもお知りになることです。喋ってしまいます。じつは斑猫君は、会社の金を一千万円ばかり使いこんでいたのです」

当然だわ、と、暢子は思った。そうでなくてどうしてこんないい家が建てられるだろう。あとで夫にいや味を言ってやらなくちゃ。あなたは自分の甲斐性《かいしょう》をことごとにひけらかしていたけど、実力のある甲斐性じゃなかったわけね。そうだわ。そう言ってやるわ。ええ。言ってやりますとも。でも、今わたしの眼の前にいるこのひとは、どうして夫の問題を、まるでわたしの問題ででもあるかのような言いかたで喋るのだろう。わたしにはわたしの問題が別にあるかもしれないってことが想像できないのね。貧すりゃ鈍すだわ。もちろんわたしには、問題なんて何もないんだけど。

「あ。いやいや。ご心配なく。まだ警察へ届けたというわけではありませんから」平然としている暢子を見て、茫然《ぼうぜん》自失の状態に陥ったと思い違えたらしい小池課長は、気絶でもされては面倒とばかり、あわててそうつけ加えた。「今のところ、このことを知っているのはわたしだけなのです」しばらく喋りかたを考えてから、彼は順を追って話しはじめた。「じつは昨夜わたくし、ひとりで残業をいたしました。いや。最近は残業をしてくれるという課員がなかなかおりませんので、忙しい時期には課長のわたし自らが残業をしなくちゃ追いつかんのですよ。まったく近ごろの若い社員は、などということは、まあ、どうでもいいのですが、とにかくそういうわけで帳簿の整理をしているうち、ふと、数字が合わないことに気がつき、そいつをもっと詳しく調べようとしましたら、すでに深夜に近くなっていたものですから、早く帰らないと、ウィークエンドだというのに遅く帰ったというのでまた家内と子供たちにいたぶられますから、わたくし、関係書類と帳簿数冊をかかえて家に戻りましたのです。昨夜は湿っておりました。はあ。何もかも湿っておりまして、夜食のあと籠った書斎も湿っておりました。調査を始めまして、徹夜をしまして、何もかもがわかったのはつい先ほど、はあ、昼前でした。朝飯と昼飯は食いませんでしたが、それは咽喉《のど》を通らなかったからです。斑猫君が使いこみをしていたという事実は、わたしにとってショックでした。まことにショックでした」彼は沈黙を続けている暢子の顔色をうかがった。「どうして斑猫君が使いこみをしていたと断言できるのか、他のひとがしたという可能性もあるのではないかとなぜお訊《たず》ねにならないのですか。うちの主人に限ってそんなことをする筈《はず》がないと、どうして大声で弁護なさらないのですか」

「いいえ」暢子は平然としてかぶりを振った。「あなたがそうおっしゃるのですから、そうに違いありませんわ。そうじゃないといって抗議するためのなんの証拠も、わたしは持っていないのですからね」

「はあ。そうですか」小池課長はちょっと気抜けしたように、しばらくぽかんと暢子の顔を眺めていたが、やがて椅子の上で数十センチとびあがった。「あっ。それだけではないのです。その上斑猫君は、その使いこみが課長であるわたしの諒解《りょうかい》のもとにおいてなされたかのような伝票上の操作をしていたのです。つまり斑猫君はわたしの信用を利用して、彼にまかせてあった決裁書類にわたしの印鑑を用い、彼ひとりではとてもできなかった犯行であるとひとに思わせるような小細工を弄《ろう》して犯行を重ねていたのです。な、なな、なんたる老獪悪辣《ろうかいあくらつ》、非情狡猾《こうかつ》、陰険卑劣、厚顔悪質、奇ッ怪陋劣《ろうれつ》なことをするやつだ」がん、とテーブルを叩《たた》いてから小池課長はまっ黒に汚れたハンカチで額の汗を拭《ふ》いた。「これは、奥さんを前にしてとんだ失礼を」

「それくらいのことは、当然するでしょうね」ますます蒼白《あおじろ》く冴《さ》えた顔色で、暢子はうなずきながらウイスキーをごく、ごくと飲んだ。「頭がいいんですもの。夫は」

がぶがぶがぶ、と、今度は噎せもせずにウイスキーを飲み乾してから、小池課長は立ちあがり、室内を歩きまわった。「もし金額の不足が月曜日の会計監査で判明したら、わたしが責任をとらなきゃならない。それまでに、なんとかして一千万円を都合し、穴埋めしておかなければ。ああ。ああ。ああ。しかしわたしにはそんな金はない。銀行と交渉して用立ててもらうにしても、今はもう土曜日の午後だ。月曜日の朝から銀行へ行ったのでは間に合わん。もし斑猫君が今日明日中にその金を返してくれるか、もし使ってしまっていた場合でも、なんとか工面してくれない限り」彼は髪を掻《か》きむしって叫んだ。「わたしはおしまいだ。おしまいだ。おしまいだ」

「もう、おしまいなの」と、由香がややしらけた顔で泥棒に訊ねた。「おノブとわたし、どっちの方がよかった」

「そりゃあもう、あんたの方がよかった。ずっとよかった」泥棒はくすくす笑いながら由香の白い喉《のど》をこちょこちょとくすぐった。「毛がよかった」

由香は優越感に満ちた表情で勝利の吐息《といき》を洩《も》らし、満足げに喉をごろごろと鳴らした。「そう。おノブは駄目なのね」

「そりゃもう、あんな、おノブなんて女は」つりこまれてそういってから、泥棒はあわてて言いなおした。「いやその、おれの女房なんてものは、あんたに比べりゃぜんぜん」

由香が、にっと笑って見せた。「胡麻化《ごまか》さなくていいの。あなたがおノブの旦那《だんな》じゃないってことぐらい、わたし、とっくに知ってるんだから」

顔色変えて泥棒は由香のからだから身をひき離した。「何。そりゃどういう意味だ」

そのとき、ドア・チャイムが鳴った。その透明感のある音が、今度は泥棒にも聞こえた。

「わっ。誰だだれだ誰だ」泥棒はとび起き、下半身まる出しのままで寝室の小さな磨《す》りガラスの窓をそっと開くと顔半分だけ出し、玄関のポーチをうかがった。

警官の制服が見えた。

「くそ」羅刹《らせつ》の顔になった泥棒が由香を振り返って睨《にら》みつけた。「計りやがったな」

「ど、どうしたのよ」その表情におびえた由香が、乱れた和服の衿《えり》もとを重ねあわせながらベッドの片側へと泥棒からわが身を遠ざけた。「そんな、こわい顔して。ご主人が帰ってきたの。いいじゃないの。現場を押さえられたわけじゃなし、わたしの主人だとでもいうことにして胡麻化せば」

「しらばっくれるな」泥棒は由香の方へのしかかるように近寄った。「示しあわせて、おれを応接室の電話の近くから遠ざけやがったんだ。こ、こ、この娼婦め。色仕掛けでおれを寝室へつれこみやがった。その隙にあの女が警察へ電話しやがったんだ」いそいでズボンをはきながら、泥棒は毒づいた。「海千山千の女仕掛人どもめ。寄ってたかっておれを嬲《なぶ》りものにしやがった。この善良な泥棒のおれさまを」

床から短刀を拾いあげた泥棒を見て、はじめて彼の正体を知った由香が動顚《どうてん》し、悲鳴をあげた。「ひいっ。それじゃあなたは、あの、あの。きゃあっ。強盗」

「わっ。黙れ」由香の大声で泥棒はあわてふためき、拾いあげたばかりの短刀を一閃《いっせん》させ由香の喉笛にずぶ、と、突き差した。

由香は一瞬眼を見ひらき、狐の顔になり、怪訝《けげん》そうな表情をした。どうやら自分はこの場で死ぬらしいのだが、それは本当だろうかと疑っている顔であった。それから驢馬《ろば》の顔をした。なぜ自分が死ななければならないのか、どうしても合点がゆかぬといった顔であった。コヨーテの顔になった。こんなややこしい立場のままで死ぬことを面白がってでもいるかのような顔であった。最後に白痴の顔をした。どうせ死ぬんだから、あとのことはどうでもいいと思ったらしかった。

「大変だ。またやっちまった。今度摑《つか》まったら死刑だ」

泥棒が短刀を由香の喉から抜こうとした。由香の頭が白痴の表情をしたままでぐらりぐらりと短刀の動きにつれて前後に揺れた。短刀はなかなか抜けなかった。

「この短刀を抜かないと、足がつく」

泥棒は由香の顔を両手で鷲《わし》づかみにしてぐいと押し、同時に短刀を引いた。短刀が抜け、由香の喉の傷口から鮮血と一緒に勢いよく洩れ出た空気が、か弱い音でぴいと鳴りはじめ、いつまでも尾をひいた。

しつこく鳴り続けるドア・チャイムに、ふらふらしながらふたたび応接室を出て玄関ホールから三和土《たたき》におり、ドアを開けた暢子は、警官に付き添われて佇《たたず》んでいる茂の姿をそこに発見した。

「茂」眼を見はった。現実感の稀薄《きはく》だった彼女の意識に、今朝から今までの出来ごとすべてが一連の脈絡を伴って蘇《よみがえ》った。「茂」暢子は息子の柔かいからだを力いっぱい抱きしめた。彼女の頰を涙が伝った。「あああ。茂。茂。茂」

「海岸沿いの国道で泣いておられましたので、服についている迷子札の住所を見ておつれしました」と、中年の生真面目そうな警官が横から言った。「なお、お子さんは正体不明の変な男に伴われて所在地不明の場所へ行き、そこに於《お》いてしばらくは軟禁状態にあったという意味のことを話しておられましたが、これは本官の考えますところ、一種の誘拐ではなかったかと思われます。お宅へは、脅迫電話その他、犯人からの連絡はありませんでしたか」

「おじちゃんが、もう帰れといって、ぼくを車からおろして、どこかへ行っちゃったの」茂も母につられて泣き出しながらそういった。「ぼくはお金にならないんだってさ。ああん」

「よく帰ってきたわね。茂」歓喜に満ち、暢子はそう叫んだ。「ほんとに、よく帰ってきてくれたわ」

「えっ。斑猫君が帰ってきたんですか」

彼女の声を聞きつけ、ドアが開かれたままの応接室からとび出してきた小池課長は、ちょうど寝室からしのび足で出てきて台所から裏庭の方へこっそり遁走《とんそう》しようとしていた泥棒と、廊下のまん中で顔をつきあわせてしまった。

「やっ。畜生畜生。刑事まで来てやがる」やぶれかぶれの大声をはりあげ、逆上した泥棒は小池課長の右肺に短刀を深ぶかと突き立てた。「かかかか勘弁しろ。おれは摑まるわけにはいかんのだ」

裂けるほど口を開き、小池課長は高だかと断末魔をうたいあげた。

「あの声は」警官が靴のままホールに駈《か》けあがった。

廊下では泥棒が、小池課長の胸から短刀を引き抜こうとして四苦八苦していた。

「その男のひとを摑まえてください」警官の背後で暢子が叫んだ。「強盗です」

泥棒は短刀をあきらめ、小池課長のからだをつきはなして廊下を奥へと駈け出した。その勢いに煽《あお》られて小池課長は二度きりきり舞いをし、応接室の中へ俯伏《うつぶ》せに倒れこんだ。突っ立ったままだった短刀が、その切っ先で背広の背中をピラミッド状に盛りあげた。小池課長はカーペットをばりばりと掻きむしり、げほげほと咳《せ》きこみ、血を吐き、放屁《ほうひ》し、絶命した。

泥棒が奥へ駈け出すと同時に警官は、拳銃《けんじゅう》に手をやりながら大声で警告した。「とまらんと撃つぞ」

泥棒は立ち止まらなかった。

警官は威嚇《いかく》射撃をしようとして引き金を引く途中、銃口をどこへ向けてもこの綺麗《きれい》な家のどこかに傷がつくと判断した。泥棒が逃げて行く廊下の行きどまりはヴェランダのガラス戸だった。ガラス戸なら割れても取り替えがきく、と、この苦労人の警官は咄嗟《とっさ》に判断した。彼はヴェランダに向かって発砲した。

だが、銃弾は廊下からヴェランダに走り出た泥棒の腹部を背中から鳩尾《みぞおち》へと貫通した。泥棒はそのまま走り続けてヴェランダのガラスをぶち壊し、庭へ駈けおりて芝生を横切り、つつじの植込みに突入し、枝に足をとられてぶっ倒れ、口いっぱいに土を頬張った。彼の右眼はつつじの枝で刺し貫かれた。彼はさっきの由香との行為を懐しんでいるかのように尻《しり》を二、三度上下させてから、大きく息を吸いこもうとして口に頬張った土のためにそれができず、眼を見ひらいたままで死んだ。

「しまった。撃ってしまった。ええい。しまった」警官がいそいでヴェランダのガラス戸を開け、庭へ出て泥棒のからだを仰向けにした。「やあ。駄目だ。もう死んでる」

「何だなんだ。今の音は」頭を包帯でぐるぐる巻きにし、肩から右腕を吊《つ》るした章が、銃声に驚いて玄関からとびこんできた。

「あなたあ」暢子は悲鳴のような声を出し、章に抱きついていった。

妻に抱きつかれた章は腕の痛みに耐えきれず、絶叫した。「あいてててててて」

「あっ、ご免なさい。まあ、あなた。いったいこの怪我はどうしたの」

「病院から電話なかったか」

「そういえば、あったわ。でも、友達三人とパーティをやっていたので、よく聞こえなかったの」

「公園の前で車にはねられたが、さいわい軽い脳震盪《のうしんとう》と腕の骨折ですんだ。それより、今の銃声はなんだ」

廊下から、眼を丸くして茂が駈け戻ってきた。「大変だよ。警官のおじちゃんが泥棒をピストルで撃ち殺しちゃったよ」

「なに。泥棒だと」

「EEEEEEK」

「EEEEEEK」

応接室で、とも子と淑の悲鳴があがった。銃声で眼が醒《さ》め、小池課長の死体を見て仰天したのである。

あたふたと、庭から警官が戻ってきた。「電話はどこですか」

廊下へとび出してきたとも子と淑が、顫《ふる》えながら応接室内の電話を指さした。「これは泥棒じゃない」応接室をのぞきこんだ章がたまげて大声を出した。「これは小池課長だ。いったい何をしに来たんだ」

「遊びに来られただけ」暢子が間髪を入れずにそう言って夫を安心させた。

警官が本署へ電話で応援を求めていた。「そうであります。客がひとり殺害されました。刺殺であります。泥棒は、本官の撃った弾丸の当り所が悪く、死亡いたしました。そうであります」

「由香はどこ」とも子がいった。「さっき応接室から出て行ったのよ」

「酔っぱらって、苦しがっていたわ」と、淑がいった。「寝室じゃないかしら」

　章が寝室のドアを開け、ベッドの上の由香を見てわっと叫んだ。「殺されてるぞ」

　暢子はいそいで茂の眼を手で覆った。「見ちゃいけません」

「なんだと。死体がもうひとつあるのか」警官が眼を丸くして寝室をのぞきこんだ。

「あの殺人狂の強盗め」

「強盗だったのね」とも子と淑が顔を見あわせた。

「この人はお前の友達か。大変なことになったな」章は立ちすくんでいた。「なぜこのひとだけが殺されたんだ」

「由香が、わたしたちの身替りになってくれたのよ」とも子がわっと泣き出した。

「由香が犠牲になってくれたので、わたしたち、無傷ですんだのね」

「強姦《ごうかん》されている」由香の死体を調べて、警官がそう叫んだ。

「おい、暢子。お前は何もされなかったのか」章が暢子の肩に手をかけ、気遣わしげに訊《たず》ねた。

「暢子さんの貞操なら、わたしたちが保証します」淑がきっぱりとそう言った。「わたしたちには、何もしなかったわ。あの泥棒」

　暢子は章の骨折した腕に気をつけながら、ゆっくりと、愛する夫の胸に顔を埋《うず》めた。

いままで張りつめていた精神と、緊張していた肉体の、その両方がこの一瞬にすべて溶け、涙になって流れはじめたかのように、彼女はまた、あらためて泣いた。泣きながら片手で茂を抱き寄せた。親子三人がしっかりと抱きあった。

これでいいのだわ、何もかも、と、暢子は思った。子供は無事に戻ってきた。夫も生きていてくれた。泥棒に強姦されて踏みにじられたわたしの貞操の傷は誰にもわからないですむだろう。相手の泥棒は死んでしまった。だからわたしが泥棒とのセックスを充分楽しんだことも、夫には知られずにすむ。とも子と淑が何か勘づいているかもしれなかったが、この二人なら黙っていてくれるだろう。いちばん口の軽い由香は殺されてしまった。夫がやった会社の金の使い込みは、すべて殺された小池課長がやったことになってしまう。罪を全部小池課長に背負わせればいい。由香のご主人と、小池課長の家族と、泥棒のデブの奥さんは嘆き悲しむだろうが、そんなこと、わたしには関係がないわ。わたしはわたしの家族が無事でありさえすればいいのよ。そうですとも。わたしにとっては、何もかも、これでもと通りなんだわ。

遠く海岸通りの方から、パトカーのサイレンが次第に近づいてきた。

タイム・マシン

〔ソビエト・ニュース三日発〕

二日のモスクワ放送は、国立次元科学研究所航時局員ラヴィノヴィッチ博士が、一日、次のような発表をしたと報じた。

我々の研究している普遍総合航時機は、永続時間と回帰経路の問題を残し、ほとんど完成に近づいた。最大の難関であった絶対的現在変容の問題を、我々は遂に解いた。その実験の段階は、あと五年に迫っている。

現在まで、欧米諸国において、数多くのタイム・マシン（時間運航機）が研究され製作され、そして実験されたが、そのほとんどが見事に失敗した。残りの一部のものも、その部分的成功が世間の注目を浴びたようであるが、あるものは人間の無意識の作用を利用した、一時的催眠による錯覚と想起作用に過ぎなかったり、溯行《そこう》運動中に機械が解体し、乗組員の身体が裏返しになってあらわれたり、完全に溯行がされても、あくまで主観的なものであったりして、どれも、過去の変革によって現在の変容を成し遂げるといった、タイム・マシン本来の役割を果せる機械ではなかった。

ここに我々は、過去三十年間の努力により、見事現在変容の問題を解きあかしたのである。

我々は、モスクワ国立原子力研究所および科学技術省と協力し、西欧およびアメリカの遅々とした科学の歩みに先んじて、人類文化に多大の貢献をなすであろうタイム・マシンの根本原理を究明し、現在はすでにその製作にとりかかっているのである。

この普遍総合航時機は、人間を、過去および未来を通じそのすべての時限に運搬し、空間補助調節作用により、如何なる場所へも移動させることが可能である。しかも旅行者の主観によって各々の世界を見出すというだけのものではなく、それぞれ、その世界での生活が可能であり、現在へは、いつでも帰って来られるのである。

ここに我々は、この航時機の第一回目の実験を、おそくとも、あと五年の間に行い、充分成功させて見せることを、自信をもって声明する。

〔ワシントン五日発＝ＡＦＰ〕

米国科学省長官ウォルター・プレイヤー氏は、去る二日発表された、ソビエト科学研究所のタイム・マシンに関する声明に対し、四日、記者団に次のような感想を述べた。

ソビエトに於《お》けるタイム・マシンの研究が、遂に現在変容原理を究明し、過去の遅々とした歩みから一歩前進したことを、我々は心から嬉《うれ》しく思う。ラヴィノヴィッチ博士の声明によれば、残る些《さ》細《さい》な問題は、永続時間と回帰経路の二つだそうであるが、この問題こそ、タイム・マシン研究の最も大きな難関であって、この二つの問題に比べれば、先の現在変容などはほんの些末的な問題に過ぎないのである。

我々の科学研究所では、すでに五カ月前に、現在変容に関する問題を解き明し、あと二カ月で永続時間に関するエネルギーの比例の方程式と、回帰経路の路線の計算、つまり、

$$E(x,y,z,t) = -k \cdot m_0 \left[1 - \left\{ v(x,y,z,t) c^{-1} \right\}^2 \right]^{-\frac{1}{2}} \int\!\!\int\!\!\int\!\!\int_A \rho(dxdydzdt)$$

の方程式を実証する段階に入る予定なのである。つまりこの二つの方程式を解明すれば、幾多の仮説が実証されるのであるから、ラ博士の言う如く、この二問題を些細と考えているような状態では、その各々の時限での生活が不可能であるばかりでなく、現在へ帰って来ることさえ出来ないのである。

だが、何はともあれ、ソビエトの科学技術陣のよりぬきの精鋭によって到達したこの一つの成果に対し、われわれは心からなる祝福を送るものである。

〔ワシントン十日発＝ＡＦＰ〕

米国科学省長官ウォルター・プレイヤー氏は、九日朝記者団に対し次のような声明を発表した。

我々の科学技術研究所では、現在まで、タイム・マシンの研究過程及び成果を、極力秘密にしてきたのであるが、本日、ここにその成果の一部を公表し次の事を声明する。

我々は、タイム・マシンの第一回目の実験を、遅くとも三年のうちに実施することを自信をもって声明する。

このタイム・マシンは今までの民間科学者の製作によるそれの如く、単なるまやかい、、しものでもなければ、過去未来見物用航行車でもなく、一人の人間を完全に任意の時代、任意の場所へ移動させることの可能な機械なのである。

たとえば貴方《あなた》が、華やかなる文芸復興期のイタリアの大通りの真中へ、ひょいと飛び出すことも可能であり、ショパン自演のノクターンを聴きに行くことも可能であり、クレオパトラや、あるいはトロイのヘレンの如き大昔の美女の寝室へひょいと現れることも可能なのである。

これは、去る二日発表されたソビエトの航時機に関する声明に対抗して不意に公表したものではなく、我々は以前よりすでに、この公表の準備をしていたのであるが、世論の沸騰を機会として、完全に目算が立てられた現在、自信をもって声明するものである。

我々は、おそくとも三年のうちに、タイム・マシンの実験を行う。

〔パリ十二日発＝ＡＰ〕

フランス大統領官邸より、十一日発表されたところによると、仏大統領は現在話題になっている米ソ間のタイム・マシンの実験争いに関し、両国に実験中止の勧告をするはずである。内容は、この争いが再び両国間の不和を誘発し、ひいてはタイム・マシン完成の際に、この機械が両国の現在を有利に導き変容させる為に用いられ、取り返しのつかぬ事態をひきおこすおそれがあるというのが、その概略である。

〔ソビエト・ニュース十四日発〕

十三日のモスクワ放送は、去る十二日に発表された仏大統領の、ソビエト科学技術省および米国科学省に対するタイム・マシン実験中止勧告への返答を、ソ連首相が次の如く発表したと報じている。

タイム・マシンを軍事力に使用することは、考えられる限りにおいて最も有効な方法である。

過去の世界に自国を宣伝し、他国を誹謗《ひぼう》して不利な状態を作り、現在の自国を有利に変革して行くことは、タイム・マシンを武器として考えた場合には一番先に考えられることである。

だが、我々はタイム・マシンの実験は中止しない。

何故ならばそれが、人類文化の発展に役立つものである以上、我々は断固としてタイム・マシンの研究を続けて行くであろう。

そして我々は約束する。アメリカ側がタイム・マシンを武器として使用しない限りにおいては、我々も同じくこの機械を軍事力には使用しないであろう。

〔ライフ誌十八日号〕

今、世界の話題になっているタイム・マシンが、軍事力に使用され、武器になるとしたら、どんなことになるでしょう。この大きな問題に対する感想を各界有名人にアンケートしてみました。

マイク・ハマー氏（私立探偵）

何もブルうこたあねえや。昔の世界で戦争が起るのなら、現在で戦争が起るよりいいじゃねえか。ガタガタするねえ。

アーネスト・ヘミングウェイ氏（作家）

死ぬだろう。皆死ぬだろう。タイム・マシンは原子力より恐ろしい武器だ。皆死ぬだろう。しかし仕方がない。それが人間だ。人間がすべて死んだところで、大したことはない。人間はすべて蟻《あり》だ。

マリリン・モンロー（映画女優）

あたい、その機械で原始時代まで逃げちゃうわ。きっと素敵よ！　原始時代の男たち！

ジョージ・ガモフ博士（大学教授）
怖い！　コワい！　こわい……。

〔パリ二十日発＝ＡＰ〕

仏大統領は、十九日、先に発表したタイム・マシン実験中止勧告を取消す旨、次の如く発表した。

我々は、先に発表した米ソ両国の科学省に対するタイム・マシン実験中止の勧告を取消すことに決定した。何故ならば、タイム・マシンなる機械に関する米ソ両国の一致した意図、つまり現在変容能力なるものが、永遠に生み出せぬものであることを知ったからである。

過去の変革による現在の変容が可能であると、ラヴィノヴィッチ博士は声明し、その各々の世界での生活、つまり、ルネッサンスのイタリアへ現代の人間が現れ、古代の美女達と、現代の青年が戯れることも可能であると、ウォルター・プレイヤー氏は声明した。

我々はこの声明を、もう一度よく考え直したい。

もしそうならば、何故、現在の我々の歴史に、未来人が現れないのだろうか？

タイム・マシンが、絶対的現在変容能力をもっているのならば、何故未来人が、クレオパトラの如き美女をかっさらっていって、ワイフにしなかったのか？　何故、マリー・アントワネットのような美女を、未来人は見殺しにしたのか？　我々は、ショパンの演奏会に出席した未来人の話を聞いたことがない。いきなり道路の真中へ未来人が飛び出したという奇蹟にも、お眼にかかったことは一度もない。

しかるに、ソビエトは五年後、米国は三年後のタイム・マシン実験の声明をした。

しかし、タイム・マシンは、永久に生まれる可能性はないのである。

これは一体、どういうことなのだろうか？

これはつまり、タイム・マシンが完成するまでに、言い換えれば、あと三年経たぬ間に、タイム・マシン製作が中断されるということなのである。

自発的な実験中止か？　否。米ソ両国は相変らず競争で作り続けるだろう。

では一体、何によって中断されるのか？　答えは唯《ただ》一つ。

それは戦争である。

恐らくは、米ソ両国のどちらかが先に、タイム・マシンを完成するだろう。いや、完成しそうになるだろう。その時に、もう一方が、原子力による破壊を企てるに違いない。

かくして、我々の結論が、三年後の世界戦争を暗示する結果となったことを遺憾に思う。そして恐らくは、三年後の人類の滅亡も。

わが名はイサミ

近藤勇の話を書く。

なぜSF屋が近藤勇なんかやるのだと訊《たず》ねられても、答えようがない。なんとなく書きたいから書くのだとしか返事のしようがないのである。

そんなならお前時代小説が書けるのかといわれれば、どうもこれにも自信がない。だから間違ったことを書くおそれが多分にある。といっても、まさか江戸町奉行がダンヒルのライターを出したり、遊女がタンポン引っこ抜いたりするようなヘマはやるまいと思うが、それに類するやりそこないはきっと出てくるだろう。いやな予感がする。最近あちこちに頭を突っこみすぎたきらいがあって、どうも風あたりがきつい。どの世界にもそれぞれ専門家と称する人がいるから間違いを書くとそらやったとばかりこれでもかこれでもかとやっつけられることになる。そこで、一時はさすがにしょげ返るものの、すぐまた熱さを過ぎてノドモト忘れて性懲《こ》りもなく時代小説などに手を出そうとする、これはまったく悪い癖であって、これはもしかしたら死ぬまでなおらないのではないかと思うのだが、あなたどう思いますか。

特に時代小説などになってくると、専門家でない人の中にさえぼく以上に的確に時代考証できる人は大勢いる。文壇ともなればこれはもう右を見ても左を向いても大先生ばかりであって、それでもかまわず書こうというのだから乱暴な話で、われながら気が違っているとしか思えない。

前説が長くなったが、とにかく近藤勇の話を書き出すことにする。

「お前らみんな、喜べ」と、近藤勇が一同にいった。「甲府城はもうすでに、われわれの手に陥《お》ちたも同然だ。主力新選組に加えて、幕府の撤兵《さっぺい》隊、伝習隊の有志諸君その他大勢の諸君が加わり、われらの甲陽鎮撫隊、向かうところ敵はないぞ」

酒が入っているから彼は上機嫌である。大声で喋《しゃべ》り続けた末、傍にいる、これは近藤勇より少しばかり頭の良い土方歳三が、よせよせと目顔で合図しているのにも気がつかず、とうとう言わなくてもいいことまで喋りはじめた。

「実はな」彼は少し小声になっていった。「これはすでに将軍家の方から内意を得とるんだが、あの甲府城、あれ、おれのものになるかもしれんよ。そうなればおれは城主。城主というからには、そうさなあ、まず十万石はくだしおかれる。えへん。そうなればさしずめ土方は五万石ぐらいで、それから沖田は、そうさなあ、まず三万石」

なぜ作者が近藤勇にこんな馬鹿なことを喋らせているかというと、理由はいくつかあって、まず第一に作者は、近藤勇という人物をそれほど利口な人間とは思っていない。

史料を調べてそういう結論に達したわけではなく、たまたま作者の読んだ小説中に登場する近藤勇がみんなバカに書かれていたからである。エノケンの演じた「近藤勇」も見たが、勿論《もちろん》どう見たって利口とは思えない。

作家ともあろうものがそんな出鱈目《でたらめ》を書いてはいかんではないかという人もいよう。しかし作家は学者ではない。自由であり、無責任であってもいいのである。これは海音寺潮五郎のような大先生でもいっていることだから、間違いないのである。

さて第二に、近藤勇は百姓の出である。作者は疎開先で百姓の小せがれ共にいじめられて以来、百姓に対して根強い偏見を持っていて、百姓はみんな馬鹿だと思っている。むろん百姓特有のあの陰湿な小狡《こずる》さは馬鹿と相反するものだが、それ以外の点では馬鹿なのである。だから近藤勇も利口であるべき筈《はず》がなく、絶対に利口であってはならないのである。おわかりいただけると思う。

また第三に、この時近藤勇は得意の絶頂にあった。得意の絶頂にある時は相当利口な人でも自己の力を過信し、多少は馬鹿になるものである。まして近藤勇なら、なおさらのことである。

なぜ近藤勇が得意の絶頂にあったか、それを説明しよう。

明治元年のことである。

官軍が江戸城を攻撃するため、上方から東下してきた。

この時近藤勇はじめ新選組の連中は、鳥羽伏見の戦いに破れて江戸へ逃げ戻っていた。いわば新選組の落ち目の時である。徳川幕府も落ち目の時である。官軍にやってこられてはたまらないというので、幕府は近藤勇の進言を受け入れ、彼に甲府へ行かせ、官軍を食いとめるよう命じた。どうせ落ち目なのだからやることが荒っぽい。幕府は隊長の近藤勇に若年寄の格をあたえた。

若年寄格というのは今日でいえば政務次官あたりに相当するのだそうだ。百姓あがりの狼みたいな浪士にそんな格をあたえるなど、乱世なればこそである。泰平の世ならばこんなことはないわけであって、いかに幕府が切羽詰っていたかがよくわかる。

ところが近藤勇の方では、そんなことはわからない。若年寄格といえば老中見習いの大名格であるから、即ちおれは大名になったのだと大変な嬉《うれ》しがりようである。大名になったのだからこの上は城が必要である。即ち甲府城をおれの城にすればよろしいのであると、まだ城を占領もしていないのにすっかり城主気どりでいるというわけ。「お前らみんな、まとめて面倒見てやるぞ」と、近藤はいい気になって夢みたいな話をまだ続けていた。「平の隊士でも三千石は保証してやる」

隊士たちはあまりに話がでか過ぎるのでいささか度胆を抜かれ、ぼんやり近藤を眺めながら黙って酒を飲んでいる。

「およしなさいよ。近藤さん」土方が苦笑していった。「まだ城をとったわけじゃないんだから。気が早すぎますよ」

「ううむ。そうかな」近藤は水をさされて黙ったが、自分のお喋りに気づいて顔を赤らめるような男ではない。ただ、土方歳三には頭があがらないというだけである。なぜ頭があがらないかは、あとで説明する。

とにかく「甲陽鎮撫隊」と名を変えた新選組は、三月一日に江戸を出発した。

新選組といっても、京都であばれまわっていた頃の隊士はほとんど時勢を見て脱走したり、鳥羽伏見の戦いで死んだりしているから、残っているのは近藤、土方、沖田などを加えて約二十名、あとは江戸で募集した連中であって、これは江戸で火の番をしていた同心とか、幕府の撤兵隊、伝習隊の有志、それに菜葉《なっぱ》隊という青羽織隊から借りてきた連中、また中には博徒や小泥棒まで混っていて、鎮撫隊ではなく珍部隊、どうひいき目に見ても烏合《うごう》の衆である。

それでも隊長の近藤勇は若年寄であり、副長土方歳三は旗本格の寄合席、沖田総司が小十人格、なんのことはない官位の大安売りが進軍しているようなものだが、本人たちにしてみればたいへんな出世と思っているからそれだけで勇気百倍、おまけに幕府からは御手許金五千両、大砲二門、小銃二百挺《ちょう》を下賜されている。意気軒昂《けんこう》たるものがある。

「近藤さん。近藤さん」行軍の途中で、女のように色白の顔にいっぱいの笑みを浮かべ、土方歳三がやってきて近藤に耳打ちした。「今夜はひとつ、新宿へ泊りませんか」

「ん」近藤は二日酔いで赤く濁った鈍重な眼を土方に向けた。「出発一日めに新宿泊りとは、ちとのんびりし過ぎやせんか」

「近藤さあん」いかにも不粋なことをいうなと言わんばかりに、土方は近藤からほんの少し身を遠ざけて身をくねらせ、うわ眼づかいに近藤を睨《にら》んだ。

近藤は土方の、この眼に弱い。加えて秘密を共有している為の弱さもある。

たしかあれは、新選組の局長を、近藤勇と、新見錦と、隊士たちから嫌われて葱《ねぎ》沢鴨などと陰口をたたかれていた芹沢鴨の三名が勤めていた文久三年の春頃だった。

近藤の寝室へ、深夜、越中褌《ふんどし》ひとつの姿で土方歳三がしのんできたのである。「ああ、局長。局長」せつなそうな声を出し、土方は近藤のふとんにもぐりこんできた。

それまで男色に全然興味のなかった近藤は、胆《きも》をつぶして逃げようとした。だが土方は、優男《やさおとこ》に似ずすごい力で彼を押さえこんでしまい、近藤の寝巻の裾《すそ》をまくりあげた。「ねえ、局長。いいでしょう局長。いいでしょう」

とうとう近藤は、無理やり土方に肉体を奪われてしまったのである。

その関係は、それ以来ずっと続いている。

そしてまた、それ以来土方は、表面近藤を局長として立てながら、事実上隊の采配を振るうようになった。嫉妬《しっと》深い土方が、芹沢鴨をはじめ、近藤の近くにいる隊士を片っぱしから暗殺しても、近藤は何も言えなかったのである。

「隊士たちには、うんと働いてもらわなけりゃなりませんからね」土方はねちねちしたロ調で、ささやくようにそういった。「そして隊士たちというのは、はっきりいって、作者も言ってるように、烏合の衆なんです。無頼の徒です。そういう連中を扱うには、ご機嫌とりも必要です。新宿には、宿場女郎がおります」

「遊女屋に泊るというのか。軍旅《ぐんりょ》なのに」

「軍旅なればこそです。隊士の士気を盛りあげるには、女をご馳走してやるのが一番とは思いませんか」

最初はためらっていた近藤も、土方の説得で、だんだんその気になってきた。「ふん。そういえば、御手許金五千両というのがあるな」

「そうですとも。五千両もあれば、これは豪遊できます」

こういう連中に大金を持たせると、ろくなことに使わない。

土方の口ぐるまにのせられ、近藤は急にはしゃぎはじめた。「よし。そうしよう。新宿の遊女屋を全部買い切りにしよう」

こうしてその夜は、新宿に一泊することになった。早く先をいそがぬことには官軍が甲府までやってくるというのに、のんきなものである。近藤はいった通り、ほんとに新宿の女郎屋を全部、買い切ってしまった。

遊ぶことにかけては豪の者ばかり、その上餓えた狼のような男たちである。こういう連中の旅先での行儀悪さというものは、かの悪名高き農協といえど足もとにも及ばぬほどであって、部屋の中で鉄砲はぶっぱなすわ、二階の窓から小便はするわ、廊下や階段その他場所をかまわず遊女とおっ始めるわ、まさに狼藉《ろうぜき》の限りである。

近藤勇の悪名はむろんこのあたりにも伝わっていて、近藤は遊女たちからたいへんなもてよう。もちろん悪い気はしないので、店でもトップクラスの美女数人を横に侍《はべ》らせ、買い切りだからご指名受けて逃げられることもなく、近藤は上機嫌である。「おいおい。わしの傍へばかり来ないで、もっとそっちの、土方や沖田の酌もしてやれ」

ここでも近藤は、土方を気にしている。もっとも土方の方では、近藤がいくら女にもてても、さほど嫉妬心は起さない。相手が男だった場合のみ逆上するのである。

「オーイ女が足りないぞ。もっと女を呼べ。いなけりゃよその店からもつれてこい」

新しく遊女たちの一団ががやがやと入ってきた。「アーラこんばんは。ワーこのかたが有名な近藤イサム先生なのね。マー素敵」

近藤がむっとしたような表情で唸《うな》った。「イサムじゃない。イサミだ」

「まあ、どっちでもいいじゃないですか。イサムでもイサミでも」土方がここぞとばかり、意地悪そうににやにや笑いながらいった。「どうせ相手は遊女風情。気にすることはないでしょう。どっちみちあなたが有名なことに変りはないんだから」

「イサミでなきゃいかん」近藤が怒鳴りはじめた。「おれの名の正しい呼びかたを知られとらんうちは、おれはまだまだ有名とはいえん。そんならお前は、ヒジカタとよばれるのと、ドカタと呼ばれるのと、どちらが嬉しいか」

土方はいやな顔をした。

近藤は自分の名声を気にする傾向が強い。土方はそれを知っているから、常に近藤を立て、彼の名を表へ出すように気を配っているのである。もし近藤以上の人気者が新選組の中から出たなら、それがたとえ土方であっても近藤は彼を殺したであろう。

また、たとえば近藤は土方よりも二、三寸背が低い。土方の背丈が五尺四寸だから、近藤の身長はその時代でさえも平均以下だったといえよう。彼はそれを気にしていたから、土方はいつも近藤のそれよりずっと低い高下駄をはいていた。

作者の見た映画「エノケンの近藤勇」では、エノケンは滅茶苦茶な高さの高下駄をはいていた。あの場合はエノケンがチビであることを誇張していたのであろうが、偶然いくらかは史実に忠実であったといえるわけだ。

さて、近藤たちが新宿でどんちゃん騒ぎをしている頃、東下を続ける官軍の方は、すでに甲府まで十三里しかないという中仙道の下諏訪《すわ》にまで迫っていた。しかもこの東山道先鋒総督の支隊三千名を率いるのは、いくさ上手で知られた土佐の板垣退助だったのである。

翌三月二日、近藤の率いる甲陽鎮撫隊は、ガンガンする二日酔いの頭をかかえて新宿を出発し、甲州街道へ入った。

街道に入ってすぐ、近藤の出生地で上石原という村がある。

勇の父は宮川久次郎といってこの村の百姓だったのだが、百姓の癖に弓などを引き、生意気にも自宅に道場などを作っていた。むろん百姓だから自分が剣道を教えるわけではない。江戸牛込にある天然理心流の道場試衛館の道場主で、近藤周助という男に月三回位の割でここへ出稽古《でげいこ》に来てもらい、自分や息子たちに稽古をつけて貰《もら》っていた。勇は久次郎の三男で最初は勝太といったのだが、この勝太が百姓の倅《せがれ》にしてはわりあい太刀筋がいいのを見て、周助が自分の養子に貰い、近藤勇昌宜と名乗らせたのである。

上石原では、宮川の勝太が幕府若年寄格に出世しかの有名な近藤勇となって故郷へ帰ってくるというので、大歓迎の準備をしている。鎮撫隊のやってくる数刻も前から、街道の両側はずらり人の列である。近藤もそれを予想しているから、この日のためにわざわざ誂《あつら》えた裏金《うらきん》の陣笠《じんがさ》などをかぶり、堂堂たる扮装《いでたち》で故郷の村へくり込んだ。

たちまち街道は歓声の渦、紙吹雪が舞いテープがとび、今ならさしずめブカブカどんどんマーチの演奏高鳴るところ。

馬上ゆたかに見わたせば、有名になった己れを見あげる村人たち、記憶に残るあの顔この顔、一緒に遊んだ太郎や次郎や愛ちゃんがみんないい百姓のおっさんおばはんになって歓声をあげているから、近藤にしてみればこんなに嬉《うれ》しく愉快なことはない。そのうち村の代表者が、おそるおそる前に進み出た。「近藤様。酒肴《しゅこう》の用意がととのえてございます。何卒《なにとぞ》あちらにてご休息を」

もちろん近藤も、これほど歓迎されているのにそっけなく素通りすることはできない。昔馴染《なじみ》の誰かれから挨拶《あいさつ》されていい気分にも浸りたい。かくて甲陽鎮撫隊、またまた行軍を中断して一服することになった。

村の実力者の屋敷へ案内されて上座に据えられた近藤勇、次つぎ出される盃を飲んでは受け、受けては飲み、すっかり酔ってしまった。

「これは近藤イサム様。このたびはおめでとうございます」

「イサムではない。イサミだっ」

「失礼いたしました。さ、もう一杯どうぞ」

「よくこそお帰りになりました。近藤イサミ様」

「うむ。イサミといってくれたなあ。ありがたい。さあ、まあ一杯やれ」

「これはどうも。ではご返盃」

村人たちにしてみれば、日本の情勢に疎く、幕府はあれども実際上ないに等しいことなど全然知らないから、ただもう大名格になった近藤を有難がってご馳走攻めである。やがて引きとめる袖《そで》を振りはらうようにその屋敷を出て、さて先を急ごうとしてもどっこい近郊には親戚《しんせき》知人が多いから、行く先先で引きとめられ、歓迎に次ぐ歓迎であって、なかなか上石原を抜け出すことができない。近藤とて、むろんそれは嬉しいわけで、あちこちで有名人扱いされているうちだんだん気分が昂揚《こうよう》してきた。思えばこの時が近藤の最後の栄華だったわけだが、本人がそんなことを知るわけはないので、今や有頂天となってもはや躁《そう》状態である。だがこの時官軍は、下諏訪を発ち上諏訪を通り、金沢を経てすでに蔦木《つたぎ》にまで近づいていた。蔦木から甲府まではほんの数里である。

土方歳三がさすがに気にしはじめ、浮かれ騒いでいる近藤勇にそっと耳打ちした。

「近藤さん。そろそろ出かけませんか。早く行かないと遅くなります」あたり前のことをいっている。

「うん。まあ、しかし、もう少しぐらい、いいではないか」近藤はなかなか腰をあげようとしない。

「今夜の予定は、府中泊りということになっています。府中には、わたしの実兄がおります。良順といって、医者をやっている男ですが、もちろんここでも歓迎の準備をしている筈《はず》なのです。いや、必ずや大歓迎をしてくれます」

「ほほう」大歓迎と聞いて、やっと近藤は先をいそぐ気になった。「では、そこへ行こうか」たよりない隊長である。大歓迎のあてがなければ先へ進む気にならないのだからひどいものだ。

酔っぱらったままでどうにか馬に乗り、ほんの一里ほど進めばもはや府中である。先発隊が近藤たちの到着を予告しておいたから、むろんここでも大歓迎の準備に怠りはない。一行が到着すると、土方の兄の良順がやってきて、弟よりも先に近藤に挨拶をした。土方から近藤の性質を聞いてよく知っていたからである。

「これは近藤イサム様。ようこそ」

「ほらっ。またイサムという。イサミだというのに。もう」

ここでは近藤、土方ともども有名人扱いであるが土方は少しでも自分の方に人気が集中すると近藤がむくれるので、気が気ではない。

この夜はこの府中で一泊することになったが、もちろん深夜まで歓迎の酒宴が続いたことはいうまでもなく、近藤はじめ隊士全員、昼間からの振舞い酒に行軍の疲労が加わってもうぐでんぐでんである。

翌三日め、昼過ぎまで寝ていた近藤を、土方がゆすり起した。「近藤さん。さあ出かけましょう。もう昼を過ぎています」

「うん。うん。もう少し寝かせておいてくれい」

「今日もまた、行く先先で歓迎の準備ができていますよ」

「ほほう」現金なもので、歓迎と聞いて近藤の眼がぱっちりと開いた。「どこで歓迎してくれるんだ」

「今日はわたしの生まれた石田村を通ることになっています。必ず大歓迎です」

近藤はしぶい顔をした。「だってそこは、お前の出生地だろう」

「あなただって有名だから、歓迎されます。さあ、起きて起きて」

「あと、半刻《とき》、寝かせろ」

「何言ってるんです。起きないならお尻《しり》を借りますよ。そうすりゃ眼が醒《さ》めるでしょう」

「馬鹿いえ。こんなまっ昼間から何をする」近藤はあわててとび起きた。「誰かに見られたらどうする気だ」

隊をととのえふらふらしながら、歓呼の声に送られて府中を出発すれば、眼と鼻の先が土方の出生地石田村である。むろんここでも酒攻めご馳走《ちそう》攻めの歓迎だが、近藤は土方と自分のどちらの方により人気があるかを常に気にして、周囲の人間に小あたりに打診してみたり、それとなく一座の視線を確かめたりしている。わざと自分の名前を呼ばせるように仕向け、まちがった呼び方をするかどうかで自分の知名度を知ろうとするところなど、まったく現今のちんぴらタレントと変るところはない。

ここで騒ぐこと数刻、もはや日が暮れかけてきた。

「さあ、近藤さん。そろそろ出発しましょうや。いくらなんでも呑気《のんき》過ぎます」例によって土方が近藤に耳打ちした。

「ふん。今夜の泊りはどこだ」

「日野です」

「日野か。ふん。そこでは何かいいことがあるのか」

戦争に行くというのに、行く先先に餌《えさ》がないと尻をあげないという男が隊長だから、土方の苦労も大変なものである。

「ありますとも、ありますとも。日野にはわたしの姉がおります」

「そこではおれを歓迎してくれるか」すっかり有名人扱いに中毒した近藤勇、もはや歓迎されぬところへは行く気にならない。

「あたり前です。しかも姉婿は佐藤彦五郎です」

「ふん。聞いたことのある名前だな」

「当然でしょう。あなたと同門の、あの佐藤です」

「おお。あの彦五郎か」昔馴染である。

「われわれが今夜泊るということは、先発隊が教えている筈ですから、すでに大歓迎の準備をし、首を長くして待っていることでしょう。さあ、早く行きましょう」

「うむ。それなら行こう」

またもや千鳥足の行軍が始まった。

その頃官軍の方では、二日の夜に泊った蔦木から甲府城へ向けて何度も使者を出し、うるさく開城を督促していた。

甲府勤番の城代佐藤駿河守《するがのかみ》は、表面では官軍に恭順の態度を示していたが、実は甲陽鎮撫隊が来るのを心待ちにしていたのである。ところが鎮撫隊よりも先に官軍がやってきたので驚いた。そこで、なるべく入城の時を遅らせようとし、使者にこう返事をした。

「今のところ甲府は平穏である。そこへ強いて兵馬を進めてこられたならば、かえって騒動が持ちあがる。どうか蔦木よりの前進は見あわせていただきたい」

ところが官軍の方では、城代が鎮撫隊到着を待ち受けていることぐらい先刻ご承知であって、なかなかその手には乗らない。かまわず蔦木を出発し、進軍を続けた。

一方鎮撫隊は、日が暮れてからやっと日野に到着した。一日かかって、府中から日野までほんの二里足らずしか進軍しなかったわけである。しかもこの日野では、土方の姉おのぶの亭主で、ここの名主をしている佐藤彦五郎という男がこれまでにない盛大な歓迎の宴を張ったため、またも飲めや歌えのどんちゃん騒ぎになってしまった。おっちょこちょいというのはどこにでもいるものである。この彦五郎、酔って演説をはじめた。

「えへん。あー、近藤、土方の二士を出《いだ》したるは、まことわが郷党の誇りであります。その二士がこれより戦いに赴《おもむ》かれる以上は、このわたくしも傍観していられません。わたくしもこの戦いに参加させていただく。わたくしはすでに、ここ数日近在の有志を募《つの》り、自ら春日隊というのを編成しておりますので、これと共にわたくしも従軍いたします。そしてこの甲陽鎮撫隊の兵糧万端、すべてわたくしにおまかせください」

兵糧もくそもない。この時官軍はすでに甲府城へ入城してしまっている。もっとも鎮撫隊の方でも、先発隊はもう甲州路に入り、郡内の大月にまで達していたのだが、肝心の近藤、土方など本隊の方が、泊っては飲み、飲んでは泊りの酔っぱらい行進だからどうしようもない。そのうちに、板垣退助が甲府城へ近づきつつあるという一日おくれの報告を受けとったため、あわてて本隊へ伝令をさし向けた。この伝令が日野に着いたのは翌四日の未明、近藤はじめ隊士全員、ご馳走酒に酔っぱらって泥のように眠りこけている時だった。

「近藤さん。近藤さん」と、土方が近藤をゆすり起した。

「ああ、なんだ土方か」寝ぼけ眼の近藤は、何かと勘違いしてつぶやいた。「尻は貸してやるが、この間から飲み過ぎて下痢しとるから、少し汚いかもしれんよ」

「それどころじゃありません」土方が少し大きな声を出した。「板垣退助の率いる官軍が諏訪を出発して、甲府に向かったそうです。今、先発隊からそう報告してきました」

「ほんとか」近藤は眼をしょぼつかせ、ゆっくりと起きあがった。

「だから、言わんことじゃありません。わたしが急ごう急ごうといってるのに、近藤さんがのんびりしているから」

「何をいう」近藤が眼を剝《む》いた。「おれは最初、急ぐつもりだった。ところが最初の晩、お前が新宿へ泊ろうと言い出した。あれがいかんのだ。あれで悪い癖がついちまったんだぞ。お前が悪い」

「とにかく、いそいで出発しましょう」そういってがらりと雨戸を開いた土方は、外の景色を見てあっと叫び、棒立ちになった。

「どうした」

「雪です。大変な雪です。大雪です」

近藤が土方の肩越しに眺めると、なるほど一面の銀世界、どうやら夜の間に積もったらしく、屋根も道路もまっ白けである。おまけにまだ降り続けている。

「しかし、しかたがありませんな。出かけましょう」

「この大雪の中をか」近藤はしぶい顔をして鼻毛を抜いた。

「雪を嫌ってはいられません。官軍がそこまで来ているのですよ」

「官軍だって、雪にとじこめられるかもしれんよ。それに今日は、小仏峠《こぼとけ》を越さにゃならんのだろ」

「なんとかして、越しましょう。甲府城を先に奪われたのでは、もとも子もないのですから」

近藤がまだしぶっているので、土方はまた餌を見せて彼を釣りにかかった。「今夜の泊りは与瀬です。先発隊に言い含めて、いい宿と、いい女を用意しておくよう命じてあります」

「ふうん。それじゃあまあ、出かけようか」

さすがに官軍のことが気になったのか、この日は甲陽鎮撫隊も、雪というのに数里を行進し、小仏峠を越えて与瀬にたどりついている。

与瀬というのは相模湖《さがみこ》畔の小さな町だが、近藤たちはこの与瀬のいちばん大きな宿屋に泊った。ずっと酒浸りだったのだからひと晩くらいは飲まないで早く寝ちまえばいいのに、隊士全員いささかアル中気味になっていて、一刻でも酒が切れれば禁断症状を起してあばれるという状態である。宿へ着くなりまたまた酒盛りがはじまった。

「ご免くださいませ」

「こんばんは」

女たちもやってきた。

「近藤イサム先生。さあ、一杯どうぞ」

例によって、イサムではないイサミだと怒鳴りつけるつもりで、傍《かたわ》らに坐《すわ》った女の顔を眺め、近藤ははっとした。年の頃十七、八と思えるその女の顔かたちが、娘のたま子そっくりだったのである。

「む」と、近藤は唸《うな》った。

近藤は江戸で、妻のつねや娘のたま子と別れてきたばかりだった。彼は娘のたま子を、いやらしいほど愛していた。だが、いくら愛していても、年頃になれば婿をとらねばならない。出発の数日前、彼はたま子の婿になる筈《はず》の、養子彦五郎にも会っていた。

どうしてあんな男に、可愛い娘を奪われねばならんのか、そう思い、近藤は腹を立てていた。だが今、たねと名乗るわが娘そっくりの女を見て、近藤はすぐに、せめてこの女を抱くことで娘を奪われた憂さを晴らそうと心に決めたのである。

一日中雪の進軍を続けてきた疲労のため、隊士全員がたちまち酔っぱらってしまったところへもってきて、近藤が部下の眼もかまわずたねといちゃつきはじめたものだから、隊長があんな手本を示すならこっちもとばかりわれもわれもと大広間のそこかしこで女を抱きはじめ、時ならずしてくり拡げられる乱交大パーティ、その上殴りあう者、笑う者、踊り出す奴、泣き出す奴、宿の二階の大広間はもうひっくり返らんばかりの大騒ぎである。

さて、この与瀬から甲府城までは、まだ十七里もの距離があった。にもかかわらず近藤はここで二泊している。思うに、わが娘に似たたねから離れられなくなったか、大雪に降りこめられたか、どちらかであろう。たね可愛さに大雪を口実にして出発をのばしたと考えるのが妥当かもしれない。

「こんなにのんびりしていては、甲府城が官軍の手に渡ってしまいます」

布団の中でたねを抱いたきりの近藤に土方が忠告しても、馬の耳に念仏である。

「なあに。官軍だってこの雪じゃあ、動きがとれまい」みんな自分と同じように思っている。

次の日も、むろん昼間から酒盛りである。夜になっても酒盛りである。江戸を出てからもう五日も経っている。つまり三月五日の夜なのである。

ところが三日に甲府城を占領した官軍は、五日の昼間に入城してきた松代藩兵を留守軍として城内に残しておき、さらに東下を続けて、その先発隊はなんと、五日の夜与瀬を通過しているのである。つまり近藤たちが街道に面した宿屋の二階で「ワー」などといって騒いでいる時、すぐ前の道を官軍が「アー」などと喚声をあげながら大いそぎで東の方へ突進して行った勘定になる。実に信じられぬくらい馬鹿ばかしい話だが、本当のことなのだからしかたがない。

この時土方歳三は酔って座をはずし、一階の便所で小便をしていた。

「ハハー何か知らんが馬どもが暴走しておるなー」

街道の軍馬の蹄《ひづめ》の音を聞いても、酔っているから最初はそんな呑気《のんき》なことを考えていたが、ふと便所の小窓から外を覗《のぞ》けば自分たちのやってきた方角へ進軍して行くのがまぎれもない官軍であるから、ワッと叫んで驚いて小便がとまってしまった。

この時以来土方は尿道炎が持病となり、三十五歳の時に五稜郭《ごりょうかく》で戦死するまでずっとこれに苦しめられていたという。

あわてふためいた土方が二階に駈《か》けあがり、あいかわらずたねを横に抱いて酒を飲んでいる近藤にこれを急報する。一同仰天して総立ちになったが、今までのんびりしておきながらにわかにあわてたところで追いつかない。

それでも官軍をできるだけ食い止めるのが本来の任務だから、翌日雪の中を甲府へ向けて出発しようとすると、ひと晩のうちに隊士のほとんどが脱走してしまって、総員わずか百二十一名になってしまっている。これでは甲府城の奪還はおろか、やってくる官軍と戦うことさえできない。

しかたなく柏尾山に陣どって大砲二門を据え、せめて押し寄せる官軍に砲火を浴びせようとしたものの、砲兵がしろうとだから口火を切ることを忘れていて、ぶっぱなす砲弾は全部不発。そのうちに白兵戦になって、ひとたまりもなく敗れてしまった。隊はばらばらとなり、近藤たちはほうほうの態《てい》で江戸まで逃げ返ってきた。

これ以後近藤勇は、昔の名声もどこへやら、すっかり落ち目になってしまうのだが、土方だけはそんな近藤の面倒を何くれとなく見てやり、しかも自分は生涯妻帯しなかったという。馬鹿さ加減に愛想もつかさず、それほど親身になってやったのは、よほど近藤を愛していたからであろうが、ここいらあたり、作者などにはまったくわからぬホモだちの世界である。

解説

小林泰三

言うまでもないというか、これはもう百人に聞いたら、百人が百人ともそうだと答えるに違いないが、悪夢というものはとても心地のよいものである。

おそらく杞憂《きゆう》に違いないが、万が一わたしの言わんとするところが伝わらないようなことがあるといけないので、もう少し具体的に悪夢について説明するとしよう。

まず、わたしが言うところの悪夢であるが……。

例えば、なぜか学生時代に戻っていて、中学生、高校生、大学時代の同級生と会社の同僚などがいっしょくたにどこだかわからない学校にいて、そこで進級のかかった試験を受けなくてはならないのだが、見たことも聞いたこともないような問題ばかりで、手も足も出ないまま、試験時間がすぎるとか……。

例えば、軽い風邪だと思って医者にかかったら、悪性のウィルスに感染していて、もう手の施しようもない。余命はあと半年だが、脳の一部に悪性の腫瘍《しゅよう》ができているので、痛み止めはいっさい効かない。半年間七転八倒の末、痛みのあまり狂い死にするしかないですな、と医者に欠伸《あくび》交じりに告知されるとか……。

例えば、突然目の前に殺人鬼が現れて、圧倒的な抵抗することもできない力でもって、組み伏せられ、チェーンソーで手足を切断されてしまう。しかも、腕を切るのに肩口からいっきに行くのではなくて、まず指先を切り落として、その次に指の付け根を切り落として、次に掌《てのひら》の一部、といった具合に手首から、肘《ひじ》、二の腕、肩と少しずつ切断する。当然足の方も指から土踏まず、踝《くるぶし》、脹脛《ふくらはぎ》、膝《ひざ》、太腿《ふともも》、股《また》と順々に切断されてから、嬲《なぶ》り者にされるとか……。

……といった類《たぐい》の悪夢のことである。

これだけでも、きっと殆《ほとん》どの読者はわくわくされているに違いない。もっとも、残念ながら、ここまで完成された悪夢は滅多に見られることはないが。

まだしらばっくれて「悪夢など見ないに越したことはない」という輩《やから》はいくらなんでも、いないとは思われるが、万全を期してさらに嚙《か》み砕いて言うならば、快感は悪夢を見ているその時ではなく、悪夢から覚めてから訪れるのである。

絶体絶命のどうしようもない窮地に追い込まれて、失意のどん底で悲嘆にくれている次の瞬間、寝間の中にいる自分を発見するのである。しばらくは何事が起こったの

か理解できず、呆然《ぼうぜん》とするが徐々に「ああ夢だったのか」という理解ができるととも
に、えもいわれぬ快感に全身が包まれていく。
おお。自分はあの最悪の状況から無傷で脱出することができたのだ。あの苦しみは
何もかも夢で現実ではなかったのだ。現実とは、この平和に寝間の中でまどろんでい
るこの自分でしかありえないのだから！
ここまでが、これからの議論の前提である。
ははん。つまり、筒井作品はある意味人工的な悪夢であり、それを読むことにより、
悪夢を見ること、つまり悪夢から覚めることを仮想的に体験することになる。それが
筒井作品の魅力である。そういう理屈をこの解説者はこれから展開しようとしている
のだな。
ここまで読んで、そう直感した読者は数少ないとは思うが、念のため言っておこう。
その直感は間違っている。わたしは筒井作品が単なる悪夢の代用品だなどと言うつ
もりはない。筒井作品は悪夢の延長ではあるが、悪夢とは異質の何かである。
まずは各作品を一つずつ検証していこう。

「経理課長の放送」

ここで語られているのは中間管理職の悲哀である。実質的には経営には参加できない労働者でありながら、組合からは会社側であると決め付けられて、敵だと認識される立場である。現代ではこれほどの労働争議はまず起きないが、中間管理職の立場はさほど改善されていない。まあ、そうなると知っていながら、その地位を選んだ者が大多数だろうから、自業自得と言えないこともないのだが。

「悪魔の契約」

ショートショートの手本のような作品である。見事なのは悪魔との契約の次の行で、主人公の数十年分の人生をすっ飛ばしたところだ。ここで読者に違和感を覚えさせずに、読み続けさせるのは並大抵のことではない。ハッピーだか、アンハッピーだかわからないラストも魅惑的である。

「夜を走る」

昭和四十年代後半、万博直後の大阪を舞台にしたタクシードライバーのある一夜を描いた作品である。ドライバーの一人称による文体が味のある大阪弁であることも手伝って、あたかも落語を聞いているような錯覚に陥る。ラストの処理はある種のルール違反をしているが、それを補ってあまりある演出は秀逸だ。

「竹取物語」

これもラストの処理がすばらしい。絶妙のリラックス感である。

「腸はどこへいった」

この作品は個人的に思い入れがある。小説執筆の練習として、好きな作家の作品を書き写すという方法がある。わたしもそれを一度だけやったことがある。わたしが中学生の頃は当然ワープロなど存在しない。万年筆でノートを埋めていったのだが、筒井作品の毒気に当てられたのか、写し上げたときには精根尽き果て、廃人のようになってしまっていた。それ以降、他人の作品を書き写そうとしたことは一度もない。

「メンズ・マガジン一九七七」

表題の「一九七七」は執筆当時からすれば未来の日付である。つまり、この作品は約四十年前に書かれていたということである。筒井作品の斬新《ざんしん》さには驚く他はない。特にサナダムシの登場シーンには年甲斐《がい》もなく初読時と同じように興奮してしまった。

「革命のふたつの夜」

一度終わった物語が再び途中まで戻り、別個の展開が始まる形式である。今でこそ、アドベンチャーゲームが市民権を得ており、分岐する物語という概念は一般的だが、当時いっさい説明なく、この手法に触れた読者の多くはかなり驚いたことだろう。因《ちな》みに、SF読者であったわたしは、パラレルワールドものだと解釈していたように思う。

「巷談アポロ芸者」

アポロ11号の月着陸時のテレビ界の喧騒《けんそう》を描いた作品である。当時はわたしも子供だったので、記憶は不鮮明だが、とにかく世の中大騒ぎだったことは間違いない。その喧騒の中で、月着陸特番への出演者である作家が身体の制御を失って、自らの意志に反して局内で大暴れを演じてしまう。まさに大騒ぎの自乗である。文字通り、冗談のような話だが、作中で語られている「月着陸でSFのネタが尽きる」という冗談を本気にしていた人々は実在したらしい。

「露出症文明」

電電公社が民営化せずに、役所のままテレビ電話サービスが始まった世界の物語である。いくらなんでも、こんなやつはおらんやろと思われるかもしれないが、民営化前の電電公社に始まったばかりの携帯電話サービスの申し込みに行った人が「当公社では『携帯電話』などというサービスは行っておりません」と言われたそうである。当時のサービスの正式名称はあくまで「自動車電話」だったのだ。民営化後はすっかりサービスがよくなっているので、信じられないかもしれないが、この作品の受付係の対応は現実離れした誇張というわけではない。

「人類よさらば」

人類の滅亡を扱ったショートショートである。絶大な科学力を持ちながらも肝心要《かなめ》のところで、間が抜けたキャラクターが楽しい。

「旗色不鮮明」

政治上、宗教上の立場を明確にしろと迫る世間と、あくまで曖昧《あいまい》にしたままにしておきたい作家との抗争である。事態はだんだんとエスカレートしていくように見えるが、実はこの状態は以前から続いており、知らぬは主人公だけだったということである。文筆業を営んでいる者にとっては、読んでいて少し怖くなってくる作品だ。

「ウィークエンド・シャッフル」

続けざまに突然の不幸に見舞われる家族であるが、健気《けなげ》にもそれに立ち向かう気丈な若妻――ということではなく、あまりの状況の酷《ひど》さに対処する気力さえ失って、どうでもよくなり、ただただ周りに流されていく主婦が主人公である。主人公一家より、問題解決に懸命な周囲の人々が巻き添えを食らってしまうのは理不尽なようだが、現実も大概がそのようなものなのである。

「タイム・マシン」

冷戦下のタイム・マシン開発競争を扱ったショートショートである。しかも、これは紛れもないハードSFなのである。ハードSFというのは、科学的整合性・論理性に重きを置いたSFのサブジャンルの名前である。もしタイム・マシンが実現可能であったなら、その論理的な帰結はなんであるかが提示されている。

「わが名はイサミ」

本書で唯一の歴史小説である。ただし、作品の大部分が近藤勇率いる甲陽鎮撫隊の馬鹿騒ぎ宴会の描写であり、戦闘描写はほんの数行という人を食った軍記物である。作者が作中に顔を出す手法と突き放したラストが爽快《そうかい》である。

かなり駆け足になったが、各作品を検証したことによって、筒井作品が単なる悪夢の代用品でないことは明らかになったと思う。

おそらく杞憂《きゆう》に違いないが、万が一わたしの言わんとするところが伝わらないようなことがあるといけないので、もう少し詳しく説明すると、筒井作品の主人公に降りかかるトラブルは尋常なものではないのだ。質的にもとびきりだが、量的にも通常の人間の対応できる範囲を遥《はる》かに超えてしまっている。夥《おびただ》しいトラブルが息つく暇もなく押し寄せてきた時、普通の人間はどうなるかというと、「ウィークエンド・シャッフル」の暢子の態度が典型的だが、意識がオーバーフローして、何にも対応できなくなるのである。目の前で繰り広げられるとんでもない厄介ごとを見ながら、ただ口を半開きにして、涎《よだれ》を垂らしながら、あはあはと薄ら笑いをするしかないのだ。これは推測だが、笑っているからには、当人の脳はとてつもない快感を感じているに違いないのである。筒井作品を読むことによって生ずる快感は、実はこのようなメカニズムで生み出されていたのだ。

もっとも、こんなことはわたしがわざわざ言うまでもないというか、これはもう百人に聞いたら、百人が百人ともそんなことははなからわかっていたと答えるに違いないが、念のために書き添えることなのである。

夜《よる》を走《はし》る

トラブル短篇集《たんぺんしゅう》

筒井康隆《つついやすたか》

平成18年 9月25日　初版発行
令和3年 11月25日　3版発行

発行者●堀内大示

発行●株式会社KADOKAWA
〒102-8177　東京都千代田区富士見2-13-3
電話　0570-002-301（ナビダイヤル）

角川文庫 14391

印刷所●株式会社KADOKAWA
製本所●株式会社KADOKAWA

表紙画●和田三造

ISBN978-4-04-130524-9　C0193

角川文庫発刊に際して

角川源義

第二次世界大戦の敗北は、軍事力の敗北であった以上に、私たちの若い文化力の敗退であった。私たちの文化が戦争に対して如何に無力であり、単なるあだ花に過ぎなかったかを、私たちは身を以て体験し痛感した。西洋近代文化の摂取にとって、明治以後八十年の歳月は決して短かすぎたとは言えない。にもかかわらず、近代文化の伝統を確立し、自由な批判と柔軟な良識に富む文化層として自らを形成することに私たちは失敗して来た。そしてこれは、各層への文化の普及滲透を任務とする出版人の責任でもあった。

一九四五年以来、私たちは再び振出しに戻り、第一歩から踏み出すことを余儀なくされた。これは大きな不幸ではあるが、反面、これまでの混沌・未熟・歪曲の中にあった我が国の文化に秩序と確たる基礎を齎らすためには絶好の機会でもある。角川書店は、このような祖国の文化的危機にあたり、微力をも顧みず再建の礎石たるべき抱負と決意とをもって出発したが、ここに創立以来の念願を果すべく角川文庫を発刊する。これまで刊行されたあらゆる全集叢書文庫類の長所と短所とを検討し、古今東西の不朽の典籍を、良心的編集のもとに、廉価に、そして書架にふさわしい美本として、多くのひとびとに提供しようとする。しかし私たちは徒らに百科全書的な知識のジレッタントを作ることを目的とせず、あくまで祖国の文化に秩序と再建への道を示し、この文庫を角川書店の栄ある事業として、今後永久に継続発展せしめ、学芸と教養との殿堂として大成せんことを期したい。多くの読書子の愛情ある忠言と支持とによって、この希望と抱負とを完遂せしめられんことを願う。

一九四九年五月三日

角川文庫ベストセラー

農協月へ行く　筒井康隆

ご一行様の旅行代金は一人頭六千万円、月を目指して宇宙船ではどんちゃん騒ぎ、着いた月では異星人とコンタクトしてしまい、国際問題に……⁉　シニカルな笑いが炸裂する標題作など短篇七篇を収録。

幻想の未来　筒井康隆

放射能と炭疽熱で破壊された大都会。極限状況で出逢った二人は、子をもうけたが。進化しきった人間の未来、生きていくために必要な要素とは何か。表題作含む、切れ味鋭い短篇全一〇編を収録。

霊長類　南へ　筒井康隆

新聞記者・澱口が恋人の珠子と過ごしていた頃、合衆国大統領は青くなっていた。日本と韓国、ソ連に原爆が落ちたのだ。ソ連はミサイルで応戦。澱口と珠子は、人類のとめどもない暴走に巻き込まれ――。

アフリカの爆弾　筒井康隆

それぞれが違う組織のスパイとわかった家族の末路（「台所にいたスパイ」）。アフリカの新興国で、核弾頭ミサイルを買う場について行くことになった日本人セールスマンは（「アフリカの爆弾」）。12編の短編集。

ウィークエンド・シャッフル　筒井康隆

硫黄島の回顧談が白熱した銀座のクラブは戦場と化し（「『蝶』の硫黄島」）。子供が誘拐され、主人が行方不明になった家に入った泥棒が、主人の役を演じ始め……（「ウィークエンド・シャッフル」）。全13篇。